唐詩經典新解

劉學鍇講唐詩

李白

青蓮醉月
長風萬里
探索詩仙筆下的天地與自我

詩中見性情，詞中見風骨
飄逸與豪放交織，浪漫與理想並存
穿越千年，與盛唐最璀璨的靈魂對話

劉學鍇 著

目錄

關於李白

關於李白

李白（西元 701 ～ 762 年），字太白，號青蓮居士，祖籍隴西成紀（今甘肅靜寧西南）。先世竄於中亞碎葉（今吉爾吉斯托克馬克附近）。五歲隨父遷居綿州昌隆縣（今四川江油）。二十四歲以前在蜀中讀書，「五歲誦六甲，十歲觀百家」、「十五觀奇書，作賦淩相如」，曾向「任俠有氣，善為縱橫術」的趙蕤學習。開元十二年（西元 724 年），出蜀漫遊，歷江漢、洞庭、金陵、揚州等地，後於安陸（今屬湖北）入贅故相許圉師家，娶其孫女，「酒隱安陸，蹉跎十年」。約開元十八年初入長安，結交張垍等人，後失意歸。開元二十四年寓居東魯任城，與孔巢父等人遊，號竹溪六逸。天寶元年（西元 742 年），由玉真公主推薦，應詔入京，供奉翰林。三載春，因遭讒毀，被「賜金還山」。後漫遊梁宋，與杜甫、高適同遊。復遊齊魯、吳越。十一載，北遊幽薊。翌年秋，又南遊宣城，後至金陵、廣陵。安史之亂起時在梁園，後隱於廬山。永王璘經略南方軍事，召李白入幕。至德二載（西元 757 年），李璘被殺，李白繫潯陽獄，後定罪長流夜郎（今貴州桐梓）。乾元二年（西元 759 年）三月，於流放途中遇赦。東歸江夏，遊洞庭，下金陵，至當塗依族叔李陽冰。上元二年（西元 761 年），聞李光弼自臨淮率軍平叛，曾請纓從軍，半道病還。代宗寶應元年（西元 762 年）病卒於當塗。李陽冰受託編其集為《草堂集》，並作序。李白為盛唐詩歌最傑出的代表人物，中國文學史上繼屈原之後最偉大的浪漫主義詩人。儒、道、縱橫諸家及任俠精神對他均有顯著影響，而極為強烈的用世期望、建功立業的宏偉抱負與不屈己、蔑視權貴、蔑視禮法、追求自由解放的精神，則構成其思想性格的基底。其詩歌創作舉凡，對日趨腐朽之統治集團的強烈抨擊與批評、對自己高昂熱烈之愛國感情的抒寫、對理想與現實的尖銳對立和蔑視權貴反抗封建束縛精神的表現、對壯偉秀麗山川的描繪和對盛唐時代生活之美的寫照，都貫串著他的思想性格。其詩歌風格兼有豪放與飄逸、壯麗與明秀之美，而融合於「清水出芙蓉，天然去雕飾」的自然真率。想像豐富奇特，瞬息萬變，極具浪漫色彩。諸體中除七律現僅存八首外，各種體裁均有佳作，七言古詩、五七言絕句尤稱聖手。歷代注本中以清王琦《李太白集輯注》較佳。近人注本有瞿蛻園與朱金城合編之《李白集校注》、安旗主編之《李白全集編年注釋》、詹鍈主編之《李白全集校注彙釋集評》及郁賢皓撰著之《李白集校注》等。

古風五十九首（其十）

齊有倜儻生[①]，魯連特高妙[②]。明月出海底[③]，一朝開光耀。卻秦振英聲，後世仰末照[④]。意輕千金贈，顧向平原笑[⑤]。吾亦澹盪人[⑥]，拂衣可同調[⑦]。

[校注]

①〈古風五十九首〉，內容涉及政治、社會、歷史、人生、文藝等方面，非一時一地之作。多用比興寄託、詠史諷時、遊仙寓懷等手法，間用賦體直陳，是繼承阮籍〈詠懷〉、陳子昂〈感遇〉諷時傷世、抒發理想抱負和人生感慨的重要作品。倜儻，卓越超異，不同尋常。司馬遷〈報任安書〉:「古者富貴而名摩滅，不可勝記，唯倜儻非常之人稱焉。」或解為灑脫不為世羈，疑非。參注②引《史記．魯仲連鄒陽列傳》。②魯連，即魯仲連，戰國時齊國著名策士。《史記．魯仲連鄒陽列傳》:「魯仲連者，齊人也。好奇偉俶儻之畫策，而不肯仕宦任職，好持高節，遊於趙……會秦圍趙，聞魏將欲令趙尊秦為帝，乃見平原君曰:『事將奈何？』平原君曰:『勝也何敢言事。前亡四十萬之眾於外，今又內圍邯鄲而不能去。魏王使客將軍新垣衍令趙帝秦，今其人在是，勝也何敢言事！』魯仲連……見新垣衍……曰:『彼秦者，棄禮義而上首功之國也，權使其士，虜使其民，彼則肆

然而為帝，過而為政於天下，則連有蹈東海而死耳，吾不忍為之民也。所為見將軍者，欲助趙也。』新垣衍曰：『先生助之將奈何？』魯連曰：『吾將使梁（按：即魏）及燕助之，齊、楚則固助之矣。』新垣衍曰：『燕則吾請以從矣。若乃梁，則吾乃梁人也，先生惡能使梁助之？』魯仲連曰：『梁未睹秦稱帝之害故也……今秦萬乘之國也，梁亦萬乘之國也，俱據萬乘之國，各有稱王之名，睹其一戰而勝，欲從而帝之，是使三晉之大臣不如鄒、魯之僕妾也。且秦無已稱帝，則且變易諸侯之大臣。彼將奪其所不肖而與其所賢，奪其所憎而與其所愛，彼又將使其子女讒妾為諸侯妃姬，處梁之宮，梁王安得晏然而已乎？而將軍又何以得故寵乎？』於是新垣衍起，再拜謝曰：『始以先生為庸人，吾乃今日知先生為天下之士也。吾請出，不敢復言帝秦。』秦將聞之，為卻軍五十里。適會魏公子無忌奪晉鄙軍以救趙，擊秦軍，秦軍遂引而去。」高妙，美善之至。唐蘇鶚《蘇氏演義》卷上：「漢朝又懸四科取士：一曰德行高妙，二曰通經學，三曰法令，四曰剛毅多略。」按：《史記．魯仲連傳》謂其「好奇偉俶儻之畫策」，司馬貞《索隱》引《廣雅》云：「俶儻，卓異也。」俶儻，義同「倜儻」，皆卓異不凡之義，可證「齊有倜儻生」即齊有卓異之士，亦即新垣衍所稱「天下之士」。指品德才能言，不指風采個性。③明月，指明月珠，即夜明珠。《楚辭．九章．涉江》：「被明月兮佩寶璐。」王逸注：

「言己背被明月之珠。」李斯〈諫逐客書〉:「有隨和之寶，垂明月之珠。」因其出於海蚌之中，故云「出海底」。但「明月出海底」之句，亦可雙關明月出於海底，自海上升起之意，故下句云「一朝開光耀」，既可指明月珠之光耀一朝為世人所識，又可指海底升起之明月光照人間。④卻秦，使秦軍退去，見注②。末照，餘光。⑤顧，回首。平原，指平原君趙勝，戰國時四公子之一。《史記．魯仲連鄒陽列傳》:「於是平原君欲封魯連，魯連辭讓者三，終不肯受。平原君乃置酒，酒酣起前，以千金為魯連壽。魯連笑曰:『所貴於天下之士者，為人排患釋難解紛亂而無取也。即有取者，是商賈之事也，而連不忍為也。』遂辭平原君而去，終身不復見。」⑥澹盪，放達。⑦拂衣，振衣而去，指不戀榮祿而決然歸隱。《後漢書．楊震列傳》:「融曰:『……孔融魯國男子，明日便當拂衣而去，不復朝矣。』」晉殷仲堪〈解尚書表〉:「進不能見危授命，忘身殉國；退不能辭粟首陽，拂衣高謝。」南朝宋謝靈運〈述祖德〉詩:「高揖七州外，拂衣五湖裡。」同調，指志趣相投。謝靈運〈七里瀨〉詩:「誰謂古今殊，異代可同調。」

[鑑賞]

這是一首借詠史以抒懷的古風。左思〈詠史八首〉（其三）云:「吾希段干木，偃息藩魏君。吾慕魯仲連，談笑卻秦軍。當世貴不羈，遭難能解紛。功成恥受賞，高節卓不群。臨組不肯紲，對珪寧肯分？連璽耀前庭，比之猶浮雲。」李詩在取材及立意方面顯然受到左詩的影響，但李詩無論在思想或藝術方面，較之左詩，又有明顯的超越，特別是在詠史抒懷之中，既塑造出魯仲連的鮮明形象，又突顯出李白自身的鮮明個性。篇幅雖短，卻疏宕明快，瀟灑俊逸，極具神彩。

作為一個歷史人物，魯仲連身上集合了策士、縱橫家、遊俠、高士等多種類型人物的特徵。這些特徵，在李白身上，也有鮮明的表現。因此，他將魯仲連作為自己的偶像加以崇拜，也是十分自然的。毋寧說，是在魯仲連身上看到自己的影子。但這首僅有十句的短章，卻沒有（實際上也不大可能）去表現魯仲連諸多方面的特徵，而是集中筆墨突顯其功成不受賞的高士風標，以寄託自己的人生理想。

開頭兩句是對魯仲連的熱情讚頌。「倜儻」是卓越超異之意，這已經是對其非凡品格才能的極讚，但詩人覺得仍不盡其意，又加上「特高妙」三字作加倍渲染。「高妙」是至美至善之意，從漢代設「德行高妙」一科可知它主要指人物的德行。這就為全詩對魯仲連的讚頌定下主軸，即突出其高士的品格。

接下來四句，用鮮明生動的比喻進一步讚頌其品格才能的顯露，就像沉埋於海底的明月寶珠，一朝閃爍出耀眼的光輝。「海底」、「一朝」之語，強調的是其品格與才能本不為人所知，卻因其突然顯露而名揚天下。這一點在《史記·魯仲連傳》中並沒有明確記載，李白這樣寫，正反映出他自己的人生理想。他在許多詩中描繪過類似的情景，如〈駕去溫泉宮後贈楊山人〉：「少年落魄楚漢間，風塵蕭瑟多苦顏。自言管葛竟誰許，長吁莫錯還閉關。一朝君王垂拂拭，剖心輸丹雪胸臆。忽蒙白日回景光，直上青雲生羽翼。」正可移作「明月」二句的註腳，值得玩味的是，「明月」二句，從字面上還不妨理解為：一輪明月，從海底升起，頓時清光照耀，天地增輝。這情景也許更能生動地表現魯仲連的光明皎潔品格，以及其出現所帶來的巨大影響。文學作品中這種可以相容的詮釋，不僅不會引起理解上的紊亂，而且可以進一步豐富它的意義內涵。

以上四句，均從虛處著筆，極力讚嘆，至五、六二句，勢必轉敘實事，否則詩就會顯得空泛。詩人卻以高度概括之筆道出：「卻秦振英聲，後世仰末照。」十個字中，其主要的事蹟（魯仲連一生大事唯「卻秦」與一箭書解聊城之圍兩件）以及在當世和後代的影響，均囊括無遺，「後世仰末照」中也自然包含詩人自己對魯仲連品格才能的敬仰。「仰末照」之語，又切第三句之「明月」，照應自然入妙。如果說五、六兩句主要是突顯魯仲連的事功，那麼七、八兩句便著重描寫並讚頌其品格的高尚：「意輕千金贈，顧向平原笑。」雖同樣極簡約，卻具有鮮明生動的形象，特別是後句那個「顧」字，更是畫龍點睛地寫出了人物不慕榮利的品格和瀟灑脫俗的風神。「輕千金贈」之「意」，正是透過「顧向平原笑」的神情意態得到傳神的表達。之所以如此，魯仲連自己的話已經作出最明確的解答：「吾與富貴而詘於人，寧貧賤而輕世肆志焉。」與其富貴而受制於人，寧願貧賤而輕視世俗、肆意適志。這裡包含重視個人自由甚於名利榮華的思想。這正是魯仲連思想性格中最具人性光輝，也最為李白所欽慕的一面，也是詩人與所歌頌的歷史人物，於精神上高度契合之處。

末二句乃就勢總結全詩的主旨。「澹盪」，意即放達不受拘束，亦即魯仲連所謂「肆志」。正因為彼此都是重視個人意志、個人自由甚於名位榮利的「澹盪人」，是以雖相隔千載，卻異代同心，在功成拂衣而歸隱的行動方面，自可引為知音同調。此處，既交代借詠古以抒懷的寫作動機，又點明了詩的主旨。李白一生的最高人生理想，就是功成身退。具體來說，就是「申管晏之談，謀帝王之術，奮其智慧，願為輔弼，使寰區大定，海縣清一。事君之道成，榮親之義畢，然後與陶朱、留侯，浮五湖、戲滄洲」，而魯仲連正是「功成不受賞」而身退的完美典型。李白將魯仲連作為完美典型來讚頌，正是為了表達自己最高的人生理想。

這首詩歌詠自己所欽慕的歷史人物，重點突顯歌詠對象與詩人自身精神性格的高度契合，即既建不世之功，又不慕榮利，保持個人自由的「澹盪」性格。因此，歌詠對象與詩人自己融為一體，正是這首詩的突出特點，從魯仲連身上能看到鮮明的詩人影子，寄託著詩人自身的人格理想和人生理想。在表現手法上，不取詳盡的敘述，而是用讚嘆的筆調和生動的比喻對其品格及才能進行渲染形容。於其事功，僅以極概括的筆墨稍加點染；於其精神風貌，則用畫龍點睛的筆法加以表現。最後將自己與歌詠對象合而為一。整首詩既疏宕明快，又瀟灑俊逸，展現出詩人一貫的風格。

古風五十九首（其三十四）

羽檄如流星[1]，虎符合專城[2]。喧呼救邊急，群鳥皆夜鳴[3]。白日曜紫微[4]，三公運權衡[5]。天地皆得一，澹然四海清[6]。借問此何為，答言楚徵兵[7]。渡瀘及五月[8]，將赴雲南征[9]。怯卒非戰士，炎方難遠行[10]。長號別嚴親[11]，日月慘光晶[12]。泣盡繼以血，心摧兩無聲[13]。困獸當猛虎[14]，窮魚餌奔鯨[15]。千去不一回，投軀豈全生[16]？如何舞干戚，一使有苗平[17]。

[校注]

①羽檄，插鳥羽以示緊急的軍事文書。《史記．韓信盧綰列傳》：「吾以羽檄徵天下兵。」裴駰曰：「以鳥羽插檄書，謂之羽檄，取其急速若飛鳥也。」如流星，極言其迅疾，轉瞬即逝。②虎符，古代徵調軍隊的憑證，銅製，刻為虎形，剖作兩半，右半留中央，左半付將帥或州郡長官。調發軍隊時，朝廷使臣須持符核對，符合始能發兵。唐代已改用魚符。專城，指州郡長官。《文選．潘岳〈馬汧督誄〉》：「剖符專城。」張銑注：「專，擅也，謂擅一城也。謂守宰之屬。」③《莊子．在宥》：「鴻蒙曰：亂天之經，逆物之情，玄天弗成，解獸之群而鳥皆夜鳴，災及草木，禍及昆蟲。」「群鳥」句用典，正示此次徵兵赴邊的軍事行動是「亂天之經，逆物之情」的不義之戰。④白日，象徵皇帝。紫微，即

紫微垣，星官名。《晉書．天文志上》：「紫宮垣十五星，其西蕃七，東蕃八，在北斗北。一曰紫微，大帝之座也，天子之常居也。」⑤三公，古代中央政府三種最高官銜的合稱。周以太師、太傅、太保為三公（一說以司馬、司徒、司空為三公）；西漢以丞相、太尉、御史大夫為三公；東漢以太尉、司徒、司空為三公，但已非實職。此處實泛指宰相。運權衡，運用權力。《晉書．潘岳傳》：「雖居高位，饗重祿，執權衡，握機祕，功蓋當時，勢侔人主，不得與之比逸。」權、衡，原指秤錘、秤桿，用以秤量物體輕重，轉喻權力。⑥《老子》：「昔之得一者，天得一以清，地得一以寧。」一指道。澹然，安定貌。《文選．揚雄〈長楊賦〉》：「使海內澹然，永忘邊城之災。」李善注：「澹，安也。」⑦楚徵兵，一作「徵楚兵」。查慎行《初白詩評》：「當天寶之世，忽開邊畔，驅無罪之人，置之必死之地，誰為當國運權衡者？『白日』以下四句，國忠之矇蔽殃民，二罪可並案矣。」沈德潛《唐詩別裁》注：「言天下清平，不應有用兵之事，故問之。」按：「楚徵兵」，指為討南詔而徵發楚地之兵。《通鑑．天寶十載》：「四月……劍南節度使鮮于仲通討南詔蠻，大敗於瀘南。時仲通將兵八萬，分二道出戎、巂州，至曲州、靖州。南詔王閣羅鳳遣使謝罪，請還所俘掠，城雲南而去，且曰：『今吐蕃大兵壓境，若不許我，我將歸命吐蕃，雲南非唐有也。』仲通不許，囚其使。進軍至西洱河，與閣羅鳳戰，軍大敗，士卒死者六萬人，仲通僅以身免。楊國忠掩其敗狀，仍敘其戰功。……制大募兩京及河南、北兵以擊南詔，人聞雲南多瘴癘，未戰，士卒死者什八九，莫肯應募。楊國忠遣御史分道捕人，連枷送詣軍所……於是行者愁怨，父母妻子送之，所在哭聲振野。」《舊唐書‧楊國忠傳》:「南蠻質子閤羅鳳亡歸不獲，帝怒甚，欲討之。國忠薦閬州人鮮于仲通為益州長史，令率精兵八萬討南蠻，與羅鳳戰於瀘南，全軍陷沒。國忠掩其敗狀，仍敘其戰功，仍令仲通上表請國忠兼領益部。十載，國忠權知蜀郡都督府長史，充劍南節度副大使，知節度事……國忠又使司馬李宓率師七萬再討南蠻。宓渡瀘水，為蠻所誘，至和城，不戰而敗，李宓死於陣。國忠又隱其敗，以捷書上聞。自仲通、李宓再舉討蠻之軍，其徵發皆中國利兵，然於土風不便，沮洳之所陷，瘴疫之所傷，饋餉之所乏，物故者十八九。凡舉二十萬眾，棄之死地，隻輪不還，人啣冤毒，無敢言者。」此詩所反映的當是天寶十載（西元 751 年）徵兵討雲南事。⑧瀘，即瀘水，即今雅礱江下遊及金沙江會合雅礱江以後的一段江流。《水經注‧若水》:「瀘峰最為傑秀，孤高三千丈，是山於晉太康中崩，震動郡邑。水之左右，馬步之徑裁通，而時有瘴氣，三月、四月有徑之必死，非此時猶令人悶吐。五月以後，行者差得無害。故諸葛亮表言：五月渡瀘，並日而食，臣非不自惜也，顧王業不可偏安於蜀故也。《益州記》曰：瀘水源出曲羅嶲下三百里，曰瀘水。兩峰有雜氣，暑月舊不行，故武侯以夏渡為艱。」及，趁。⑨據《新唐書・南蠻傳上》，開元末，皮邏閣合六詔為一，破吐蕃，浸驕大，以破彌蠻功，馳遣中人冊為雲南王。雲南征，即征南詔。以地處雲嶺之南，故曰雲南。⑩炎方，炎熱的南方地區，此指南詔所在的雲南地區。⑪長號，大聲號哭。嚴親，指父母。參注⑦引《通鑑》。⑫慘光晶，日月慘淡無光。晶，光亮。⑬摧，悲痛、哀傷。兩無聲，指出征者和送行的父母均悲痛失聲。⑭當，值、遇上。⑮餌，飼。⑯投軀，捨身、獻身。⑰《書・大禹謨》：「三旬，苗民逆命……帝乃誕敷文德，舞干羽於兩階。七旬，有苗格。」孔傳：「干，楯；羽，翳也。皆舞者所執。修闡文教，舞文舞於賓主階間，抑武事。」《帝王世紀》：「有苗民負固不服，禹請征之。舜曰：『我德不厚而行武，非道也。吾前教由未也。』乃修教三年，執干戚而舞之，有苗請服。」干，盾牌；戚，大斧。

🕮 [鑑賞]

唐王朝為了牽制吐蕃，力助南詔統一六詔。但統一後的南詔卻與唐王朝發生衝突。天寶九載（西元 750 年），宰相楊國忠薦鮮于仲通為劍南節度使。仲通性褊急，少方略，「失蠻夷心。故事：南詔常與妻子俱謁都督，過雲南。雲南太守張虔陀皆私之。又多所徵求，南詔王閣羅鳳不應。虔陀遣人詈辱之，仍密奏其罪，閣羅鳳忿怨，是歲發兵反，攻陷雲南，殺虔陀，取夷州三十二」（《通鑑》卷二百十六），故有天寶十載鮮于仲通將兵八萬討南詔之舉（見注⑦引《通鑑》）。其時南詔王閣羅鳳曾謝罪，請還所俘掠，城雲南而去，唐朝如趁此機會與南詔和好，便可免去這場戰爭。鮮于仲通卻拒絕南詔之請求，囚其使者，至有喪師六萬於西洱河的敗績。而楊國忠掩其敗績，仍敘其戰功，進一步擴大對南詔的戰爭，此詩就是在這一背景下寫作的，它鮮明地表現出對唐王朝決策者發動這場帶有黷武性質之戰爭的憤激之情，對被迫進行戰爭、無辜遭受痛苦犧牲的人民，表達深切的同情。

詩的開頭四句，描寫朝廷緊急向地方徵調軍隊的情景。告急的軍事文書像流星一樣疾速馳送，朝廷調集地方軍隊的虎符立即發往州郡長官手中；送羽書的使者、握虎符的使臣一面驅馬疾馳，一面喧呼著邊境上有緊急軍情，急需前往救援，使得沿途夜宿的鳥都驚恐不安，發出尖厲的鳴叫聲。前三句用「如流星」、「喧呼」、「救」、「急」等詞語反覆渲染，意在突出緊急的氣氛。光看這幾句，可能會認為這是一場外敵入侵、邊境告急的自衛性軍事行動，但「群鳥」句卻透過用典，暗示這原是一場「亂天之經，逆物之情」、違背廣大人民意願的不義之戰。李白的詩，常有這種雖用典卻自然天成，宛若信口而出的句子。不了解典故出處的讀者，雖也能從中品味出緊急調兵軍事行動對百姓的騷擾，但了解其典故出處，則可深刻領會詩人反對這場黷武戰爭殃民的用意。

緊接著開頭四句的「急」，「白日」四句所描繪的卻是完全相反的另一種景象。

「白日曜紫微」，用天象喻示皇帝安居京城皇宮，光輝照耀；「三公運權衡」，謂秉政的大臣正有效地使國家機器運轉，行使自己的權力。正因為如此，故天地廣宇、四海之內都呈現出既統一又清平的局面。「澹然」和「清」是這四句的核心。實際上也就是李白自己所說的「寰區大定，海縣清一」。這樣來形容當時的政局，雖是為了反襯上四句所寫的反常情況，但也大體上符合天寶年間表面上繁榮安定的局勢。

「借問」四句，由「得一」、「澹然」逼出詩人的反問，揭出緊急徵調軍隊的原因與目的：原來羽檄星馳、虎符急徵、喧呼救邊，使得禽鳥夜驚的原因就是為了「將赴雲南征」。「楚徵兵」，指在楚地徵調軍隊。楚地離雲南較近，故徵調這一帶的軍隊救邊比較迅疾。相傳渡瀘水當在五月比較適宜，故用「及」字，以顯示朝廷趕在這個季節討南詔，實際上仍是為了突顯軍事行動的緊急。「及」字正透露出朝廷軍隊抓緊時間、加快速度的意圖。

「怯卒」六句，寫被迫徵調去討伐雲南的士兵與家人離別時的慘痛情景。史載其時「人聞雲南多瘴癘，未戰，士卒死者什八九，莫肯應募。楊國忠遣御史分道捕人，連枷送詣軍所……於是行者愁怨，父母妻子送之，所在哭聲振野」。將史籍記載與李白此詩對讀，可以看出詩中所寫完全是現實的真實反映。用「怯卒」來形容被強徵的士卒，不僅透露出他們是在毫無訓練的情況下被綁送戰場，而且反映出戰爭實際上違背人民意願。人民不願為黷武戰爭賣命，故心存畏怯，更何況炎方遠行，路途險阻，作戰之地又多瘴癘，更使他們毫無鬥志。一「怯」字蘊含著多重意涵，可稱精練而富於表現力。「長號」四句所描繪的慘狀，則可與杜甫〈兵車行〉「耶娘妻子走相送，塵埃不見咸陽橋。牽衣頓足攔道哭，哭聲直上干雲霄」相互對照，而杜詩主敘事，偏於客觀寫實；李詩主抒情，偏於主觀感情的抒發，帶有更強烈的感情色彩。而「泣盡繼以血，心摧兩無聲」的慘狀，則可與杜詩「眼枯即見骨，天地終無情」媲美，詩人的人道主義同情和對當權決策者的憤慨溢於言表。

「困獸」四句，透過具體、生動的比喻，顯示被驅使去征討雲南的士卒，猶如陷入絕境的野獸遇上凶猛的老虎，無路可逃的魚群投飼橫暴奔突的巨鯨，此去萬無生機。用「千去不一回」的誇張筆墨來形容「投軀豈全生」的必然後果，給予人怵目驚心的感受，卻完全符合征雲南之師全軍覆沒的事實。高度誇張與高度真實在這裡和諧地融合。至此，對當權者窮兵黷武、驅民死地的憤激之情達於極致。

末二句忽作轉折，收歸正意：「如何舞干戚，一使有苗平。」「如何」即「何如」之意。與其窮兵黷武、喪師辱國，使無辜百姓遭受無謂的巨大犧牲，何如效仿舜之敷文德、修政教，使遠人心悅誠服地歸附呢？這是因批評黷武戰爭自然引出的想法，其中也自然包含著對當權決策者不能修明政治，只知濫用武力的尖銳批評。

唐代的三位大詩人李白、杜甫、白居易，都針對唐王朝征南詔，造成人民巨大犧牲和痛苦的事件，寫過充滿人道主義精神的傑出詩篇。白居易是事後追溯，痛定思痛的反省；李、杜則是直接針對眼前正在發生的事實。其政治責任感與對人民的同情尤為突出。而由於三位詩人藝術特性的差異，三首詩又各具鮮明的特色。白作屬敘事詩，主要透過新豐折臂翁的獨特經歷反映黷武戰爭的罪惡；杜作則雖偏於敘事，卻觸及黷武戰爭造成動搖國本的嚴重危害，思致更為深刻；李詩則將批判的矛頭指向當權決策者，揭露其黷武戰爭造成人民巨大犧牲，感情更為憤激。

蜀道難[1]

噫吁嚱[2]！危乎高哉！蜀道之難，難於上青天。蠶叢及魚鳧[3]，開國何茫然[4]！爾來四萬八千歲[5]，不與秦塞通人煙[6]。西當太白有鳥道[7]，可以橫絕峨眉巔[8]。地崩山摧壯士死[9]，然後天梯石棧相鈎連[10]。上有六龍迴日之高標[11]，下有衝波逆折之迴川[12]。黃鶴之飛尚不得過[13]，猿猱欲度愁攀援[14]。青泥何盤盤[15]！百步九折縈巖巒[16]。捫參歷井仰脅息[17]，以手撫膺坐長嘆[18]。問君西遊何時還，畏途巉巖不可攀[19]。但見悲鳥號古木[20]，雄飛雌從繞林間。又聞子規啼夜月[21]，愁空山。蜀道之難，難於上青天！使人聽此凋朱顏[21]。連峰去天不盈尺[22]，枯松倒掛倚絕壁。飛湍瀑流爭喧豗[24]，砯崖轉石萬壑雷[25]。其險也如此，嗟爾遠道之人胡為乎來哉？劍閣崢嶸而崔嵬[26]，一夫當關，萬夫莫開。所守或匪親[27]，化為狼與豺[28]。朝避猛虎，夕避長蛇。磨牙吮血，殺人如麻[29]。錦城雖云樂[30]，不如早還家。蜀道之難，難於上青天，側身西望長咨嗟[31]。

[校注]

①〈蜀道難〉，樂府舊題，《樂府詩集》卷四十〈相和歌辭．瑟調曲〉載梁文帝〈蜀道難二首〉，題解云：「《古今樂錄》曰：『王僧虔《技錄》有〈蜀道難行〉，今不歌。』《樂府解題》曰：『〈蜀道難〉備言銅梁、玉壘之阻，與〈蜀國弦〉同。』《尚書談錄》曰：李白作〈蜀道難〉，以罪嚴武。後陸

暢謁韋南康皋於蜀郡，感韋之遇，遂反其詞作〈蜀道易〉云：『蜀道易，易於履平地。』按銅梁、玉壘在蜀郡西南，今永康是也。非入蜀道，失之遠矣。」《樂府詩集》於梁簡文帝之作後又錄劉孝威、陰鏗及唐張文琮之作，內容均言蜀道之險阻，劉作即有「玉壘高無極，銅梁不可攀」之句，可證《樂府解題》謂「〈蜀道難〉備言銅梁、玉壘之阻」之言不虛。李白此作，亦極言蜀道之險阻。據詩中「問君西遊何時還」、「其險也如此，嗟爾遠道之人胡為乎來哉」、「錦城雖云樂，不如早還家」等句，當為在長安送人入蜀而作。作者另有〈送友人入蜀〉五律云：「見說蠶叢路，崎嶇不易行。山從人面起，雲傍馬頭生。芳樹籠秦棧，春流繞蜀城。升沉應已定，不必問君平。」與〈蜀道難〉或為同時之作。此詩收入殷璠選編之《河嶽英靈集》，此集收錄詩作終於天寶十二載癸巳（西元 753 年），則〈蜀道難〉當作於此前。今之學者或記此詩作於開元十八、九年（西元 730、731 年）李白初遊長安期間，亦有主張作於天寶初年者，當以後者為是。②宋庠《宋景文公筆記》卷上：「蜀人見物驚異，輒曰：『噫吁嚱。』李白作〈蜀道難〉，因用之。」按：噫、吁、嚱均為嘆詞，可單獨用，此則連用表強烈的驚嘆。宋庠謂是蜀方言，可參。相當於今之「啊唷嗨」。③蠶叢、魚鳧，傳說中古蜀王名。《文選．左思〈三都賦〉》注引揚雄《蜀王本紀》曰：「蜀王之先名蠶叢、柏濩、魚鳧、蒲澤、開明。是時人萌，椎髻左言，不曉文字，未有禮樂。從開明上到蠶叢，積三萬四千歲。」④茫然，模糊不清的樣子。此處形容年代久遠。⑤爾來，從那時以來。四萬八千歲，極言年代久遠，與《蜀王本紀》所謂「三萬四千歲」，同為傳說中的數字，不必拘實。⑥秦塞，猶秦地。秦地四面皆有險阻關隘，為四塞之國，故稱。通人煙，指人煙相接，相互往來交通。⑦太白，山名，秦嶺主峰，在今陝西眉縣南。鳥道，只有飛鳥可以飛越的通道。「有鳥道」，謂無人可行走的道路。⑧橫絕，橫渡、飛越。峨眉，山名，在四川峨眉山市的西南。⑨《華陽國志·蜀志》：「秦惠王知蜀王好色，許嫁五女於蜀。蜀遣五丁迎之。還到梓潼，見一大蛇入穴中。一人攬其尾，掣之，不禁，至五人相助，大呼拽蛇，山崩時壓殺五人及秦五女並將從，而山分為五嶺。」⑩天梯，喻高峻的山路如登天的梯。石棧，在懸崖峭壁上鑿洞架木鋪板而成的棧道。鉤連，連接。⑪六龍迴日之高標，極言山之高峻。古代神話傳說，日神乘六龍為駕、羲和為御的車。左思〈蜀都賦〉：「羲和假道於峻岐，陽烏回翼乎高標。」《初學記》卷一〈天部三〉：「《淮南子》云：『爰止羲和，爰息六螭，是謂懸車。』注曰：『日乘車，駕以六龍。羲和御之。日至此而薄於虞淵，羲和至此而回六螭。』」螭即龍。高標，指可以作為指標的高峻山峰，猶諸峰中的最高峰。句謂仰視即使有六龍所駕的日車，也不能不因其回轉的高峰。⑫衝波逆折，激浪撞擊崖壁，形成倒流漩渦。迴川，曲折的河流。⑬黃鶴，即黃鵠。善於高飛遠舉的鳥。古「鶴」、「鵠」二字通。《商君書．畫策》：「黃鵠之飛，一舉千里。」⑭猱：獮猴。善攀援。⑮青泥，嶺名，在今甘肅徽縣南，陝西略陽縣北。《元和郡縣圖志．山南道．興州》：長舉縣：「青泥嶺，在縣西北五十三里，接溪山東，即今通路也。懸崖萬仞，山多雲雨，行者屢逢泥淖，故號青泥嶺。」盤，形容山路曲折盤繞。⑯縈，繞。巖巒，山峰。⑰捫，摸。歷，經。參、井，星宿名。古天文學將天上星宿的位置與地上的區域相互對應，以測該對應地區的吉凶災變，稱分野。參為蜀之分野，井為秦之分野。脅息，屏住呼吸，形容因緊張而屏息。⑱膺，胸。⑲巉巖，險峻的山巖。宋玉〈高唐賦〉：「登巉巖而下望兮。」李白〈北上行〉：「磴道盤且峻，巉巖淩穹蒼。」⑳悲鳥，叫聲淒厲的鳥。號，號叫。㉑子規，即杜鵑鳥，蜀中多杜鵑。《文選．左思〈蜀都賦〉》：「鳥生杜宇之魄。」劉淵林注：「《蜀記》曰：『昔有人姓杜，名宇，王蜀，號曰望帝。宇死，俗說云，宇化為子規。子規，鳥名也。蜀人聞子規鳴，皆曰望帝也。』」㉒凋朱顏，紅潤的容顏為之憔悴失色。㉒去，距離。㉔湍，急流。瀑流，瀑布。喧豗（ㄏㄨㄟ），水石相擊發出的喧鬧聲。㉕砯（ㄆㄧㄥ）：本指水沖擊山崖發出的聲音，這裡用作動詞「沖擊」之意。轉，轉動，翻轉。㉖劍閣，此指險峻的劍閣道。《華陽國志》卷二：「梓潼郡有劍閣道三十里，至險。」《水經注．漾水》：「白水又東南逕小劍戍北，西去大劍三十里，連山絕險，飛閣通衢，故謂之劍閣也。」劍閣道在今四川劍閣縣東北大小劍山之間。崢嶸，險峻貌。崔嵬，高峻貌。㉗匪親，不是親信可靠的人。㉘狼與豺，指凶惡的叛亂者。以上四句，本左思〈蜀都賦〉：「一人守隘，萬夫莫向。」張載〈劍閣銘〉：「一夫荷戟，萬夫趑趄，形勝之地，匪親勿居。」㉙猛虎、長蛇，喻凶惡的叛亂者。吮，吸。殺人如麻，極言殺人之多。《舊唐書．刑法志》：「遂至殺人如麻，流血成澤。」㉚錦城，指成都。成都舊有大城、少城，少城古為掌織錦官員之官署，因稱錦官城。後遂作為成都之別稱。唐時成都為全國除長安、洛陽兩都及揚州以外的繁華都會，有「揚一益二」之稱，故云「錦城雖云樂」。㉛咨嗟，嘆息。

📖 [鑑賞]

關於〈蜀道難〉的寫作年代，有兩條時間底線。一是根據《河嶽英靈集》載李白此詩及集序，可斷定此詩最晚的寫作時間不會超過天寶十二載（西元 753 年）；二是根據《本事詩》及《唐摭言》的記載，可進一步斷定其寫作時間在初入長安時。李白初入長安，有天寶元年及今人所倡開元十八年（西元 730 年）兩說。從李陽冰《草堂集序》、魏顥《李翰林集序》等白之同時代人敘及李白與賀知章的交往情形看，當在天寶元年。杜甫〈寄李十二白二十韻〉亦云：「昔年有狂客，號爾謫仙人。筆落驚風雨，詩成泣鬼神。聲名從此大，汨沒一朝伸。」所謂「汨沒一朝伸」，當指其供奉翰林事。寫作年代既定，則舉凡諸穿鑿之舊說（憂房、杜，諷嚴武，諷玄宗幸蜀）均可不攻自破。諷章仇之說在時間上雖與寫作時間並無矛盾（章仇鎮劍南西川，在開元二十七年至天寶五載），但其人並無跋扈割據之任何跡象，故此說亦可排除。

今人所倡功名無成說，依據僅為姚合詩中「李白〈蜀道難〉，羞為無成歸」之語及陰鏗〈蜀道難〉中「蜀道難如此，功名詎可要」之句。然前者僅為姚合對李白〈蜀道難〉主題之理解，或當時詩壇上曾流傳此種說法，這種理解和說法是否正確，仍要依據李白作品本身進行檢驗並作出判斷。至於後者，更僅屬陰鏗個人一時感觸的聯想，並不能得出〈蜀道難〉古題有此傳統的寓意。實際上，梁簡文帝、劉孝威及張文琮諸人之作，即僅言蜀道之難而無陰鏗那般感觸。自然更不能證明李白之〈蜀道難〉有功名難成的寓意。從李白〈蜀道難〉本身的內容來看，詩中主要篇幅用於描繪渲染蜀道的險阻高峻，難以攀登跨越。同時又因蜀道的險阻而聯想到其地易於割據，如所守非人，將釀成禍患。其中沒有任何地方提到或暗示仕途艱險、功名難成。這一點，只要將〈蜀道難〉和〈行路難三首〉對讀，就能判斷出〈蜀道難〉並無「欲渡黃河冰塞川，將登太行雪滿山」、「行路難，行路難，多歧路，今安在」、「大道如青天，我獨不得出」式的寓意。

〈蜀道難〉是樂府古題，古辭「備言銅梁、玉壘之阻」，可見寫蜀道山川的險阻並非李白所新創，李白的創造在於將這險阻的蜀道描繪渲染得十分雄奇壯美、神祕幽深，具有巨大的能量，令人驚心動魄。一開頭，就如風雨驟至，連用三個充滿強烈感情色彩的嘆詞，將詩人對蜀道險峻的驚奇感受格外強調出來，接著又用「危乎高哉」四個字，概括對蜀道的整體印象。正是這「危」而「高」的蜀道造成蜀道之「難」。為了強調蜀道之難，又糅合誇飾和比喻，發出「難於上青天」的慨嘆。可以說，開頭三句，就為全詩定下基調。

「蠶叢」以下八句，寫蜀道的開闢。卻從追溯茫昧的遠古開始，說自古蜀先王開國以來，已經歷漫長的歷史年代，蜀地與秦塞之間始終隔絕不通；直到五丁力士開山，秦蜀之間才出現一條由險峻如天梯的山路和鑿石架木而成的棧道連接起來的道路。這裡運用歷史傳說、神話故事來分別渲染上古時代蜀地與中原的隔絕和戰國時代蜀道的開通，前者既見蜀地的險阻，又增添古蜀地的神祕色彩，後者則渲染出蜀道開闢的神奇和蜀道的險峻。中間又插入「西當太白有鳥道，可以橫絕峨眉巔」二句，以反襯蜀道開闢之前，秦蜀之間唯有飛鳥可以跨越，而人跡不能至。從「不與秦塞通人煙」到「天梯石棧相鉤連」，寫蜀道從不通到通，兼具神祕與神奇、雄奇與艱險。「地崩」二句，更將蜀地先民開山闢道的壯舉偉業神話化，寫得氣勢磅礡，驚心動魄。

「上有」以下八句，極寫蜀道之高峻險阻。「上有六龍迴日之高標」，運用神話傳說作誇張渲染，係虛寫其「高」；「下有衝波逆折之迴川」，則實寫其「危」。上句仰視，下句俯瞰。「黃鶴」二句分承，用善高飛的黃鵠、善攀越的猿猱反襯山高、水險難以跨越。「青泥」二句，則以「百步九折」形容道路多麼盤紆曲折難行。

「捫參」二句又用極誇張的筆法渲染登上高峰之頂時的真切感受。登高峰者感到天上星辰彷彿伸手可觸，「捫參歷井」正傳達出這種真切的錯覺；而「仰脅息」則是登峰頂時下視萬丈深谷，魂驚魄動、屏息凝氣的真實寫照；「以手撫膺坐長嘆」則正是遊歷這「高」而「危」的蜀道時，發出的深長嘆息。

「問君」以下六句，是對蜀道之難另一側面的描寫。「問君」句表明這首詩的寫作可能和送人入蜀有關，因蜀道艱險、畏途巉巖難以攀越而有「西遊何時還」的發問。所送之人不必深考，因為在這首詩中，送人只是描繪渲染蜀道之難的契機，詩的主題與送人並無實質性連繫。「但見」四句，描繪出蜀道上所見所聞幽深淒厲的境界：叫聲淒厲的鳥在古樹上哀鳴，雌雄相隨，在密林中飛翔；杜鵑鳥在月夜悲啼，使空曠的深山更顯得悽清。蜀道由於險阻高峻，故人煙稀少，空曠淒寂，它的「高」、「危」正與空曠蕭森有著密切連繫。

「蜀道之難，難於上青天！使人聽此凋朱顏」三句，遙承篇首，開啟下一節對蜀道之「險」的描寫。「連峰」四句，融高度的誇飾與真切的寫實於一體，展現出連峰插天，直與天接；枯樹倒掛，斜倚絕壁；激湍飛瀑，爭相喧鬧，撞崖轉石，猶如萬壑雷鳴。和「捫參歷井」的誇張形容相似，說「連峰去天不盈尺」同樣是極度的誇張，但行人仰視高峰插天時又確實有「不盈尺」的真切感受。前人或讚「枯松」句逼真如畫，其實這四句都形象鮮明，極富畫意。但這畫卻蘊含著大自然的生機律動，釋放出巨大能量，並具有響徹萬壑雷鳴般的元氣淋漓。在這種畫面面前，王維《輞川集》中所描繪的境界，便不免顯得渺小。在盡情描繪渲染之後，又用「其險也如此，嗟爾遠道之人胡為乎來哉」作一收束，以回應前面的「問君西遊何時還」，用一「險」字概括以上描繪渲染給人的奇險感受。

「劍閣」以下直至篇末，由蜀道的奇險引出另一層意涵：形勝之地易於割據的隱憂。「劍閣」五句，雖本左思〈蜀都賦〉與張載〈劍閣銘〉，但渾化無痕，且出新意。張載只說「形勝之地，匪親勿居」，李白則改為「所守或匪親，化為狼與豺」，理性的告誡化為感性直觀的形象，用「豺狼」喻割據叛亂者，正具體地顯示出其貪婪與殘暴的野心家本性。接著，又連用四個四字句，以「猛虎」、「長蛇」重疊設喻，揭露其「磨牙吮血，殺人如麻」的凶殘本質和百姓遭受殘害的悲慘局面。

「錦城」二句，乃順勢就送客西遊回應前面的「問君西遊何時還」和「嗟爾遠道之人胡為乎來哉」，帶出「不如早還家」的勸誡。最後，再提「蜀道之難，難於上青天」，以「側身西望長咨嗟」的感嘆作結。

正如杜詩所形容的那樣，這首詩的確給予人「筆落驚風雨」之感。題名「蜀道難」，但詩人用筆的重點顯然放在對蜀道雄奇險峻的描繪渲染上。無論是「地崩山摧壯士死，然後天梯石棧相鉤連」的蜀道開闢之神奇，還是「上有六龍迴日之高標，下有衝波逆折之迴川」，以及「飛湍瀑流爭喧豗，砯崖轉石萬壑雷」的巨大能量顯現；無論是「捫參歷井仰脅息」，還是「連峰去天不盈尺」的描寫，都給人魂悸魄動的強烈感受。詩中一再用驚嘆的口吻表達對蜀道高危奇險的種種感受，正傳達出詩人在奇險壯美的蜀道山川面前，心靈所受到的強烈震撼。所謂「蜀道難」，在李白筆下，實際上成為對蜀道充滿驚奇感的讚嘆。自然界有各式各樣的美，從大類別來說，有陽剛之美和陰柔之美。陽剛之美中又包含各種不同的類型。同屬五嶽之一的泰山和華山，就一則偏於雄偉，一則偏於奇險。而蜀道山川，則兼具雄壯奇險之美。它高危險峻，令人「仰脅息」、「凋朱顏」、「愁攀援」，但它那特有的雄奇險峻之美，就寓於這種驚心動魄的感受之中。人們從這雄奇險峻的蜀道山川中，感受到大自然的神奇、壯麗和生命力，享受著心驚魄動的快感和美感。總之，它特有的壯美就寓於奇險之中。

美感是主客觀的融合，是和人類社會現實分不開的。對於蜀道，在相當長一段時間裡，人們很可能只是單純驚畏於它的險阻高峻，難以跨越，而沒有感受、發現它的美。李白之所以能將蜀道描繪得如此奇險壯麗，具有驚心動魄的美感，主要原因是他所處的盛唐時代，生產發展、交通發達，人們征服自然的力量增強，視野進一步擴大，因而美感觀念也有了相應的變化發展等情況。驚險的自然界在人們眼中不再僅僅是畏途，而成為觀賞的對象，並在觀賞的同時感到精神上的滿足。愛奇務險，以艱險為美，在盛唐詩中具有相當廣泛的普遍性，邊塞詩中對塞漠奇麗風光的欣賞讚美，同樣反映出這種經過變化的美感觀念，李白的〈蜀道難〉典型地呈現出這種美感觀念。殷璠用「奇之又奇」稱讚〈蜀道難〉，同樣是具有時代特徵的審美觀念在詩歌評論上的反映。

但描繪讚美蜀道山川的奇險壯麗，雖是這首詩內容的主要方面，卻非它的全部。詩的末段，由蜀道的險阻聯想到，形勝之地匪親勿居，明顯表現出對恃險割據局勢的憂慮。讚美與憂慮，同樣出自於詩人的愛國感情。正因為熱愛國中奇險壯麗的山川，因而不願意看到它為野心家所占據，造成國家分裂、生靈塗炭的局面。這兩方面的內容自然可以統一，而且能夠在一首詩中同時出現，不妨看杜甫歌詠相似題材的〈劍門〉：

唯天有設險，劍門天下壯。連山抱西南，石角皆北向……併吞與割據，極力不相讓。吾將罪真宰，意欲鏟疊嶂。

對「劍門天下壯」，杜甫是讚美的。但想到歷史上經常發生恃險割據的事情，因此又責備「設險」的天帝，要剷除劍門天險，以免「併吞與割據，極力不相讓」的戰爭局面發生，禍害百姓。儘管李白在詩中沒有說要「鏟疊嶂」，但藉由杜詩可以說明，懷有愛國感情的人，在面對奇險壯麗的山川時，既熱愛它、讚美它，又擔心它為野心家所利用、所竊據，是非常自然的。李、杜都是愛國詩人，因此在面對劍門天險時，同樣都想到割據叛亂的問題，可謂「心有靈犀一點通」。但在李白詩中，這方面是次要內容，這不僅可以從篇幅上看出，而且也可從詩的基調看出。這是因為，李白寫這首詩的天寶初年，封建割據叛亂還僅僅是一種隱患（開元末沿邊設節度使，掌握軍政大權，逐步造成尾大不掉的局面），處在萌芽狀態之中。李白的可貴之處，正在於當割據勢力初萌時就相對敏銳地覺察到它的危險性，並且在這樣一首描繪山川景物的詩裡，把這個問題鮮明地提了出來，引起人們對它的注意。但也正因為這個問題在當時還只是隱患，因此在詩裡就沒有將它作為重點。而杜甫的〈劍門〉，寫於安史之亂正在持續的時代，蜀中的形勢也很不平靜，軍閥徐知道正在醞釀一場叛亂。因此，〈劍門〉詩中就明顯地將反對恃險割據作為主要內容，而對劍門天險的描繪則退居次要地位。

自然的性格化（或者說主觀化、寫意化），是這首詩的突出特點。這首詩從描寫對象來說，應該屬於山水詩。但它又和一般山水詩側重描繪山水的形貌、情狀不同，而是著重顯示蜀道山川的「神」，著重抒寫自己的主觀感受。詩人藉助高超的藝術概括力，抓住蜀道山川最突出的特點——雄奇險峻並充滿原始的神祕、神奇色彩，充滿巨大的生命活力，予以充分而反覆的描繪渲染，並在描繪中散發自己那種強烈的驚奇感、驚心動魄的感受。讀這樣的詩，也許對入蜀道路上的具體勝蹟風景並無圖經式的了解，但對蜀道山川之「神」，它那雄奇險峻的特徵，那「衝波逆折之迴川」，那壁立千仞、可以捫參歷井的高峰，那砯崖轉石、萬壑雷鳴的聲響，卻留下極為鮮明深刻的印象，使我們感受到這是一個充滿生命活力的大自然。而在傳蜀道山川之神的同時，這首詩也展現出詩人自己的精神性格、神彩個性，他那豪邁不羈的氣概、磊落不平的胸襟、愛奇務險的性格、熱愛國家山川的感情，也都隱現於字裡行間。正是由於詩人的精神性格與蜀道山川的自然性格完全契合，他才能在詩中既傳蜀道山川之神，又傳詩人自己的神彩性個。李白的這種山水詩，既和謝靈運專工客觀描摹、細緻刻劃的山水詩顯著有別，也和王維以情景交融的意境為特色的山水詩有所差異，而杜甫入蜀途中創作的圖經式山水詩更與此迥異。主要區別，就在於李白的這類山水詩，主觀色彩更加濃厚，著重抒寫自己的主觀印象、感受。他筆下的山水，是經性格化的山水。

為了充分表現蜀道山川雄奇險峻的特點，淋漓盡致地抒寫自己的主觀感受，詩人將豐富的想像、極度誇飾和運用神話傳說等一系列浪漫主義手法融為一體。

「蠶叢」四句，透過追溯渺茫無稽的歷史傳說，展現出遠古時代秦蜀之間群山莽莽、高入雲天、飛鳥難越、人煙斷跡的原始面貌，為現實的蜀道建構深遠的歷史背景。緊接著，又運用一則極富浪漫色彩的五丁開山神話傳說，有聲有色地展現蜀道的誕生，如同霹靂一聲巨響，一個神奇的不平凡的景象突然湧現於眼前，使現實的蜀道帶上濃厚的傳奇色彩。寫山的高峻奇險，或用高度的誇飾與反襯，如「黃鶴」二句；或將高度誇飾與奇特想像結合起來，如「捫參」二句。

而且這種誇張與想像又和「仰脅息」和「以手撫膺坐長嘆」的細節描繪結合，從而極真切地傳達出登上險峰之巔時上頂青天、下臨深淵的驚心動魄之感，達到幻與真的對立統一。值得注意的是，在突出蜀道雄奇險峻的同時，詩中還插入一段悲鳥號鳴、子規啼月的描寫，展現初雄奇險峻的蜀道在月夜中所顯示的另一種境界：幽深、悽清，帶有某種神祕朦朧的色彩，使全詩的情調、色彩更加豐富。而奇異這一點又和全詩的基調和諧地融合。這一節也暗用了有關杜鵑的神話傳說。

迴環往復的抒情和參差變化的句式韻律，也是這首詩的突出特點。「蜀道之難，難於上青天」的詩句，在詩中三次出現，像一條貫串的紐帶，將全詩連貫在一起，給予人波瀾起伏之感。圍繞著這個主軸，詩一個波峰接一個波峰，迴環往復中將詩的內容情感不斷向前推進。詩一開頭就將詩人對蜀道的種種強烈主觀感受，凝聚成兩聲長嘆和一句詩，拔地而起，破空而來，給予人神奇突兀之感，就像一齣威武雄壯的戲開場前，突然響起震撼人心的開場鑼鼓，營造出緊張熱烈的氣氛，定下豪邁雄放的基調。第二次出場，是在一大段淋漓盡致的描繪渲染之後，具有承上啟下的作用。既是對上一段描寫的小結，又是一個暫時的間歇與停頓，好讓讀者緊張的神經鬆弛片刻，回味一下剛剛經歷的驚心動魄情景，準備迎接下面新的高潮。第三次出現，是在全詩的結尾處，為全詩作總結，也留下深長的回味。三次出現，都不是簡單地重複和單純地加深印象，而是和內容的發展緊密連繫。它就像一部五音繁會的大型交響樂中的主旋律，將全詩的內容、感情和強烈的感染力都凝聚起來。這種在迴環往復中層層遞進的抒情手法，是李白對《詩經》中民歌抒情手法的創造性運用和發展，使全詩在雄奇奔放中別具一唱三嘆的韻味。

為了充分表現描寫對象雄奇險峻的特點，並自由抒寫自己豪放不羈的情懷，詩人對傳統詩體也作了前所未有的大膽改造。傳統詩歌，從《詩經》到楚辭，從五言到七言，從古體到新體、近體，一直都以齊言為主要特徵。少數樂府詩句或有長短參差不一，是配合音樂的需求。按照過去的詩體分類，這首詩仍歸入七古一體，但說它是雜言，也許更準確。除二十一句七言這一基本句式外，有三言、四言、五言、九言，最長的句子達十一言。長短錯綜，極盡變化之能事。為了造就縱橫馳驟的氣勢，詩中大量運用散文化的句法，以及許多語助詞、嘆詞。全詩的韻律也隨著內容變化而不斷改變。這一切藝術元素的綜合，造就這首詩雄奇豪放、淋漓恣肆、跌宕多姿的風格，這種詩體，除了押韻這一點之外，可以說就是古代的自由詩。這是李白詩體解放的成功嘗試，這種詩體，不但與初唐張若虛的〈春江花月夜〉、盛唐高適的〈燕歌行〉齊言體七古不同，與岑參破偶為奇的〈走馬川行〉也顯有差別，李白豪放不羈的性格和「筆落驚風雨」的創作風貌，也充分展現在詩體的改造與解放。

梁甫吟[1]

長嘯梁甫吟，何時見陽春[2]？君不見，朝歌屠叟辭棘津，八十西來釣渭濱[3]。寧羞白髮照清水[4]，逢時吐氣思經綸[5]。廣張三千六百釣[6]，風期暗與文王親[7]。大賢虎變愚不測[8]，當年頗似尋常人。君不見，高陽酒徒起草中，長揖山東隆準公。入門不拜騁雄辯，兩女輟洗來趨風[9]。東下齊城七十二，指揮楚漢如旋蓬[10]。狂客落魄尚如此[11]，何況壯士當群雄[12]！我欲攀龍見明主[13]，雷公砰訇震天鼓[14]。帝旁投壺多玉女[15]，三時大笑開電光[16]，倏爍晦冥起風雨[17]。閶闔九門不可通[18]，以額扣關閽者怒。白日不照吾精誠[19]，杞國無事憂天傾[20]。猰貐磨牙競人肉[21]，騶虞不折生草莖[22]。手接飛猱搏雕虎[23]，側足焦原未言苦[24]。智者可卷愚者豪[25]，世人見我輕鴻毛[26]。力排南山三壯士，齊相殺之費二桃[27]。吳楚弄兵無劇孟，亞夫咍爾為徒勞[28]。梁甫吟，聲正悲。張公兩龍劍，神物合有時[29]。風雲感會起屠釣，大人峴屼當安之[30]。

[校注]

①〈梁甫吟〉，古樂府相和歌辭楚調曲名。《樂府詩集》卷四十一諸葛亮〈梁甫吟〉解題：「《古今樂錄》曰：王僧虔《技錄》有〈梁甫吟行〉，今不歌。謝希逸《琴論》曰：諸葛亮作〈梁甫吟〉。〈陳武別傳〉曰：武常騎驢牧羊，諸家牧豎十數人，或有知歌謠者，武遂學〈泰山梁甫吟〉、〈幽州馬客吟〉及〈行路難〉之屬。《蜀志》曰：諸葛亮好為〈梁甫吟〉。

然則不起於亮矣。李勉《琴說》日:〈梁甫吟〉,曾子撰。《琴操》日:曾子耕泰山之下,天雨雪凍,旬月不得歸,思其父母,作〈梁山歌〉。蔡邕《琴頌》日:梁甫悲吟,周公越裳。按梁甫,山名,在泰山下。〈梁甫吟〉,蓋言人死葬此山,亦葬歌也。又有〈泰山梁甫吟〉,與此頗同。」諸葛亮所撰〈梁甫吟〉,係詠齊相晏嬰二桃殺三士之事。《樂府詩集》所錄陸機、沈約、陸瓊之〈梁甫吟〉,或詠「年命時相逝,慶雲鮮克乘」之慨,或抒「懷仁每多意,履順孰能禁」之感,或寫名倡歌塵繞梁之美,內容各不相同,均非古辭之義。《文選·張衡〈四愁詩〉》:「我所思兮在太山,欲往從之梁父艱。」李善注:「太山以喻時君,梁父以喻小人也。」劉良注:「太山,東嶽也,願輔佐君王致於有德而為小人讒邪之所阻難也。」李白此篇,當即取此義。詹鍈《李白詩文繫年》記此詩作於天寶九載(西元750年),謂:「〈冬夜醉宿龍門覺起言志〉詩云:『富貴未可期,殷憂向誰寫。去去淚滿襟,舉聲〈梁甫吟〉。青雲當自致,何必求知音?』此詩寓意亦多與上首相合,疑是同時之作。」瞿蛻園、朱金城《李白集校注》則謂:「此詩有『張公兩龍劍』之語,與〈古風〉第十六首『雌雄終不隔,神物會當逢』語意不能無關……詹氏所引〈龍門言志〉詩有『傅說板築臣,李斯鷹犬人』之語,與此詩以太公酈生為喻,皆是未遇時口吻。若已被召入京,即使遭讒被放,亦與未遇者不同。」郁賢皓《李白集選注》

謂：「按瞿、朱說甚是。〈梁甫吟〉相傳為諸葛亮出山前所吟，本詩入手即以陽春喻明主，知其時未遇君主。所用呂望、酈食其事亦為渴望君臣遇合，末以張公神劍遇合為喻，深信君臣際遇必有時日。則此詩必未見君主前所作無疑。前人因詩中有『雷公』、『玉女』、『閽者』喻奸佞，以為被讒去朝後作，殊不知開元年間初入長安求取功業，亦為張垍等奸佞阻礙而無成，此詩正切合當時情事，與待詔翰林被放還山時事不侔……詩當作於開元二十一年即初入長安被張垍所阻而未見明主之後。」詹、郁二說不同，各有所據。然謂「未見君主」，則與詩中「白日不照吾精誠」之語似未合。詩中所寫政局昏暗景象，亦與開元之時情況不符。②陽春，陽光明媚的春天。語本宋玉〈九辯〉：「食不偷而為飽兮，衣不苟而為溫。竊慕詩人之遺風兮，願託志乎素餐。蹇充倔而無端兮，泊莽莽而無垠。無衣裘以禦冬兮，恐溘死不得見乎陽春。」李白以「陽春」意象喻政治上得到遇合之時。③朝歌屠叟，指呂望（即姜太公呂尚）。《韓詩外傳》卷七：「呂望行年五十，賣食棘津，年七十，屠於朝歌；九十，乃為天子師，則遇文王也。」又卷八：「太公望少為人婿，老而見去，屠牛朝歌，賃於棘津，釣於磻溪，文王舉而用之，封於齊。」朝歌，殷商都城，今河南淇縣；棘津，在今河南延津縣東北。渭濱，渭水邊。指釣於磻溪（今陝西寶雞東南）事。《史記・范雎蔡澤列傳》：「臣聞始時呂尚之遇文王也，身為漁父而釣於渭濱耳。」④寧，豈。清，《全唐詩》校：「一作綠。」⑤吐，李集諸本，《文苑英華》、《樂府詩集》、《全唐詩》均同，《樂府詩集》校云：「一作壯。」經綸，喻治理國家。《易．屯》：「君子以經綸。」⑥三千六百釣，舊注謂指呂望釣於渭濱幾十年。然「廣」字無解。此但泛言其廣設釣而志在天下。吳昌祺《刪訂唐詩解》：「予思地有三千六百軸，言太公會天下而釣之也。」瞿蛻園、朱金城《李白集校注》引黃本驥《痴學》：「太白〈梁甫吟〉：『廣張三千六百釣，風期暗與文王親』，言渭水之釣，志在天下，非一丘之壑之比，即〈鞠歌行〉『虎變磻溪中，一舉釣六合』之意。三千六百，偶舉其數，無所取義。歷來詮釋皆近於鑿。」⑦風期，風度品格。《晉書．習鑿齒傳》：「其風期俊邁如此。」《世說新語．言語》：「貧道重其神駿。」劉孝標注引《高逸沙門傳》：「（支道林）少而任心獨往，風期高亮。」⑧《易．革》：「大人虎變。象曰：其文炳也。」孔穎達疏：「損益前王，創制立法，有文章之美，煥然可觀，有似虎變，其文彪炳。」虎變，指虎皮上的花紋變化，以喻大人物的行為經歷變化莫測。愚不測，為愚人所難以測度。⑨高陽酒徒，指西漢初酈食其。《史記．酈生陸賈列傳》：「酈生食其者，陳留高陽人也。好讀書，家貧落魄，無以為衣食也，為里監門史。然縣中賢豪不敢役，縣中皆謂之狂生……沛公（劉邦）至高陽傳舍，使人召酈生。酈生至，入謁。沛公方倨床使兩女子洗足，而見酈生。酈生入，則長揖不拜，曰：『足下欲助秦攻諸侯乎？且欲率諸侯破秦也？』沛公罵曰：『豎儒！夫天下同苦秦久矣，故諸侯相率而攻秦，何謂助秦攻諸侯乎？』酈生曰：『必聚徒合義兵誅無道秦，不宜倨見長者。』於是沛公輟洗，起攝衣，延酈生上坐，謝之……初，沛公引兵過陳留，酈生踵軍門上謁曰：『高陽賤民酈食其，竊聞沛公暴露，將兵助楚討不義，敬勞從者，願得望見，口畫天下便事。』使者入通，沛公方洗，問使者曰：『何如人也？』使者對曰：『狀貌類大儒，衣儒衣，冠側注。』沛公曰：『為我謝之，言我方以天下為事，未暇見儒人也。』使者出謝……酈生瞋目按劍叱使者曰:『走！復入言沛公，吾高陽酒徒也，非儒人也。』……沛公遽雪足杖矛曰：『延客入！』」草中，草澤之中，猶民間。長揖，指拱手高舉，自上而下行禮而不拜。山東隆準公，指劉邦。《史記．高祖本紀》:「高祖，沛豐邑中陽里人……高祖為人，隆準而龍顏。」古以太行山以東地區為山東，沛縣地處太行山之東，故云。隆準，高鼻。趨風，疾行至下風，以示恭敬。《左傳．成公十六年》:「郤至三遇楚子之卒，見楚子，必下，免冑而趨風。」劉向《新序．善謀一》:「是故虞卿一言，而秦之震懼趨風，馳指而請備。」或解「趨風」為疾行如風，亦通。⑩《史記．酈生陸賈列傳》:「漢三年秋，項羽擊漢，拔滎陽，漢兵遁保鞏、洛……酈生因曰：『……方今燕、趙已定，唯齊未下……臣請得奉明詔說齊王，使為漢而稱東藩。』上……使酈生說齊王……田廣以為然，乃聽酈生，罷歷下兵守戰備，與酈生日縱酒。淮陰侯聞酈生伏軾下齊七十餘城，乃夜度兵平原襲齊。」如旋蓬，如蓬草隨風飛旋。此狀其輕而易舉。⑪狂客，指酈食其。酈食其被稱為狂生。⑫壯士，李白自指。當群雄，對著群雄。⑬揚雄《法言．淵騫》：「攀龍鱗，隨鳳翼，巽以揚之，勃勃乎其不可及也。」《漢書．敘傳下》：「舞陽鼓刀，滕公廄騶，潁陽商販，曲周庸夫，攀龍附鳳，並乘天衢。」攀龍，喻依附帝王以成就功業，亦喻指依附顯貴而實現自己的志向。此處似指後者。⑭雷公，司雷之神。砰訇，狀宏大之聲響。天鼓，指雷聲。《初學記》卷一〈天部〉引《抱朴子》：「雷，天之鼓也。雷神曰雷公。」⑮《神異經．東荒經》：「東王公……恆與一玉女投壺，每投千二百矯，設有入不出者，天為之𠵱嘘。矯出而脫誤不接者，天為之笑。」張華注：「言笑者，天口流火炤灼，今天不下雨而有電火，是天笑也。」⑯三時，指早、中、晚三時。⑰倏爍，電光迅速閃爍的樣子。《楚辭．九思．憫上》：「雲濛濛兮電倏爍。」晦冥，昏暗。⑱閶闔，天門。《楚辭．離騷》：「吾令帝閽開關兮，倚閶闔而望予。」王逸注：「閽，王門者也。閶門，天門也。」九門，天宮中的九重門。⑲白日，喻皇帝。精誠，至誠，忠誠之心。⑳《列子．天瑞》：「杞國有人，憂天地崩墜，身亡（無）所寄，廢寢食者。」此謂自己深懷對國事的憂慮，如杞人之憂天地崩墜。㉑猰貐，傳說中吃人的凶惡野獸。《爾雅．釋獸》:「猰貐，類貙，虎爪，食人，迅走。」競人肉，爭食人肉。㉒騶虞，傳說中不吃生物、不踏生草的仁獸。《詩．召南．騶虞》:「於嗟乎騶虞。」毛傳:「騶虞，義獸也。白虎，黑文，不食生物，有至信之德則應之。」㉒《文選．曹植〈白馬篇〉》:「仰手接飛猱。」李善注:「凡物飛迎前射之曰接。猱，猿屬也。」《尸子》卷下:「中黃伯曰:『余左執太行之獶，而右搏雕虎……夫貧窮，太行之獶也，疏賤，義之雕虎也，而每日遇之，亦足以試矣。』」獶或作猱。雕虎，虎身上有斑紋，似雕畫而成，故曰雕虎。㉔焦原，張衡〈思玄賦〉:「執雕虎而試象兮，阽焦原而跟趾。」《尸子》卷下:「莒國有石焦原者，廣長五十步，臨百仞之谿，莒國莫敢近也。有以勇見莒子者，猶卻行劑踵焉。此所以服莒國也。夫義之為焦原也，亦高矣，賢者之於義，必有劑踵，此所以服一世也。」焦原，山名，在今山東莒縣南。㉕《論語．衛靈公》:「蘧伯玉邦有道則仕，邦無道則卷而懷之。」智者可卷，指清醒的才士遇上邦無道之時，則深藏不露，待時而動。愚者豪，愚蠢的人則逞強好勝。㉖輕鴻毛，輕如鴻毛。言自己為世人所輕。李白〈上李邕〉:「時人見我恆殊調，見余大言皆冷笑。」㉗排，推開。諸葛亮〈梁父吟〉:「步出齊城門，遙望蕩陰里。里中有三墳，纍纍正相似。問是誰家塚？田疆古冶子。力能排南山，文能絕地紀。一朝被讒言，二桃殺三士。誰能為此謀？國相齊晏子。」二桃殺三士事，詳《晏子春秋・內篇諫下二》。春秋時，公孫接、田開疆、古冶子事齊景公，以勇力搏虎聞。晏子過而趨，三子不起，晏子見景公，謂此三人上無君臣之義，下無長率之倫，不若去之。因使景公以二桃賜三人，令其論功而食。公孫接、田開疆先各敘己功而取二桃，古冶子敘己功最大，讓二人還桃，二人羞愧自殺，古冶子也認為自己不仁不義無勇而自殺。㉘《史記・遊俠列傳》:「吳、楚反時，條侯（周亞夫）為太尉，乘傳車將至河南，得劇孟，喜曰:『吳、楚舉大事而不求孟，吾知其無能為已矣。』天下騷動，宰相得之，若得一敵國云。」吳楚弄兵，指漢景帝三年（西元前154年），以吳王劉濞為首的吳、楚等七國叛亂。劇孟，西漢洛陽人。《史記・遊俠列傳》:「田仲已死，而洛陽有劇孟。周人以商賈為資，而劇孟以任俠顯諸侯……劇孟行大類朱家，而好博，多少年之戲。然劇孟母死，自遠方送喪蓋千乘。及劇孟死，家無餘十金之財。」亞夫，周亞夫，西漢景帝時名將，曾奉命平七國之亂。事詳《史記・絳侯周勃世家》。咍（ㄏㄞ），譏笑。爾，指吳、楚七國叛亂者。二句意謂，吳、楚七國叛亂沒有網羅劇孟這樣的人物，周亞夫譏笑他們根本不可能成事。此蓋以劇孟自比，謂朝廷用己，則可在事關國家存亡的時候發揮巨大作用。㉙《晉書・張華傳》:「初，吳之未滅也，斗牛之間常有紫氣……及吳平之後，紫氣愈明。華聞豫章人雷煥妙達緯象，乃要煥宿……煥曰：『寶劍之精，上徹於天耳。』……即補煥為豐城令。煥到縣，掘獄屋基，入地四丈餘，得一石函，光氣非常，中有雙劍，並刻題，一曰龍泉，一曰太阿……遣使送一劍並土與華，留一自佩……華得劍，寶愛之……報煥書曰：『詳觀劍文，乃干將也，莫邪何復不至？雖然，天生神物，終當合耳。』……華誅，失劍所在。煥卒，子華為州從事。持劍行經延平津，劍忽於腰間躍出墮水，使人沒水取之，不見劍，但見兩龍各長數丈，蟠縈有文章。沒者懼而反。須臾光彩照水，波浪驚沸……華嘆曰：『先君化去之言，張公終合之論，此其驗乎！』」此以龍劍自喻，謂己遇合終當有時。著意處在「神物合有時」。㉚風雲感會，指風與雲感應相會，喻君臣遇合，亦稱風雲際會、風雲會。《後漢書・朱景王杜馬劉傅堅馬列傳・附二十八將論》：「咸能感會風雲，奮其智勇。」起屠釣，指起於屠夫漁釣之草野民間，用呂望事，詳註③。大人，猶君子，自指。峴屼，不安貌。當安之，應當安守以待時，不必因暫時未遇而不安。

[鑑賞]

〈梁甫吟〉是李白七古和樂府歌行的代表性名篇。它的主要特點是：感情憤慨激越，充滿對政治現實的猛烈抨擊，而又始終保持著對理想的執著和對前途的自信。

開頭兩句，破空而來，聲情激越。「長嘯」是形容感情激憤憂鬱，不吐不快，唯藉此方能一抒積憤的狀態。而詩人之所以「長嘯梁甫吟」，原因即在「何時見陽春」。「陽春」本指自然界中美好明媚的春天，這裡作為政治象喻，象徵著政治上清明美好的時代，也象徵著自己政治上的美好遇合，與下面「倏爍晦冥起風雨」的昏暗政局恰恰形成鮮明對照，和篇末的「神物合有時」則正相互吻合。「陽春」的這兩層象徵含義，是融為一體的。詩人所期盼的就是政治清明美好、自身仕途獲得遇合的「陽春」之時。或謂「陽春」指明主，恐非，詩中用以喻指君主的意象是「白日」。如果說，首句是點題，則次句便是對全詩內容旨意的揭示。因此這個開頭具有提挈統領全篇的作用。

緊接著篇首，下十八句，用兩個「君不見」分別起頭。透過對呂望、酈食其兩個歷史人物經歷遭際的敘寫，來說明有傑出才能的人，終能遇合明主，施展抱負。呂望的特點是地位微賤、老而未遇，年八十方遇文王而得重用，成為周代的開國功臣。詩人用筆的重點便放在他年雖老而志彌篤，「寧羞白髮照清水，逢時吐氣思經綸」，不以「白髮」照清水為羞，而是因「逢時」而經綸之志彌增。詩人用「廣張三千六百釣，風期暗與文王親」來形容他雖身隱漁釣，卻志存天下，雖身處微賤，風度品格卻暗與文王相親，說明其所釣的是整個天下。歷史傳說透過詩人生花妙筆的點染，將呂望的形象塑造得充滿積極用世的精神和蓬勃的朝氣。「大賢虎變愚不測，當年頗似尋常人」二句，是對呂望經歷的總結，意在強調，有傑出才能的人在未遇時雖「頗似尋常人」，而為愚者所不識，但一旦逢時而施展經綸之才略，則如虎變而顯榮於世。這既是對自己安心待時的鼓勵、對自己終能得遇的自信，也是對世俗之世不識自己才能的嘲笑。而酈食其的特點則是「狂」而「雄辯」。這二者實際上又都是對自己才能謀略極為自信的表現。詩人抓住這兩個特點，不僅生動地展現出他謁見劉邦時長揖不拜、高騁雄辯、自稱「高陽酒徒」的狂傲不羈風度，和劉邦前倨後恭的態度變化，而且讚頌他「東下齊城七十二，指揮楚漢如旋蓬」的傑出才能事功。在酈食其身上，顯然有李白自己的影子。

「狂客落魄尚如此，何況壯士當群雄」，是對酈食其經歷的總結，也是對自己強烈自信心的抒發。一個被視為「狂客」，落拓不羈的人物尚且能建立不朽事功，何況是像我這樣的「壯士」，又何況是壯士而面對群雄，更加壯志激昂呢！以上兩層一大段，都是透過對歷史人物經歷的歌詠，來抒發自己的政治自信心。感情昂揚樂觀，語調瀟灑豪爽，節奏跌宕起伏。敘酈食其一節，描寫尤見生動，酈食其的風采個性被描繪得虎虎生風，可以體會詩人在其中所貫注的感情。如果說，司馬遷透過描寫細節將酈食其見沛公的場面小說化，那麼李白則進一步將它詩化。

「我欲」以下十九句，轉入對汙濁黑暗政治現實的揭露抨擊，感情也由上段的昂揚樂觀，轉為憤慨激越。十九句也分為前後兩節。第一節七句，仿效〈離騷〉上天求女段落的筆意，運用神話和象徵手法，對自己在「攀龍見明主」過程中受阻的情形作了淋漓盡致的描繪：雷公擂響震天的鼓聲，天帝旁圍繞著以投壺為戲的玉女，從早到晚，電光閃爍，風雨晦冥，天宮的門戶閉塞不通，自己憤而用額頭去叩門，卻遭到守門閽人的怒喝。「雷公」、「玉女」不必尋究其具體所喻，但顯然是指圍繞在皇帝身旁的邪惡勢力。而電閃雷鳴、風雨晦冥的景象，則無疑是昏暗險惡政治局面的象徵。「白日」以下十二句，則分別運用神話、寓言、歷史傳說進一步渲染政治環境之險惡，以及自己面對這種環境時的感情反應。「白日」二句，述說皇帝根本沒有鑑察自己的忠誠，反而認為自己所陳述的政治憂患是杞人憂天、危言聳聽。然則，所謂「明主」，在群小包圍下已經成為「昏主」。在這種主昏臣邪的政局中，一些凶惡的小人就像吃人的野獸一樣，張開血盆大口，磨牙競食人肉。力排南山的勇武之士，為齊相的陰謀伎倆所殺害，顯得輕而易舉。自己雖像神話中的仁獸，連生草莖也不忍踐踏，卻根本不被信任，儘管有手接飛猿、搏猛虎的本領，有「側足焦原未言苦」的心志，卻無從施展。自己原是真正的智者，卻因政治形勢而不得不「卷而懷之」，被那班逞豪於時的愚者看得輕如鴻毛。可是國家一旦遇上吳楚七國弄兵那樣的危急局面，又怎能沒有自己這種有如劇孟的人才呢？這十二句，敘述不大講究順序，旁見雜出，無固定的章法，可以看出詩人在下筆時，任憑自己的感情激流隨處橫溢奔迸。這種不加修飾、近乎感情原始狀態的傾瀉，正說明詩人寫作時感情已到極為激憤而不加控制的程度。拉雜錯亂，誠或有之，不必為之諱飾，但這正是詩人感情狀態的真實反映。沈德潛說：「後半拉雜使事，而不見其跡，以氣勝也。」這個評語，倒是說明了一個事實，在「拉雜」的使事和敘事抒情中潛藏著一股貫通一切的氣（詩人的思想感情凝聚而成的精神力量），從而使它在散亂中呈現出內在的一致。

最後一段，緊承上段，先點明這首〈梁甫吟〉所抒寫的是詩人政治上憂憤悲慨之情。「聲正悲」三字是對「我欲攀龍見明主」以下一大段落的內容和思想感情的概括。接著卻遙承篇首，突作轉折，將自己比作神劍，堅信自己的政治遇合終當有時，就像出身於屠釣的呂望一樣，總能在時代的風雲感會中得遇明君，施展才能，實現抱負，不必為一時的挫折而惴惴不安。從而不但為「君不見」以下一大段作出精練的概括，而且回答開頭提出的「何時見陽春」之問。儘管詩人也難以明確指出具體時間，但堅信必有遇合之時。看來，詩人對當時的政局雖充滿憤激、深感憂慮，卻未失去對時代的信心。

這首詩的寫作年代，或有主張作於開元十八年（西元730年）初入長安無成而歸之後者。但從詩中「我欲攀龍見明主」段落所描繪的政治局面來看，無疑更像在天寶六載（西元747年）以後，奸相李林甫專權，打擊陷害一大批忠良賢能之士時期所呈現的景象。像「倏爍晦冥起風雨」的昏暗局面，「猰貐磨牙競人肉」、「力排南山三壯士，齊相殺之費二桃」的黑暗危險景象，以及詩人「憂天傾」的強烈政治憂患感，都不大可能出現在開元中期那樣政治仍然比較清明的時期。李白對時代的感受和認知，或有過於樂觀之時，而這樣憤慨激越、充滿憂患的感情，似乎只可能出現在天寶中期那個危機逐漸顯露的時代。

烏棲曲①

姑蘇臺上烏棲時②，吳王宮裡醉西施③。吳歌楚舞歡未畢，青山欲銜半邊日④。銀箭金壺漏水多⑤，起看秋月墜江波。東方漸高奈樂何⑥！

[校注]

①〈烏棲曲〉，樂府清商曲辭西曲歌舊題。《樂府詩集》卷四十七〈烏夜啼八曲〉解題引《唐書·樂志》曰：「〈烏夜啼〉者，宋臨川王義慶所作也。」又引《樂府解題》曰：「亦有〈烏棲曲〉，不知與此同否？」按：〈烏夜啼八曲〉及梁簡文帝、劉孝綽、庾信所作〈烏夜啼〉，又梁簡文帝、梁元帝、蕭子顯、徐陵所作〈烏棲曲〉，內容多詠男女愛情，背景則多為夜間。李白此首亦然，詩中男女主角為吳王夫差及寵姬西施。蕭士贇注：「《樂錄》：『〈烏棲曲〉者，鳥獸二十一曲之一也。』」胡震亨注：「梁人辭云：『芳樹歸飛聚儔匹，猶有殘光半山日，金壺夜水豈能多，莫持奢用比懸河。』又徐陵云：『繡帳羅幃隱燈燭，一夜千年猶不足。唯憎無賴汝南雞，天河未落猶爭啼。』皆白詩所本也。但六朝用兩韻，韻各二句。此用三韻，前二韻各二句，後一韻三句，為稍異。無調。」②姑蘇臺，亦作姑胥臺，相傳為吳王夫差所築。《墨子·非攻中》：「（夫差）遂作姑蘇之臺，七

年不成。」孫詒讓閒詁：「按《國語》以築姑蘇為夫差事，與此書正合……《越絕》以姑蘇為闔閭所築，疑誤。」袁康《越絕書．外記傳吳地傳》：「胥門外有九曲路，闔閭造以遊姑胥之臺，以望太湖。」《述異記》卷上：「吳王夫差築姑蘇之臺，三年乃成。周旋詰屈，橫亙百里，崇飾土木，殫耗人力，宮妓數千人。上別立春宵宮，為長夜之飲，造千石酒鍾。夫差作天池，池中造青龍舟，舟中盛陳妓樂，日與西施為水嬉。」據《吳郡志》，姑蘇臺在姑蘇山上，故址在今江蘇蘇州市西南。③西施，春秋時越國美女。西元前 494 年，越王勾踐兵敗於會稽，向吳王夫差求和。范蠡取西施獻夫差，使其迷惑荒政。後越終亡吳。事見《吳越春秋．勾踐陰謀外傳》。《越絕書．越絕內經九術》則云：「越乃飾美女西施、鄭旦，使大夫種獻之於吳王。」④青山欲銜半邊日，指太陽將要落山。⑤銀箭金壺，古代計時器。以銅為壺，底穿孔，壺中立一有刻度之箭形浮標，壺中水滴漏漸少，箭上度數即漸次顯露，視之可知時刻。箭與壺均用金屬製成，故云「銀箭金壺」。漏水多，謂夜已深。⑥漢樂府〈有所思〉：「東方須臾高知之。」東方漸高，指東方日出漸高。或謂「高」通「皜」（ㄏㄠˋ），白。奈樂何，謂尋歡作樂之事又能怎麼辦。有樂難久長的感嘆。漢武帝〈秋風辭〉：「少壯幾時兮奈老何！」

📖 [鑑賞]

詹鍈《李白詩文繫年》記此詩作於天寶二年（西元 743 年），略云：「按本詩已見於《河嶽英靈集》，必為天寶十二載以前所作。范傳正《唐翰林李公新墓碑》：『在長安時，賀知章號公為謫仙人，吟公〈烏棲曲〉云：此詩可以哭鬼神矣。』《本事詩．高逸第三》：『李白初自蜀至京師……賀知章……又見其〈烏棲曲〉，嘆賞苦吟曰：此詩可以泣鬼神矣！』……或言是〈烏夜啼〉，二篇未知孰是。……是此詩與〈烏夜啼〉之作當在太白入京之前。此詩起句云：『姑蘇臺上烏棲時，吳王宮裡醉西施。』或太白遊姑蘇時懷古而作，〈蘇臺覽古〉詩可以為證。是時白方求功名之未遑，刺晏朝之說恐不可信。」郁賢皓《李白選集》則謂：「此詩作年無考，疑亦為初次遊姑蘇時作。」認為作於開元十五年（西元 727 年）由越州回蘇州時，與〈蘇臺覽古〉同編。

按：〈越中覽古〉、〈蘇臺覽古〉乃漫遊吳越時覽古蹟詠嘆之作，而〈烏棲曲〉所寫景象全為憑虛想像之景，未必為遊覽蘇臺時所作。據范傳正〈唐左拾遺翰林學士李公新墓碑〉，此詩當是李白天寶初入長安時賀知章嘆賞之作，很有可能即是李白近作。

〈烏棲曲〉為樂府《清商曲辭．西曲歌》舊題。現存南朝梁簡文帝、徐陵等人的古題，內容大都比較靡豔，形式則均為七言四句，兩句換韻。李白此篇，不但內容從舊題的歌詠豔情轉為諷刺宮廷淫靡生活，形式上也做出大膽的創新。

相傳吳王夫差耗費大量人力物力，用三年時間，築成橫亙五里的姑蘇臺，上建春宵宮，與寵妃西施在宮中為長夜之飲。詩的開頭兩句，不去具體描繪吳宮的豪華和宮廷生活的淫靡，而是以洗練而富有含蘊的筆法，勾畫出日落烏棲時分姑蘇臺上吳宮的輪廓和宮中美人西施醉眼朦朧的剪影。「烏棲時」，照應題面，又點明時間。詩人將吳宮設定在昏林暮鴉的背景中，無形中使「烏棲時」帶上象徵色彩，使人們隱約感受到包圍著吳宮的幽暗氣氛，進而聯想到吳國日暮黃昏的沒落趨勢。而這種環境氣氛，又正與「吳王宮裡醉西施」的縱情享樂情景形成鮮明對照，暗含樂極生悲的意涵。這層象外之意，貫串全篇，但表現得非常隱微含蓄。

「吳歌楚舞歡未畢，青山欲銜半邊日。」對吳宮歌舞，只虛提一筆，著重描寫宴樂過程中時間的流逝。沉醉在狂歡極樂中的人，往往意識不到這一點。輕歌曼舞，朱顏微酡，享樂還正處在高潮之中，卻忽然意外地發現，西邊的山峰已經吞沒半輪紅日，暮色就要降臨了。「未」字「欲」字，緊密呼應，微妙而傳神地表現出吳王那種惋惜、遺憾的心理。而落日銜山的景象，又和第一句中的「烏棲時」一樣，隱約透出時代沒落的面貌，使得「歡未畢」而時已暮的描寫，帶上為樂難久的不祥暗示。

「銀箭金壺漏水多，起看秋月墜江波。」續寫吳宮荒淫之夜。宮體詩的作者往往熱衷於展現豪華頹靡的生活，李白卻巧妙地從側面淡淡著筆。「銀箭金壺」，指宮中計時的銅壺滴漏。銅壺漏水越來越多，銀箭的刻度也隨之越來越上升，暗示著漫長的秋夜逐漸消逝，而這一夜間吳王、西施尋歡作樂的情景便通通隱入幕後。一輪秋月，在時間默默流逝中越過長空，此刻已經逐漸黯淡，墜入江波，天色已近黎明。這裡在景物描寫中夾入「起看」二字，不但點明景物所組成的環境後面有人的活動，暗示靜謐皎潔的秋夜中隱藏著淫穢醜惡，而且揭示出享樂者的心理。他們總是感到享樂的時間太短，晝則望長繩繫日，夜則盼月駐中天，因此當「起看秋月墜江波」時，內心不免浮現難以名狀的悵恨和無可奈何的悲哀。這正是末代統治者所特有的頹廢心理。「秋月墜江波」的悲涼寂寥景象，又與上面的日落烏棲景象相應，使滲透在全詩中的悲涼氣氛在迴環往復中變得越來越濃重。

詩人諷刺的筆鋒並不就此停住，他有意突破〈烏棲曲〉舊題偶句收結的格式，變偶為奇，為這首詩設計一個意味深長的結尾：「東方漸高奈樂何！」東方日出漸高，尋歡作樂難道還能再繼續下去嗎？這孤零零的一句，既像是恨長夜之短的吳王所發出的歡樂難繼、好夢不長的喟嘆，又像是詩人在對沉溺不醒的吳王敲響警鐘。詩就在這冷冷一問中陡然收煞，特別引人注目，發人深省。

這首詩在構思上的顯著特點，是以時間的推移為主軸，寫出吳宮淫逸生活中自旦至暮，又自暮達旦的過程。詩人對過程中的種種場景，並不作具體描繪渲染，而是緊扣時間推移、景物變換，來暗示吳宮荒淫的晝夜相繼，來揭示吳王的醉生夢死，並透過寒林棲鴉、落日銜山、秋月墜江等富於象徵暗示色彩的景物，隱寓荒淫縱慾者的悲劇結局。通篇純用客觀敘寫，不下一句貶辭，而諷刺的筆鋒卻尖銳、冷峻，深深刺入對象的精神與靈魂。《唐宋詩醇》評此詩說：「樂極生悲之意寫得微婉，未幾而麋鹿遊於姑蘇矣。全不說破，可謂寄興深微者。……末綴一單句，有不盡之妙。」王堯衢說：「太白特於前後用『歡』字、『日』字、『樂』字、『月』字作章法，以寓微意為諷，人鮮識其意也。」對本篇寄興深微的特點作出相當中肯的評價。

李白的七言古詩和歌行，一般都寫得雄奇奔放、恣肆淋漓，這首〈烏棲曲〉卻偏於收斂含蓄、深婉隱微，成為他七古中的別調。前人或以為它是借吳宮荒淫來託諷唐玄宗沉湎聲色、迷戀楊妃，確實有此可能性。玄宗早期勵精圖治，後期荒淫廢政，和夫差先發憤圖強，振吳敗越，後沉湎聲色，反致覆亡有相似之處。據范傳正〈唐左拾遺翰林學士李公新墓碑並序〉載：「在長安時，祕書監賀知章號公為謫仙人，吟公〈烏棲曲〉云：『此詩可以哭鬼神矣！』」看來賀知章的「哭鬼神」之評，也不單純是從藝術角度著眼。楊玉環雖然直至天寶四載方被正式冊立為貴妃，但自開元二十八年為女道士，居太真宮以來，實際上已是玄宗的寵妃，李白天寶初入京時，正是楊玉環備受玄宗寵幸之時。

將進酒①

君不見黃河之水天上來，奔流到海不復回。君不見高堂明鏡悲白髮，朝如青絲暮成雪。人生得意須盡歡②，莫使金樽空對月。天生我才必有用，千金散盡還復來。烹羊宰牛且為樂，會須一飲三百杯③。岑夫子④，丹丘生⑤，將進酒，君莫停⑥。與君歌一曲⑦，請君為我傾耳聽⑧。鐘鼓饌玉不足貴⑨，但願長醉不願醒⑩。古來聖賢皆寂寞，唯有飲者留其名。陳王昔時宴平樂，斗酒十千恣歡謔⑪。主人何為言少錢，徑須沽取對君酌⑫。五花馬⑬，千金裘，呼兒將出換美酒⑭，與爾同銷萬古愁。

[校注]

①〈將進酒〉，樂府舊題。《樂府詩集》卷十六〈鼓吹曲辭．漢鐃歌〉解題云：「《古今樂錄》曰：『漢鼓吹鐃歌十八曲，字多訛誤……九曰〈將進酒〉。』」又〈將進酒〉古辭解題曰：「古詞曰：『將進酒，採大白。』大略以飲酒放歌為言。宋何承天〈將進酒篇〉曰：『將進酒，慶三朝。備繁禮，薦嘉餚。』則言朝會進酒，且以濡首荒志為戒。若梁昭明太子云『洛陽輕薄子』，但敘遊樂飲酒而已。」將（ㄑㄧㄤ），請。②得意，稱心。③會須，應當。④岑夫子，岑勳。詹鍈《李白詩文繫年》記此詩作於〈酬岑勳見尋就元丹丘對酒相待以詩見招〉之下，謂係同時之作。《文苑英華》卷八百五十七有

岑勳撰〈西京千福寺多寶感應碑〉。⑤丹丘生，元丹丘，李白之友。李白〈上安州裴長史書〉云：「故交元丹，親接斯議。」〈冬夜隨州紫陽先生多霞樓送煙子元演隱仙城山序〉云：「吾與霞子元丹、煙子元演氣激道交，結神仙友。」魏顥〈李翰林集序〉：「與丹丘因持盈法師達，白亦因之入翰林。」持盈法師即玉真公主。李白集中酬贈元丹丘詩甚多，郁賢皓《李白叢考》有〈李白與元丹丘交遊考〉。⑥將進酒，君莫停，《河嶽英靈集》無此六字。宋蜀本作「進酒君莫停」。《文苑英華》、《樂府詩集》作「將進酒，杯莫停」。⑦與君，敦煌寫本《唐人選唐詩》作「為君」。⑧傾耳，《河嶽英靈集》無此二字。⑨此句《河嶽英靈集》作「鐘鼎玉帛不足貴」，《文苑英華》作「鐘鼎玉帛豈足貴」，敦煌殘卷作「鐘鼓玉帛豈足貴」。瞿蛻園、朱金城《李白集校注》云：「按鐘鼓饌玉不成對文，疑當作鼓鐘饌玉，即鐘鳴鼎食之意。」鐘鼓，指古代豪貴之家進膳時奏樂鳴鐘。饌玉，珍美的食物。饌，食。玉，形容食物之珍奇。梁戴暠〈煌煌京洛行〉：「揮金留客坐，饌玉待鐘鳴。」⑩不願醒，《文苑英華》、《樂府詩集》作「不復醒」，宋蜀本作「不用醒」。⑪陳王，指曹植。《三國志．魏書．曹植傳》：「陳思王植，字子建，太和六年，封植為陳王。」《文選．曹植〈名都篇〉》：「我歸宴平樂，美酒斗十千。」李善注：「平樂，觀名。」恣歡謔，肆意歡樂戲謔。⑫沽取，買來。⑬五花馬，唐人喜將駿馬鬃毛修剪成瓣以為飾。分為五瓣者，稱五花馬。杜甫〈高都護驄馬行〉：「五花散作雲滿身，萬里方看汗流血。」仇兆鰲注引郭若虛曰：「五花者，剪鬃為瓣，或三花，或五花。」然從杜詩「五花散作雲滿身」之語看，五花似指馬身上有五色花紋。此泛稱駿馬。⑭兒，僮兒。將，取、持。

[鑑賞]

如果要從近千首李白詩中，找出一首最能展現其精神性格和藝術風貌的代表作，可能大多數人會不約而同地選〈將進酒〉。「李白斗酒詩百篇」，李白的許多好詩，大都與酒有關，而在一大批詠酒的詩中，這首〈將進酒〉也是最突出的作品。題為「將進酒」，實際上就是一首勸酒歌，既勸朋友，更勸自己。全篇的內容，從表面上來看，就是舉出各種理由，強調必須痛飲盡歡。

這首詩的寫作時間，有各種說法，如天寶十一載（西元752年）（黃錫珪《李太白編年詩集目錄》）、開元二十四年（西元736年）（安旗《李白年譜》）、開元二十三年（郁賢皓《李白選集》）等說，其中涉及與岑勳、元丹丘的交往及時間。從詩中抒寫的憂憤之深廣來看，作於天寶三載賜金放還以後的可能性更高，從詩中描寫的情景來看，這首詩有可能是在黃河邊的一座酒樓裡和朋友岑勳、元丹丘一起喝酒，喝得半醺的情況下揮筆寫成的。詩中不但有酒友，而且有店主人、有僮兒。如此讀來，詩就有生動的臨場感和濃郁的生活氣息，也可以避免一些誤解（例如，把「主人」誤解為指招待他喝酒的友人，把「兒」誤解為李白自己的兒子，並據此來考訂作詩的年代），對詩的開頭以「黃河」起興，也就更有親切的感受體會。

「君不見黃河之水天上來，奔流到海不復回。」舊說黃河源出崑崙，因其地勢極高，故說「天上來」，這自然是對「天上來」這種誇張形容的地理學解釋。但李白這樣寫，當緣於其親眼所見的實際感受。詩人和朋友坐在酒樓上，一邊喝酒，一邊望著奔騰咆哮的黃河從上遊的遠方天際滾滾而來，又滾滾而去，一直奔向大海，不禁感慨萬端。這感慨，就充分寓含在「不復回」三字當中。以河水流逝象徵時間、生命流逝是古老的象喻。古詩中更有「百川東到海，何時復西歸？少壯不努力，老大徒傷悲」（〈長歌行〉）這樣的詩句，可能在無意間誘發詩人由黃河入海不復回聯想到生命的流逝。但用黃河之水奔流入海來象喻生命的流逝，卻打上李白自身的特殊印記。詩人從眼前那奔騰咆哮、挾千里之勢、沖決一切阻礙，並具有磅礴氣勢的黃河身上看到自己，所以才自然由它的「奔流到海不復回」生發出自己年華易逝的感慨。這裡的黃河，有詩人自己的影子。詩人筆下的黃河，不妨說就是自身豪邁不羈精神性格的象徵，巨大精神力量的象徵。正因為這樣，詩人所興起的感慨雖然是人生易逝之悲，卻不給予人低沉感傷的感受。

「君不見高堂明鏡悲白髮，朝如青絲暮成雪。」這兩句是由黃河奔流到海不復回所引起的感慨，卻同樣用「君不見」來起頭，好像面對著高堂上懸掛的明鏡，照見自己的白髮而向朋友傾訴生命流逝之悲一樣。胸懷大志的人常感時光流逝之快，所謂「志士惜日短」；胸懷大志而又懷才不遇、屢遭挫折的人就更感到光陰虛擲，年華易逝，所謂「功業莫從就，歲光屢奔迫」（〈淮南臥病書懷寄蜀中趙徵君蕤〉），正可說明「悲白髮」的實際內涵。把從青春到衰老的過程描寫為朝暮之間的事，自然是極度誇飾，但由於情感強烈，卻使人不覺其為誇張。而這種強烈情感的背後，又隱含著詩人在人生道路上所遇到的重大挫折，天寶三載被賜金放還，便是這種重大挫折，就像傳說中的伍子胥過昭關，一夜間愁白了頭一樣。

以上四句，連用「君不見」起頭。構成一氣直下，兩兩對稱的長句，本身就給予人一種黃河落天走東海的氣勢，形式與內容取得和諧的統一。題為〈將進酒〉，篇中除「天生」二句外，句句不離酒，但開端這四句，卻沒有一句涉及酒，而是從「黃河」發興，以明鏡白髮承接抒慨，顯得起勢特別高遠而突兀。這樣的起勢，正是為下面反覆強調痛飲盡歡而蓄勢。

「人生得意須盡歡，莫使金樽空對月。」詩意至此，突然大力兜轉，從「悲白髮」到「得意須盡歡」。乍看之下，似乎是另一極端，但細細一想，前者正是後者的「理由」。正因為人生苦短、悲多樂少，因此，稱心快意的時候就要盡情地歡樂，盡情地享受人生。而「盡歡」的最佳方式，對於李白來說，自然莫過於酒，這就合乎邏輯地引出「莫使金樽空對月」的結論，也就是李白為痛飲找到的第一個「理由」。酒對李白來說，是詩化人生的重要內容。「唯願當歌對酒時，月光長照金樽裡。」、「花間一壺酒，獨酌無相親。舉杯邀明月，對影成三人。」酒、月和詩，成為李白最親密的人生伴侶。明乎此，才能真切地感受和理解「莫使金樽空對月」這句話的感情分量。在他看來，人生樂事，是「當歌對酒時，月光長照金樽裡」，如此「金樽空對月」便是人生極大的缺憾。為了強調這一點，特意用「莫使」、「空」這種雙重否定的句式。

單獨看「人生」二句，似乎在公開宣揚縱酒和及時行樂的人生觀。但頹廢消極的享樂主義人生觀與在積極有為的前提下詩意地享受人生，自是涇渭分明。接下來的兩句詩「天生我才必有用，千金散盡還復來」，就使我們的一切懷疑渙然冰釋。儘管因人生苦短、功業無成而悲，為懷才不遇而憤，但詩人並沒有因此而消沉頹廢，而是執著地追求理想抱負的實現，堅信自己的才能必能得到施展，有用於世。在唐代繁榮昌盛的開元、天寶年間，士人普遍對時代、對個人才能的發揮抱持樂觀看法，但像李白這樣，用不容置疑的口吻公開宣稱「天生我才必有用」，卻再無別人。這裡至少包含以下幾層意思：第一，對自己才能的極為自信乃至自負，強調「天生」我材，不同凡響；強調「必有用」，必能有用於世。第二，對自己所處時代的樂觀信心，堅信時代必定能提供自己發揮才能的機會。第三，說「材必有用」，自然包含材必為世所用的前提，說明詩人人生觀的核心內容是積極用世，其「人生得意須盡歡，莫使金樽空對月」的享樂觀，正是建立在積極用世的基礎之上。在全篇乃至在李白全部詩歌中，這稱得上是最耀眼的詩句，最能展現李白豪邁、樂觀、自信性個和積極用世精神的詩句。劉熙載說「眼乃神光所聚，故有通體之眼，有數句之眼，前前後後無不待眼光照映」（《藝概．詩曲概》）。「天生我才必有用」一句，正是全詩之眼，有了它，前面的「悲白髮」、「得意須盡歡」，後面的「恣歡謔」、「萬古愁」均受到它的照映而一掃低沉頹唐之氣，而呈現出豪曠的色調。

與「天生我才必有用」相伴的另一豪語「千金散盡還復來」也值得玩味。盡歡豪飲，是要錢的，何況是「烹羊宰牛」、「一飲三百杯」的「美酒」。豪飲既須「天生我才必有用」的強大精神支撐，亦須「千金」的現實基礎，因此他滿懷自信地宣稱「千金散盡還復來」。李白出身富商，家道殷實，〈上安州裴長史書〉自豪地宣稱「曩者遊維揚，不逾一年，散金三十餘萬」，可以看出他發下這種豪語並非隨意誇大。李白詩中有許多極度誇張的辭句，換別的詩人來說，會感到他在吹牛，對李白卻往往深信不疑，一是因為其氣勢之盛，感情之強烈、之真率，二是由於他確實有說這種豪語的條件。這「千金散盡還復來」就兼具這兩種緣由。這是李白鼓吹喝酒的第二個「理由」。

「烹羊宰牛且為樂，會須一飲三百杯。」材必有用，金散復來，完全是在充滿自信和豪興的精神狀態下喝酒，故喝就要喝得淋漓痛快，一醉方休。「烹羊宰牛」、「一飲三百杯」的豪飲，與後來那些細膩纖弱的文人雅士淺斟慢酌、細細品味完全異趣，雖出語粗豪，卻氣勢豪雄，完全是李白式的豪飲乃至狂飲。詩情發展至此，達到第一個高潮。

「岑夫子，丹丘生，將進酒，君莫停。與君歌一曲，請君為我傾耳聽。」這幾句是前後兩段之間的過渡，具有承上啟下的作用。由於這裡點出「岑夫子，丹丘生」，讀者便知道這首詩原是有具體的作詩背景與場景、人物的。這裡特意連用四個三字短句，與一開頭以「君不見」起頭的長句形成鮮明對照，詩也因此呈現鮮明的節奏感。如果把整首詩視為一大段唱腔，那麼前面一段宛如在鑼鼓、絲竹伴奏下氣勢豪邁地演唱，以下四句便像是無伴奏的清唱。

「鐘鼓饌玉不足貴，但願長醉不願醒。」這兩句要連起來品味，才能理解「但願長醉不願醒」這句詩中所包含的感情。在詩人看來，歷史上、現實中那些鳴鐘列鼎而食的權貴顯宦，大都是一批逢君之惡、誤國害民的奸邪，尸位素餐、無所事事的廢物，一群「得志鳴春風」的「蹇驢」和「雞狗」，他們除了以富貴傲人以外，一無所長。對於他們，詩人連正眼瞧一下都感到多餘，因此說「但願長醉不願醒」。這裡蘊含著對權貴顯宦的極大輕蔑。為了表示對他們的蔑視，也必須飲酒，而且是「長醉不願醒」。這是鼓吹喝酒的「理由」之三。

「古來聖賢皆寂寞，唯有飲者留其名。」這兩句是鼓吹喝酒的「理由」之四。從表面意思來看，好像是說，因為古代的聖賢不僅在當世不遇於時，身後也寂寞無聞，只有劉伶一類嗜酒如命的狂士才留名後世。因此，與其學聖賢而寂寞，不如效飲者而留名。實際上這當然是發牢騷、講反話。「孔聖猶聞傷鳳麟」、「大聖猶如此，小儒安足悲」，這正是「古來聖賢皆寂寞」的註腳。連聖賢都不遇於時，一般的士人懷才不遇，寂寞枯槁而沒世更屬常事。這種賢者不遇、遇者不賢（鐘鼓饌玉不足貴者）的不合理現象，正是李白強調要痛飲狂歌的又一理由，是對封建社會埋沒壓抑人才，甚至毀滅人才的強烈抗議。

「陳王昔時宴平樂，斗酒十千恣歡謔。主人何為言少錢，徑須沽取對君酌。」

這四句轉押入聲韻，舉出歷史上著名的詩人兼豪飲者曹植來作榜樣。之所以在歷史上眾多飲者中獨舉曹植，除了同是詩人、同樣「才高八斗」而又嗜酒成性、揮金如土這些相似之處以外，同為懷才不遇之士應當是另一個重要原因。既然懷才不遇的曹植尚且「斗酒十千恣歡謔」，懷有同樣才情命運的自己何不命主人「徑須沽取對君酌」呢？插入「主人何為言少錢」一句，彷彿面對店主人作善意的調侃，承以「徑須沽取對君酌」，則又如同面對岑夫子、丹丘生而豪語畢肖，一時情景如畫，而神情口吻如現眼前。

「五花馬，千金裘，呼兒將出換美酒，與爾同銷萬古愁。」喝得興起，乾脆連珍愛的五花馬、千金裘也一齊讓僮兒牽取奉上，以作為「斗十千」的美酒之資，暢快淋漓，盡醉而休，來消解胸中積鬱的萬古愁。在這首勸酒歌的結尾，詩人還不忘再補上必須豪飲的重要「理由」，即「與爾同銷萬古愁」。前面說到「悲白髮」，還是一己的人生苦短、功業未成之悲，中間插入「古來聖賢皆寂寞」，已經擴展到歷史上的聖賢亦皆同遭懷才不遇之悲。然則，這「萬古愁」，既縱貫古今，也包括爾我，乃是古今舉世同此感慨，非美酒千斛何以消愁！這一結，既豪縱酣暢，又深沉厚重，因為它已經超越個人窮通得失的範疇，而鎔鑄古往今來一切才人志士共同的遭遇與悲慨。如果說起首如黃河奔流沖決，一瀉千里；則結尾已是汪洋大海，深廣浩瀚。

總括李白在這首勸酒歌中所強調的種種理由，無非是深感古往今來的志士聖賢懷才不遇、寂寞當時，而又憤慨於權貴顯宦之氣焰燻天、以富貴傲人，悲憤之情，積鬱於胸，必須借酒宣洩。在詩人看來，功名富貴既如過眼雲煙，千金之財更為身外之物，他對權貴藉以傲人者投以輕蔑的眼神，對世俗看重者更揮之如土。自己既深信「天生我才必有用」，有積極用世的強大精神支撐，則當酣暢淋漓地痛飲狂歌，適意盡歡，享受詩意的人生。透過這種種喝酒的理由，李白懷才不遇的憤懣、憤世嫉俗的情感、蔑視權貴的氣概、狂傲不羈的個性、對自己才能的充分自信，以及對前途的樂觀展望，都自然地充溢於字裡行間。李白的精神性格，在這首詩中得到充分展現。

讀李白的這首詩，會使人自然聯想到同時代的偉大詩人杜甫作於天寶後期的〈醉時歌〉。杜甫以「諸公袞袞登臺省，廣文先生官獨冷。甲第紛紛厭粱肉，廣文先生飯不足」的不平現象展開，發出「德尊一代常坎坷，名垂萬古知何用」的深沉感慨，連繫自己、連繫歷史，進一步引出「儒術於我何有哉，孔丘盜蹠俱塵埃」的結論。這和李白詩中從悲人生易逝、功業難成引出「古來聖賢皆寂寞，唯有飲者留其名」何其相似！而二詩也都因此強調「烹羊宰牛且為樂，會須一飲三百杯」、「忘形到爾汝，痛飲真吾師」。同樣是酒後狂言，高歌抒憤，李白的詩，更主要表現出詩人的狂傲不羈、豪邁自信；而杜甫的詩，則更主要呈現齣詩人在憤激牢騷之中那種痛切骨髓的沉悲和對時代的深深失望。兩人的個性差異於此可見。不過，杜甫的詩似乎從來沒有遭到後人的誤解過，包括像「儒術於我何有哉，孔丘盜蹠俱塵埃」這種詩句；李白的詩卻經常受到不應有的貶抑和誤解，這其中的緣由，值得我們進一步思索。

行路難三首（其一）①

金樽清酒斗十千②，玉盤珍羞直萬錢③。停杯投箸不能食④，拔劍四顧心茫然⑤。欲渡黃河冰塞川，將登太行雪滿山⑥。閒來垂釣碧溪上⑦，忽復乘舟夢日邊⑧。行路難！行路難！多歧路，今安在⑨？長風破浪會有時⑩，直掛雲帆濟滄海⑪。

[校注]

①〈行路難〉，樂府雜曲歌辭舊題。《樂府詩集》卷七十錄鮑照〈行路難十八首〉，解題曰：「《樂府解題》曰：『〈行路難〉，備言世路艱難及離別悲傷之意，多以君不見為首。』按〈陳武別傳〉曰：『武常牧羊，諸家牧豎有知歌謠者，武遂學〈行路難〉。』則所起亦遠矣。唐王昌齡又有〈變行路難〉。」按：〈行路難〉古辭現存最早者為鮑照之〈行路難十八首〉，其內容即抒寫世路艱難及人生悲慨。李白〈行路難三首〉，顯仿鮑作。《晉書・袁山松傳》：「山松少有才名，博學有文章，著《後漢書》百篇。衿情秀遠，善音樂。舊歌有〈行路難〉曲，辭頗疏質，山松好之，乃文其辭句，婉其節制，每因酣醉縱歌之，聽者莫不流涕。初，羊曇善唱樂，桓伊能輓歌，及山松〈行路難〉繼之，時人謂之『三絕』。」可證郭茂倩謂〈行路難〉「所起亦遠」之言不虛，此曲及古辭當更早於袁山松所處時代。李白此組詩共三首，此為第一

首。詹鍈《李白詩文繫年》記此三首作於天寶三載（西元 744 年）；郁賢皓《李白選集》謂前二首係開元十八、九年（西元 730、731 年）李白初入長安時作，第三首作年莫考；裴斐《太白樂府舉隅》則謂此三首為太白辭官之初陳情述懷之作，作於天寶三載辭官之後。②清，《文苑英華》作「美」。清酒，指美酒。酒分清、濁，清酒為上。辛延年〈羽林郎〉：「就我求清酒。」曹植〈名都篇〉：「美酒斗十千。」十千，即萬錢。③珍羞，珍貴的菜餚。羞，通「饈」。直，通「值」。④箸，筷子。⑤鮑照〈行路難十八首〉（其六）：「對案不能食，拔劍擊柱長嘆息。」⑥太行，山名，綿延於今山西、河北、河南之間。雪，《文苑英華》作「雲」。滿山，宋蜀本、《樂府詩集》作「暗天」。按：《文苑英華》作「滿山」。⑦碧，宋蜀本、《樂府詩集》作「坐」。按：此句暗用呂望釣於渭濱事。參〈梁甫吟〉注③。⑧乘舟夢日邊，《宋書．符瑞志上》：「伊摯將應湯命，夢乘船過日月之傍。」⑨岐，通「歧」。今安在，指要走的路究竟在哪裡。⑩《宋書．宗慤傳》：「叔父炳高尚不仕，慤年少時，炳問其志，慤曰：『願乘長風，破萬里浪。』」⑪雲帆，白色的船帆。濟，渡。滄海，大海。

[鑑賞]

　　此詩作年，有天寶三載（西元 744 年）與開元十八、九年（西元 730、731 年）二說。雖均各有所據，但從詩中所抒寫的苦悶之強烈、感情之激憤來看，作於天寶三載賜金還山之後的可能性似乎更高。

從詩中所寫的情景來看，這首詩大約就寫在離開長安前朋友為他送行的宴席上。這和《晉書·袁山松傳》所說「每因酣醉縱歌之」的情景正好吻合。開頭兩句，先用華美字面、誇張筆法極力渲染宴席的豪華豐盛，用以反襯三、四兩句的強烈苦悶。李白素善豪飲，「斗酒十千恣歡謔」、「會須一飲三百杯」、「但使主人能醉客，不知何處是他鄉」等詩句，正表現出他的嗜酒天性。但這一次，面對「斗十千」的「金樽清酒」，「直萬錢」的「玉盤珍羞」，竟然一反常態。「停杯投箸不能食，拔劍四顧心茫然。」兩句中連用「停杯」、「投箸」、「拔劍」、「四顧」四個描寫動作的詞語，連續而下，動作的強度一個比一個大，反映出的苦悶情緒一個比一個強烈。

「停杯」是喝著喝著，突然一陣苦悶湧上心頭，就不知不覺停下酒杯，是苦悶剛襲來的無意識動作。緊接著「投箸」這個動作，則是苦悶強烈到無法承受、抑制的程度時，重重地放下筷子，動作的強烈正反映出內心痛苦的強烈。「拔劍」這個動作，是人的情緒強烈到必須用猛烈動作加以發洩時的表現，正如他在〈南奔書懷〉詩中所寫：「拔劍擊前柱，悲歌難重論。」但「拔劍」之後，卻找不到發洩的對象，只能茫然「四顧」，不知所措、不知所適。因此，在「拔劍」、「四顧」之後，又用「心茫然」三個字點明此時詩人在強烈苦悶中失落、徬徨、茫茫然不知所以的感情狀態。這幾句雖從鮑照〈行路難〉（其六）「對案不能食，拔劍擊柱長嘆息」脫化，但鮑詩中簡單的「案」變成「金樽清酒斗十千，玉盤珍羞直萬錢」，對此而「不能食」，其內心苦悶之強烈便比「對案不能食」更有震撼感；而鮑詩中的「拔劍擊柱長嘆息」在李詩中衍生為「停杯投箸」、「拔劍四顧」，將苦悶的發生、強化、宣洩和茫然失落描繪得更有層次、更有深度，可謂青出於藍。

「欲渡黃河冰塞川，將登太行雪滿山。」五、六兩句，緊承「不能食」、「心茫然」，揭示如此苦悶徬徨的原因，正面點明「行路難」的題意。這兩句雖明顯帶有象喻色彩，即用「冰塞川」、「雪滿山」來喻仕途和人生道路上的艱難險阻，但也不排除帶有賦的意涵，即詩人離開長安之後預定的行程。其〈梁園吟〉也說：「我浮黃河去京闕，掛席欲進波連山。」雖一主象喻，一主賦實，但二者也並非絕對排斥，而可相容。這兩句不但是對人生未來道路艱難險阻的想像，也是對過去已歷的人生道路上艱難險阻的痛苦回顧與總結。兩句採用對偶句式，正表現出在為理想奮鬥的征途中處處都擋著艱難險阻。

「閒來垂釣碧溪上，忽復乘舟夢日邊。」這兩句暗用兩個大有作為之開國元勛的典故。「垂釣碧溪」用呂望釣於渭濱、隱居待時的故事，「乘舟夢日」用伊尹受聘於湯之前，夢見自己乘舟經過日月之邊的故事。詩人將這兩個典故巧妙地串聯在一起，意謂閒來垂釣碧溪，隱居待時，忽然又夢見自己乘舟經過日邊。看來自己又將受到君主的徵聘任用。這說明，詩人儘管深慨世路險阻，隱居待時，但內心深處卻時時企盼著君主的聘用，而且希望能像伊尹輔成湯那樣，成就不朽功業。兩句景象明麗、格調輕快，透露出對未來充滿希望。

「行路難！行路難！多岐路，今安在？」這是感情在激烈的衝突中又一次迴旋反覆。想到歷史上呂望、伊尹的遇合，固然增強對未來的信心，但當他的思路回到眼前的現實中時，再次感到人生道路的艱難多歧。所謂「多岐路」，當有所指。擺在李白面前的路無非是這兩條：一條是遭受挫折後失望沉淪，從此含光混世；另一條是繼續追求，待時而動。在這兩條道路中，李白其實有過思想衝突和對抗，〈行路難〉的第三首就說過「含光混世貴無名，何用孤高比雲月」、「且樂生前一杯酒，何須身後千載名」，但李白極為強烈、執著的用世冀求，終於使他擺脫歧路徬徨的苦悶，唱出充滿信心與展望的強音。

「長風破浪會有時，直掛雲帆濟滄海。」「長風破浪」用劉宋時代名將宗慤的典故。在原來的典故中，「願乘長風破萬里浪」是用來象喻自己遠大志向、宏偉抱負，李白將宗慤的原話概括為「長風破浪」，並緊接「會有時」三字，顯然是指自己的宏偉抱負終有實現的一天，而下句「直掛雲帆濟滄海」則是對「長風破浪」進一步渲染形容。兩句一意貫串，意謂：堅信總會有那麼一天，高掛雲帆，乘長風破萬里浪，克服重重險阻，橫渡滄海，到達理想的彼岸。或將「濟滄海」理解為孔子的「道不行，乘槎浮於海」，或將其理解為「悠然而遠去，永與世違」，或將「滄海」理解為北海中仙島，都是不顧及「長風破浪」典故的原意，也不顧及末二句一意貫串的句法，更不顧及詩的形象、意境、氣勢的誤解。

這是在感情的矛盾漩渦中掙脫出來以後，精神得到解放，滿懷熱情地唱出理想的讚歌。它是全篇感情發展的高潮，也是全篇感情的歸宿。這兩句，無論是形象的鮮明飽滿、感情的昂揚激越、氣勢的豪放健舉，以及比喻生動貼切、用典自然妥貼、如同己出等方面，都堪稱李白詩中著名的警句。

這首詩給人最深刻的印象和感受，是感情的大起大落、瞬息突變，以及由此形成的全詩格調的抑揚起伏、激盪生姿。全篇雖只有十二句，卻經歷三次大起大落。開頭二句，極狀宴席之豪華、酒餚之珍貴，給予人淋漓盡醉的預示，是一揚；三、四兩句，連用「停杯」、「投箸」、「拔劍」、「四顧」來渲染內心極端的苦悶和茫然，是重重一抑；「欲渡」二句，承上對人生道路的艱難作象徵性描寫，是對苦悶原因的說明，也是進一步的抑；「閒來」二句，卻忽然轉出碧溪垂釣、乘舟夢日的明麗意境，透出對未來的希望，又是一揚；「行路難」四個短句，從夢想回到現實，發出歧路徬徨的感慨，是第三次重抑；「長風」二句再次上揚，扶搖直上，達到高潮。感情大起大落、瞬息突變，正是理想與現實尖銳衝突的反映，也表現出詩人力圖擺脫徬徨苦悶情緒，執著追求理想抱負的精神歷程。詩人的感情，不是在苦悶徬徨中走向絕望與幻滅，而是走向希望和光明，走向「長風破浪會有時，直掛雲帆濟滄海」這種無限壯闊浩瀚的理想境界。這正是這首詩最顯著也最可貴的思想藝術特色。李白一系列表現理想與現實尖銳對立的抒情詩，都表現出詩人不屈服於黑暗環境的思想性格，但從感情發展變化的歸趨來說，卻並非沒有區別，像「五花馬，千金裘，呼兒將出換美酒，與爾同銷萬古愁」、「人生在世不稱意，明朝散髮弄扁舟」以及前面所引的「且樂生前一杯酒，何須身後千載名」，就不免在激憤中流露出無奈與頹唐，而這首詩，則更主要表現出詩人對理想抱負的執著追求和對前途的樂觀信念。從這一點來看，它也就更具有盛唐之音的典型特質。

═ 長相思[1] ═

長相思，在長安。絡緯秋啼金井闌[2]，微霜悽悽簟色寒[3]。孤燈不明思欲絕[4]，卷帷望月空長嘆。美人如花隔雲端[5]。上有青冥之長天[6]，下有淥水之波瀾[7]。天長路遠魂飛苦，夢魂不到關山難。長相思，摧心肝[8]。

[校注]

①〈長相思〉，樂府舊題，《樂府詩集》列入〈雜曲歌辭〉。解題曰：「古詩曰：『客從遠方來，遺我一書札。上言長相思，下言久離別。』李陵詩曰：『行人難久留，各言長相思。』蘇武詩曰：『生當復來歸，死當長相思。』長者，久遠之辭，言行人久戍，寄書以遺所思也。古詩又曰：『客從遠方來，遺我一端綺。……文彩雙鴛鴦，裁為合歡被。著以長相思，緣以結不解。』謂被中著綿以致相思綿綿之意，故曰長相思也。又有〈千里思〉，與此相類。」《樂府詩集》卷六十九，載劉宋吳邁遠、梁昭明太子、張率、陳後主、徐陵、蕭淳、陸瓊、王瑳、江總及唐郎大家宋氏、蘇頲等人之作多首，及李白之作三首（另兩首為「日色已盡花含煙」、「美人在時花滿堂」在該集中分置卷六、卷二十五）。其內容均詠男女離別相思。②絡緯，昆蟲名，一名莎雞，俗稱紡織娘。《爾雅翼．釋蟲》：「莎雞……振羽作聲，連夜札札不止，其聲如紡織之聲，故一名梭雞，一名絡緯，今俗人謂之

絡絲娘。」此前崔豹《古今注》則云：「莎雞一名促織，一名絡緯，一名蟋蟀。促織，謂鳴聲如急織，絡緯，謂其鳴聲如紡緯也。」將絡緯與蟋蟀混同，非。絡緯秋夜露涼風冷，鳴聲悽緊，故曰「秋啼」。金井闌，裝飾精美的井邊欄杆。吳均〈雜絕句四首〉：「絡緯井邊啼。」③微，《全唐詩》校：「一作凝。」簟（ㄉㄧㄢˋ），竹蓆。④明，《全唐詩》校：「一作寐。」思欲絕，謂思念之情深刻強烈至極。⑤美人如花，《文苑英華》作「佳期迢迢」。《古詩．蘭若生春陽》：「美人在雲端，天路隔無期。」⑥青冥，青天。長，宋蜀本作「高」。⑦淥水，清澈的水。⑧摧，崩裂。摧心肝，形容極度傷心。

[鑑賞]

這首詩描寫一個秋天深夜，一位多情的男子對遠在長安的如花女子悠長思念。寫得情深意摯，思苦語婉，情景交融，韻味悠長。

開頭兩個三字句，開門見山，點明題目，點出「長相思」的對象即在長安。

「在長安」三字，對理解詩的意旨至關重要。或解為詩人身居長安，恐非。這一點到探尋詩的託寓時再來討論。

「絡緯秋啼金井闌，微霜悽悽簟色寒。」三、四兩句寫抒情主角秋夜所聞所感。在雕飾華美的井欄邊，紡織娘發出悽清的啼鳴聲；夜深了，微霜悽悽，散發出蕭瑟的寒意，在月色孤燈的映照下，床上竹蓆泛著寒光。這兩句似純為寫室內外景物，卻透露出抒情主角的聽覺、視覺、觸覺感受。在霜寒露冷的秋天深夜，絡緯的啼鳴聽來更為悽緊，而床上的竹蓆在淒冷霜夜也顯得寒光熒熒，寒氣逼人。「簟色寒」三字，寫出視覺通於觸覺以至心靈的淒寒感受，似不著力而精細工妙。

「孤燈不明思欲絕，卷帷望月空長嘆。」五、六兩句，出現抒情主角的身影。他獨對黯淡的孤燈，耿耿不寐，愁思欲絕，捲起窗帷，遙望明月，空自嘆息。這是一個因為懷人而愁思綿綿、孤單寂寞、心緒黯淡悽清的男子。「孤燈不明」的景物描寫、「卷帷望月」的情態描寫，正透露出抒情主角的處境和心緒。在「望月空長嘆」中又透露出所思遠隔、杳不可即的悵恨，於是就自然引出全詩中最關鍵的一句「美人如花隔雲端」。這位如花的美人，正是抒情主角思慕的對象，此刻她正高居天上宮闕之中，身處雲端，可望而不可即。抒情主角之「思欲絕」、之「空長嘆」，都是由於「美人如花隔雲端」的緣故。詩人特意將這位美人描繪得如此虛無縹緲、杳遠難即，除了引出下面的追尋之難以外，主要目的還是將思慕的對象虛化，以便寄託深層的情思。

「上有青冥之長天，下有淥水之波瀾。天長路遠魂飛苦，夢魂不到關山難。」接下來四句，承「隔雲端」，寫抒情主角對所思慕美人魂牽夢繞的無望追尋。美人高居雲端，欲追尋則上有青冥高天阻隔；美人遠在長安，欲追尋則下有淥水波瀾關山層疊間阻，此即所謂「天長路遠」。如此高遠之所，唯夢魂可以跨越，然而如今卻連夢魂也難以到達。疊用「魂飛苦」、「夢魂不到」，正展現與思慕對象永無相見之期。這就帶出詩的最後兩句：「長相思，摧心肝。」從一開頭的「長相思」，到中間的「思欲絕」，再到結尾的「摧心肝」，從思緒綿綿到思念之情欲絕，最後發展到摧心裂肺的痛苦，相思之情經歷逐步深化、強化的過程。最後兩句，是抒情主角發自心底的強烈呼喊，具有震撼心靈的力量。

作為一首抒寫離別阻隔相思之情的詩，這首詩情感真摯而熱烈、纏綿而執著，情景相生，意境杳遠，稱得上是一首優秀的情詩。但細加吟味，又明顯感到它不同於一般的情詩。最明顯而突出的佐證是，詩人似乎有意將所思慕的對象虛化甚至仙化，不僅沒有任何對所思對象身分、容飾、情態的具體描寫，而且將她描寫成遙隔雲端、高居天上、虛無縹緲的仙子，一個可望而不可即的美好對象，一個帶有象徵色彩的人物。這就為寄寓象外之意建立基礎。連繫一開頭點出的「長相思，在長安」，其寓意便更加明顯。為了說明問題，不妨引詩人在天寶三載（西元 744 年）所作的〈單父東樓秋夜送族弟沈之秦〉詩的後半：

遙望長安日，不見長安人。長安宮闕九天上，此地曾經為近臣。一朝復一朝，髮白心不改。屈平憔悴滯江潭，亭伯流離放遼海。折翮翻飛隨轉蓬，聞弦墜處下霜空。聖朝久棄青雲士。他日誰憐張長公！

將〈長相思〉與此詩對照，明顯可以發現〈長相思〉中所思懷的遙隔雲端如花「美人」，就是這首詩中高居「長安宮闕九天上」的聖朝天子唐玄宗。詩中所抒發的「長相思，摧心肝」之情，就是「此地曾經為近臣」而此刻處於被放逐境地，與「屈平憔悴滯江潭」相似的詩人自身，對玄宗、對朝廷的一片惓惓眷戀之情。兩首詩的時令均在秋天，〈長相思〉詩中又寫到「天長路遠」和「夢魂不到關山難」，與單父（今山東單縣）離長安遙遠，關山阻隔正復相類。可以推斷，兩首詩係同時同地之作，思想內容也大致上相同。只不過，〈單父東樓秋夜送族弟沈之秦〉採取賦的直敘寫法，而〈長相思〉則以比興象徵手法表達。李白對玄宗的「恩遇」，在很長的一段時間裡，始終懷著感激之情，對自己「曾經為近臣」的經歷，也始終視為榮耀。剛被放逐後的時期，對玄宗仍抱有眷戀和幻想，自然可以理解。或以為〈長相思〉是「寄寓追求理想不能實現之苦悶」，自然也可以講得通，與「美人如花隔雲端」的虛幻特徵也非常吻合。在封建時代，志士才人常將自己理想抱負的實現寄託在君主身上，因而兩種說法並不矛盾。李白對玄宗的眷戀，正是因為他當時仍將自己實現理想抱負的願望寄託在曾對自己深加恩遇的玄宗身上。這種感情，隨著政局的變化，其後有所改變。在〈古風〉（其五十一）中他就將玄宗喻為「亂天紀」的殷紂王和昏憒的楚懷王，指斥其時「夷羊滿中野，菉葹盈高門。比干諫而死，屈平竄湘源」的腐朽黑暗政局，感情由怨慕轉為憤慨。這說明，李白絕非愚忠之人。

用「美人」象喻所思慕眷戀的君主，是屈原辭賦所開創的優良傳統。解者或引〈離騷〉「恐美人之遲暮」為說，但這句詩中的「美人」乃是屈原自喻而非喻君。與〈長相思〉中的「美人」有直接淵源關係的乃是屈原〈九章．思美人〉一篇。它一開頭就說：「思美人兮，擥涕而佇眙。媒絕路阻兮，言不可結而詒。」這裡的「美人」，指的就是楚君。而「擥涕而佇眙」亦即〈長相思〉中的「長相思，摧心肝」；「媒絕路阻」，亦即〈長相思〉中的「天長路遠」、「夢魂不到關山難」。兩相對照，〈長相思〉的淵源所自便十分明顯了。

日出入行①

日出東方隈②，似從地底來。歷天又復入西海③，六龍所舍安在哉④！其始與終古不息⑤，人非元氣⑥，安得與之久徘徊？草不謝榮於春風，木不怨落於秋天⑦。誰揮鞭策驅四運⑧？萬物興歇皆自然⑨。羲和⑩，羲和，汝奚汩沒於荒淫之波⑪。魯陽何德，駐景揮戈⑫？逆道違天，矯誣實多⑬。吾將囊括大塊⑭，浩然與溟涬同科⑮。

[校注]

①《全唐詩》題原作〈日出行〉校：「一作〈日出入行〉。」按：蜀刻本及本集諸本作〈日出入行〉。而《文苑英華》卷一百九十三、《樂府詩集》卷二十八〈相和歌辭〉收此詩，均作〈日出行〉。又卷一郊廟歌辭有〈日出入〉，古辭云：「日出入安窮？時世不與人同。故春非我春，夏非我夏，秋非我秋，冬非我冬。泊如四海之池，遍觀是邪謂何？吾知所樂，獨樂六龍，六龍之調，使我心若。訾黃其何不徠下。」則古辭原名〈日出入〉。細審《文苑英華》及《樂府詩集》，此詩之前或載沈約、蕭子榮（顯）、盧思道、殷謀（原作李白，當從《樂府詩集》作殷謀）、蕭撝等人之〈日出東南隅行〉或〈日出行〉，或載陸機、謝靈運、沈約、張率、蕭子顯、陳後主、徐伯陽、殷謀、王褒、盧思道、蕭撝等人之〈日出東南隅行〉及〈日出行〉，而以上諸人之〈日出東南隅行〉或

〈日出行〉之內容均從漢樂府〈陌上桑〉變化而來，與李白此作內容毫不相關。可見乃二書之編者誤將源於〈陌上桑〉之〈日出東南隅行〉或〈日出行〉與源於〈日出入〉古辭之李白〈日出入行〉混編而脫去「入」字（李白〈日出入行〉之後，有李賀同題之作，內容與李白相近，亦係混編所致）。故當從本集及《樂府詩集》卷一所載〈日出入〉古辭補題內之「入」字。胡震亨注：「漢郊祀歌〈日出入〉，言日出入無窮，人命獨短，願乘六龍，仙而升天。太白反其意，言人安能如日月不息，不當違天矯誣，貴放心自然，與溟涬同科也。」②隈，隅、角落。〈陌上桑〉：「日出東南隅。」③宋蜀本、《文苑英華》此句作「歷天又復入西海」。茲從之補入「復」、「西」二字，西海，西方日落處。李白〈古風〉之十一：「黃河走東溟，白日落西海。」④六龍，神話傳說日神乘車，六龍為駕，羲和為御。此處即以六龍代指太陽。郭璞〈遊仙詩〉：「六龍安可頓，運流有代謝。」舍，止宿之地。⑤《文苑英華》此句作「其行終古不休息。」終古，久遠。《莊子．大宗師》：「日月得之，終古不息。」按文義，似以《文苑英華》為長。⑥元氣，指天地未分時的混沌之氣。《漢書．律曆志上》：「太極元氣，函三為一。」顏師古注引孟康曰：「元氣始起於子，未分之時，天地人混合為一。」古人將元氣視為天地之始、萬物之祖。⑦《莊子．大宗師》：「悽然似秋，暖然似春。喜怒通四時。」郭象注：「聖人之在天下，暖焉若春陽之自和，故蒙澤者不謝；淒乎若秋霜之自降，故凋落者不怨也。」《漢書．律曆志》:「春秋迭運，草木自榮自落，何謝何怨。」⑧四運，指春夏秋冬四時的運行更迭。陸機〈梁甫吟〉:「四運循環轉，寒暑自相承。」⑨興歇，興衰生死。⑩羲和，日御。此亦代指太陽。《後漢書．崔駰傳》:「氛霓鬱以橫厲兮，羲和忽以潛暉。」李賢注：「羲和，日也。」《抱朴子．任命》:「晝競羲和之末景，夕照望舒之餘耀。」⑪奚，何。汩沒，淹沒。荒淫，廣大浩瀚貌。荒淫之波，指大海。即篇首「歷天又復入西海」之「西海」。亦即神話傳說中之「虞淵」，見《淮南子．天文訓》。⑫《淮南子．覽冥訓》:「魯陽公與韓搆難，戰酣，日暮，援戈而撝（揮）之，日為之反三舍。」魯陽，神話中之大力士。駐景，使太陽停住不動。郭璞〈遊仙詩〉:「愧無魯陽德，回日向三舍。」⑬矯誣，虛妄。《魏書．崔浩傳》:「浩……性不好老莊之書……日：『此矯誣之說，不近人情。』」《通鑑．宋營陽王景平元年》引此文，胡三省注日：「託聖賢以伸其說謂之矯；聖賢無是事，寓言而加詆謂之誣。」⑭大塊，大自然。《莊子．齊物論》:「夫大塊噫氣，其名為風。」成玄英疏：「大塊者，造物之名，亦自然之稱也。」⑮溟涬，天地未形成時，自然之氣混沌之狀。《莊子．在宥》:「大同乎涬溟，解心釋神。」司馬彪注：「涬溟，自然元氣也。」科，類、等。

📖［鑑賞］

李白是一位極富感性色彩的詩人，但他這首〈日出入行〉卻極具哲理意趣，不僅在李白詩中別具一格，在唐詩優秀作品之林中亦屬別調，是一首〈天問〉式的作品。

詩分三段。第一段從開頭到「安得與之久徘徊」，從日之出入運行不息說到人的生命短促。前三句描述，太陽每天從東南角升起，好像是從地底出來似的，它經過中天，又於每天傍晚沉入西海。這裡所描敘的太陽東升西落現象，是農耕社會中人們日出而作、日落而息最常見的現象，一般人都習而不察，李白卻因神話中六龍駕日車的傳說，天真地發問道：每天夜裡，六龍所駕的太陽究竟在哪裡停息止宿呢？這一問中實際上包含對神話傳說的懷疑。在詩人的想像中，太陽東升西落，晝夜不停，周而復始，實在沒有時間、也沒有地方可以停息。詩人憑超常的想像力，似乎天才地猜測到太陽的運行是一刻不停的。這也正是下一句所說的「其始與終古不息」，意思是說，從太陽開始運轉以來，它就伴隨著久遠的時間永不停息。正因為如此，人並非自然界的元氣，而是有生命的事物，而生命總有終結之時，又如何能夠和終古長存、運行不息的太陽長久相伴呢？古人視元氣為天地未分時的混沌之氣，它是天地之始、萬物之祖，元氣有聚有散，卻不會消滅，人非元氣，自然不能長存。詩人用了「徘徊」

這個詞語，來形容人不能和太陽久久盤桓，可謂語新意愜。

上一段用「終古不息」的太陽與有生有死的人作對照，說明人的生命相較於自然界的事物，是短暫的。接下來「草不謝榮」四句為一段，進一步闡說「萬物興歇皆自然」的客觀規律，就像太陽東升西落、晝夜不息一樣，自然界的春夏秋冬更疊代序，也是自然規律。正因為這樣，草不因春天到來生長繁茂，而感謝春風的煦育；樹不因秋天到來凋落飄零，而怨恨秋天。四時更迭，萬物榮衰，各有各的規律，根本就沒有什麼造物主在驅趕鞭策四時的運行，萬物的生與滅都是自然而然的。這四句可以說是對古代樸素唯物論的自然觀，最簡括、最具象的詩意化表述。

《荀子．天論》曾說：「天行有常，不為堯存，不為桀亡。」認為自然與社會各有自己的客觀運行規律，這裡更進一步，認為自然界的各種事物也各有自己的運行規律。為了強調這一點，詩人在前兩句連用兩個表示否定的「不」字，以強調「春風」、「秋天」存在的目的並不是為了使「草榮」、「木落」，因而草、木既不必謝，亦不必怨。在第三句以「誰」字反問喝起，第四句隨即用一「皆」字作出斬釘截鐵的回答。「萬物興歇皆自然」，是全詩的核心和靈魂。第一段以日之出入運行與人的生死作對照，第二段以草木的衰榮與四時的更迭運行對照，都是為了說明這個結論。

由「萬物興歇皆自然」的結論出發，詩人在第三段中進一步引出對「逆道違天」之「矯誣」行動的批評。「羲和，羲和，汝奚汨沒於荒淫之波」，這是對神話傳說中日入於西海，止宿於虞淵說法的懷疑與否定，上承「歷天又入海，六龍所舍安在哉」。詩人認為這種「汨沒於荒淫之波」的說法，與太陽終古不息的運行規律相互違背。接著，又對神話中大力士魯陽揮戈退日的傳說表示更直接而強烈的批評，認為魯陽這種行動乃是「逆道違天」之舉，根本不可信。這裡在表面上雖是對魯陽揮戈傳說的否定，實際上是對人類社會一切「逆道違天」之舉全面徹底的否定。

那麼，人和自然之間究竟應該如何相處呢？李白的答案是：「吾將囊括大塊，浩然與溟涬同科。」要懷抱整個大自然，和充盈於其中的宇宙自然之氣融為一體。這正是對莊子「萬物與我同一」、「大同乎涬溟」思想的詩意化表述。

屈原〈天問〉中對古往今來一系列有關宇宙起源、自然現象和歷史現象的神話、傳說及歷史記載提出強烈的質疑，表現出可貴的懷疑批判精神。這對李白寫作〈日出入行〉顯然有所啟發。但〈天問〉提出的一百七十多個問題，其中涉及宇宙生成、自然現象等主題，詩人只是表示懷疑與不解，並沒有實際也不可能得出答案。而李白這首詩，在吸取屈原懷疑批判精神的同時，還吸取老、莊「天法道，道法自然」

和「萬物與我同一」的思想，在肯定「人非元氣，安得與之久徘徊」、「萬物興歇皆自然」的基礎上，對人與自然的關係，明確反對「逆道違天」，主張「囊括大塊，浩然與溟涬同科」。類似的思想表述，在陶淵明的詩文中也出現過，如他的〈神釋〉說：「甚念傷吾生，正宜委運去。縱浪大化中，不喜亦不懼。應盡便須盡，無復獨多慮。」〈歸去來兮辭〉中也說：「聊乘化以歸盡，樂夫天命復奚疑。」不過陶淵明的這種自然觀，似乎更偏重在對生死的達觀態度；而李白的詩卻試圖對人與自然的關係提出具有整體性的答案，即不能「逆道違天」，而要順應並回歸自然。這就超越生死觀的範疇，而包含著人與自然和諧相處的可貴思想。道家的自然觀、天人觀，涵納李白在這首詩中所蘊含的思想，自然和當代與自然環境和諧的思想有重要區別，但不能否認李白這首詩確實能給予我們這方面的啟發。歷代有些評者為了強調此詩的針對性，認為「總見學仙之謬」、「似為求仙者發」。強調「萬物興歇皆自然」，反對「逆道違天」，客觀上自然具有否定求仙學道的意義，但這首詩的意涵卻比反求仙要廣泛得多。它表現的是「人與自然的關係究竟應該如何處理」這個大命題、大判斷。至於陳沆之牽扯政治，謂喻君德之荒淫，則更遠離詩人的本意。

這是一首哲理色彩濃厚的詩，但它首先是詩，而非用韻語書寫的哲理。其中不但有對日出入運行情況的詩意想像，有「草不謝榮於春風，木不怨落於秋天」這樣新穎生動的描述，而且有「吾將囊括大塊，浩然與溟涬同科」這種李白式的浪漫主義誇飾。全詩既貫注著懷疑批判精神，又散發出李白詩中特有的「氣」，具有鮮明的李白個性。因此儘管此前的玄言詩、此後的道學詩曾承受歷代評論者的一致責難，李白的這首詩卻沒有遭到此類批評。

從李白的自然觀可以明顯看到，他「清水出芙蓉，天然去雕飾」的詩歌主張及創作風格具有深刻的哲理思想基礎。

＝ 北風行[①] ＝

燭龍棲寒門[②]，光耀猶旦開[③]。日月照之何不及此[④]？唯有北風號怒天上來。燕山雪花大如席[⑤]，片片吹落軒轅臺[⑥]。幽州思婦十二月[⑦]，停歌罷笑雙蛾摧[⑧]。倚門望行人，念君長城苦寒良可哀。別時提劍救邊去，遺此虎文金鞞靫[⑨]。中有一雙白羽箭，蜘蛛結網生塵埃。箭空在，人今戰死不復回。不忍見此物，焚之已成灰。黃河捧土尚可塞，北風雨雪恨難裁[⑩]！

[校注]

①〈北風行〉，樂府雜曲歌辭舊題。《樂府詩集》卷六十五收鮑照、李白〈北風行〉各一首，解題曰：「〈北風〉，本衛詩也。〈北風〉詩曰：『北風其涼，雨雪其雱。』傳曰：『北風寒涼，病害萬物，以喻君政暴虐，百姓不親也。』若鮑照『北風涼』，李白『燭龍棲寒門』，皆傷北風雨雪，而行人不歸，與衛詩異矣。」蕭士贇《分類補註李太白詩》：「樂府有時景二十五曲，中有〈北風行〉。」胡震亨《李詩通》：「鮑照本辭，傷北風雨雪，行人不歸。此與照詩意同。」詹鍈《李白詩文繫年》云：「詩云：『幽州思婦十二月，停歌罷笑雙蛾摧。』當是寫實。此詩蓋天寶十一載嚴冬太白於幽州作。」郁賢皓《李白選集》，同意詹說，並引《資治通鑑》所載范陽節度使安祿山天寶四載（西元 745 年）以來屢啟邊釁

之事為證。《通鑑・天寶十載》：八月「安祿山將三道兵六萬，以討契丹……奚復叛，與契丹合，夾擊唐兵，殺傷殆盡。」詩中所寫幽州思婦之丈夫提劍救邊之事，當即指此次戰事。作詩時離其夫戰死已有一段時間，故定為天寶十一載嚴冬。②燭龍，古代神話中的神名。傳說其張目（亦有謂其駕日、銜燭或銜珠者）能照耀天下。《山海經・大荒北經》：「西北海之外，赤水之北，有章尾山。有神，人面蛇身而赤，直目正乘，其瞑乃晦，其視乃明。不食不寢不息，風雨是謁。是燭九陰，是謂燭龍。」《楚辭・天問》：「日安不到，燭龍何照？」王逸注：「言天之西北有幽冥無日之國，有龍銜燭而照之也。」《淮南子・墬形訓》：「燭龍在雁門北，蔽於委羽之山，不見日。其神人面龍身而無足。」高誘注：「龍銜燭以照太陰，蓋長千里。視為晝，瞑為夜。吹為冬，呼為夏。」又：「北方北極之山，曰寒門。」高誘注：「積寒所在，故曰『寒門』。」又有稱燭龍為燭陰者，《山海經・海外北經》：「鍾山之神，名為燭陰。視為晝，瞑為夜，吹為冬，呼為夏。」郭璞注：「燭龍也。是燭九陰，因名云。」③因燭龍張開眼即為明亮的白晝，故說「光耀猶旦開」。④此句即《楚辭・天問》「日安不到」之意。句中「此」字指下文之幽州。⑤燕山，《元和郡縣圖志》闕卷遺文卷一〈河北道薊州漁陽縣〉：「燕山，在縣東南六十里。」燕山山脈，自薊縣東南綿延而東直至海濱，薊州漁陽縣之燕山為其中一段。⑥

軒轅臺，本古代傳說中臺名。《山海經．大荒西經》：「有軒轅之臺，射者不敢西向射，畏軒轅之臺。」因傳說中黃帝與蚩尤曾戰於涿鹿之野，故後人認為軒轅臺在漢上谷郡涿鹿縣，今河北懷來縣喬山上。其地與幽州鄰近。⑦幽州，唐河北道州名，天寶初改稱范陽郡，係范陽節度使府所在地。治所在今北京市西南。《舊唐書．地理志二．河北道》：幽州大都督府，「天寶元年，改范陽郡，屬范陽、上谷、嬀川、密雲、漁陽、順義、歸化八郡」。⑧雙蛾摧，雙眉低垂，愁苦之狀。⑨金鞞靫（ㄅㄧㄥˇ ㄔㄞ），金屬的盛箭器。鞞，又作鞴。⑩裁，抑止。

📖［鑑賞］

中唐新樂府運動主將之一元稹在〈樂府古題序〉標榜「寓意古題，刺美見（現）事」，成為其樂府詩創新精神的重要表現形式。其實，借樂府古題來反映時事的創作手段，在李白許多樂府詩中都有出色的表現。這首〈北風行〉，表面上是模仿鮑照的〈北風行〉傷北風雨雪，行人不歸，但實際上，它卻融入時代的社會政治內容，成為具有強烈政治批判精神和人道主義精神光輝的作品。

這首詩的創作背景，涉及唐玄宗天寶年間東北邊境一系列對奚與契丹的戰爭。

安祿山得到唐玄宗的信任，天寶元年（西元 742 年）任平盧節度使，三載起兼任范陽節度使。十載，又兼任河東節度使，正積極策劃反叛。為了邀寵，在這段時間內，安祿山多次發動對奚、契丹的戰爭。《通鑑．天寶四載》：九月，「安祿山欲以邊功市寵，數侵掠奚、契丹，奚、契丹各殺公主以叛」。又〈天寶九載〉：十月，「安祿山屢誘奚、契丹，為設會，飲以莨菪酒，醉而坑之，動數十人，函其酋長之首以獻，前後數四」。又〈天寶十載〉：八月，「安祿山將三道兵六萬以討契丹，以奚騎二千為嚮導，過平盧千餘里……奚復叛，與契丹合，夾擊唐兵，殺傷殆盡」。可以看出，這些戰事都是安祿山為了邀功而挑動的，而戰爭的慘痛後果則由廣大人民，特別是參與戰爭的唐軍士兵及其家屬所承擔。為了控訴安祿山挑動邊釁而帶給幽州人民的災難，這首詩特意設計以一個在戰爭中犧牲之幽州士兵的妻子作為主角，透過她的視角和心理來表達對這種戰爭的怨憤。

詩的前六句，描寫抒情主角所處的嚴酷自然環境。但開頭並不直接寫幽州，而是用古老的神話傳說起興：「燭龍棲寒門，光耀猶旦開。」意思是說，在極北的寒門地區，幽冥晦暗，不見陽光，但燭龍一睜眼，還是能帶來早晨的光芒。第二句的「猶」字值得特別注意，說明頭兩句寫寒門地區的情景，是為了引出並反襯下文。果然，三、四兩句就轉寫女主角身處之地：「日月照之何不及此？唯有北風號怒天上來。」第三句末尾的「此」字，不是上承「寒門」，而是下啟

「燕山」、「幽州」，指的就是幽州。前人或今人有將「此」解為「寒門」（即幽州）者，如此第二句的「猶」字便無著落。三、四兩句是將幽州與傳說中的寒門作對照，說傳說中的寒門猶有光耀旦開之時，幽州卻暗無天日，只有北風怒號之聲從天上不斷襲來。「日月照之何不及此」是個問句，既像是身處幽州的女主角發自心底的呼號，又像是詩人對造物者的質問。這種呼號的句式，使詩中所寫景象帶有象徵含意：這是一片「日月」光耀所照不到的黑暗寒冷、只有「北風」逞威肆虐的地區。五、六兩句，由「北風」進一步寫到「雪」。「燕山」點明女主角身處之地在幽燕，「燕山雪花大如席」雖然極度誇張，而且完全是李白式的誇張，但讀者卻從不計較它是否合乎事實，而是從那推向極致的誇張渲染中得到強烈感受，想像到那碩大如席的雪花密集飄灑、遮天蔽地的情景。而「片片吹落軒轅臺」的「軒轅臺」固然在地理上與幽州鄰接，但詩人特意選用這個字面，似乎也不無用意。往日軒轅黃帝與蚩尤作戰的地方，如今已是暗無天日、北風肆虐、冰雪苦寒之地，這裡的百姓又該過著怎樣的生活呢！總之，前六句對幽州自然環境的描繪渲染，在有意無意之中，已經隱隱透露出象徵含意，能引發讀者的聯想。特別是「日月照之何不及此」這種顯然有悖生活事實的詩句，就不能單純用藝術的誇飾來解釋，而是要和李白其他詩中諸如「日慘慘兮雲冥冥」（〈遠別離〉）、「白日不照吾精誠」（〈梁甫吟〉）一類句子對照解析，才能更明確地體會到它的象外之意。

「幽州思婦」以下十四句，全是對女主角的描寫，除「停歌罷笑雙蛾摧」和「倚門望行人」二句是對其容貌和行動的客觀描寫外，其他各句全是對她的心理描寫，也可以視為女主角的心理獨白。「幽州思婦」點明女主角的身分，「十二月」點時，以與北風雨雪的環境相應。「停歌罷笑雙蛾摧」一句，連用三個寫動作、表情的詞語，表現女主角愁腸哀思百結的內心世界。接著，用「倚門望行人」一句，點出她如此愁苦的原因，是因為遠征的丈夫至今未歸，不免日日倚門而望。「念君長城苦寒良可哀」，想到丈夫遠戍長城苦寒之地，其處境實在可哀。長城一帶，正是唐軍與奚、契丹的軍隊進行戰鬥的地方。「念」字起頭帶出以下各句的心理。

「別時提劍救邊去，遺此虎文金鞞靫。中有一雙白羽箭，蜘蛛結網生塵埃。」這四句將「念」的內容聚焦到一個點，即丈夫「提劍救邊去」時留下的箭筒和兩支白羽箭。「救邊」之語，說明當時戰局已經相當危急，丈夫此去遇到的危險也就可以想見。他臨走時無意中留下的箭筒和羽箭，從此就成為女主角日夜思念的觸發物。但日日倚門而望，日日對箭而思，卻根本不見丈夫歸來，甚至連丈夫的一點音訊也都得不到，如今箭筒和羽箭上，蜘蛛結成了網、堆滿了灰塵，暗示距離丈夫去前線已經過很久。天寶十載八月發生的討契丹之戰，應該就是思婦的丈夫「提劍救邊去」參與的戰爭，而寫這首詩的「十二月」則已經是第二年的嚴冬。如此長的時間得不到丈夫的音訊，則其戰死沙場的命運實已可以斷定。只是這位思婦長期以來總是心存希望，不願相信丈夫已經犧牲。等到這時，終於清醒意識到，丈夫臨走時留下的箭筒和羽箭，已經成為永遠的遺物。以下六句，便是女主角在意識到這一殘酷事實後，內心迸發出的強烈悲憤和無窮怨恨。

「箭空在，人今戰死不復回。不忍見此物，焚之已成灰。黃河捧土尚可塞，北風雨雪恨難裁！」箭在人亡，目睹丈夫留下的遺物，更增添對丈夫的思念，但戰死沙場的丈夫是永遠回不來了，著「空」字、「不復」字，突顯睹物思人、物在人亡的綿綿長恨。與其日日睹物思人，倍感傷神，不如焚之成灰，以免觸動內心的怨憤。但焚箭的行動真的能燒掉心頭的長恨嗎？答案是絕不可能。詩人又用了極度誇張的典故性比喻「黃河捧土尚可塞」來強力反襯「北風雨雪恨難裁」，形成驚心動魄的藝術效果。在《漢書．朱浮傳》中「捧土以塞孟津」的黃河邊上人，本就被嘲笑為「多見其不知量」，說明滔滔黃河絕不可塞，這裡反用其意，說奔騰咆哮的黃河尚且可以阻塞，但幽州思婦在北風怒號、雨雪紛紛的環境中失去丈夫的怨憤卻永遠難以抑止！上句將絕不可能之事說成可能，以反襯下句北風雨雪之恨永難消釋，不但更有力地強調恨之永恆，而且使幽州思婦之恨，帶上比奔騰咆哮的黃河還要強烈的視覺形象。最後這六句，從睹物思人、空添悲恨到不忍見物、焚之止恨，最後到河雖可塞、恨永難消，兩句一層，層層轉折，最後逼出「北風雨雪恨難裁」的悲憤呼號，具有極強烈的控訴力量和批判力量，其矛頭所指，顯然是輕啟邊釁的邊地主帥和其背後的支持者。

《樂府詩集》解題說：「〈北風〉，本衛詩也。〈北風〉詩曰：『北風其涼，雨雪其雱。』傳曰：『北風寒涼，病害萬物，以喻君政暴虐，百姓不親也。』若鮑照『北風涼』，李白『燭龍棲寒門』，皆傷北風雨雪，而行人不歸，與衛詩異矣。」雖引《詩・衛風・北風》以釋〈北風行〉，但認為李白詩與《詩・北風》意異。這意見恐怕值得商榷。細味詩語及詩意，詩中的「北風號怒天上來」和「燕山雪花大如席，片片吹落軒轅臺」的環境氣候描寫，已隱隱透露比興象徵含意，而「日月照之何不及此」一句更點明幽州地區是日月所不照臨之暗無天日、北風肆虐之地，則詩中除了抒發對安祿山輕啟邊釁，驅使百姓為之賣命的暴政憤恨之外，也流露出對寵信安祿山的最高統治者的不滿乃至怨憤情緒。這種詩的風格，已經遠離傳統詩教怨而不怒的溫柔敦厚之旨，呈現出極強烈的怨憤，具有震撼人心的藝術力量。而其中流露出對幽州思婦心情的深情體貼和曲折細緻的心理描寫，則又表現李白對受迫害婦女深厚的人道主義同情，而閃耀著人性的光輝。

詩人在〈經亂離後天恩流夜郎憶舊遊書懷贈江夏韋太守良宰〉這首自敘生平的長詩中，提及天寶十一載幽州之行的感受時說：「十月到幽州，戈鋋若羅星。君王棄北海，掃地借長鯨。呼吸走百川，燕然可摧傾。心知不得語，卻欲棲蓬瀛。」主要雖在渲染安祿山的跋扈氣焰和蓄意反叛的態勢，但對安祿山的專橫及「君王」的養癰遺患，均明顯流露出或憤慨或痛切的情緒，可與此詩相互參照。

關山月①

明月出天山②，蒼茫雲海間。長風幾萬里，吹度玉門關③。漢下白登道④，胡窺青海灣⑤。由來征戰地⑥，不見有人還。戍客望邊色⑦，思歸多苦顏。高樓當此夜⑧，嘆息未應閒。

[校注]

①〈關山月〉，樂府舊題，《樂府詩集》列此曲於〈橫吹曲辭〉，於梁元帝〈關山月〉詩下引《樂府解題》曰：「〈關山月〉，傷離別也。」按唐吳兢《樂府古題要解》卷下：「〈關山月〉，皆言傷離別也。」李白此首，沿舊題抒寫戍邊戰士久戍思歸和對家室的思念之情。②天山，《元和郡縣圖志》卷四十隴右道伊州：「天山，一名白山，一名折羅漫山，在州北一百二十里。春夏有雪。出好木及金鐵。匈奴謂之天山，過之皆下馬拜。」在今新疆中部。此謂「明月出天山」，則戍客戍守之地當在天山之西。或謂天山即今甘肅、青海兩省邊界之祁連山，恐非，與下「長風幾萬里，吹度玉門關」之語似未合。岑參邊塞詩中之「天山」與李白此詩同指。③玉門關，見王之渙〈涼州詞〉「春風不度玉門關」句注。④下，出，指出兵。《戰國策．秦策一》：「（張儀）對曰：『親魏善楚，下兵三川，塞轘轅、緱氏之口，當屯留之道。』」姚宏注：「下兵，出兵也。」白登，山名，在今山西大同市東

北，匈奴冒頓單于曾圍攻漢高祖於此。《史記．匈奴列傳》：「是時漢初定中國，徙韓王信於代，都馬邑。匈奴大攻圍馬邑，韓王信降匈奴。匈奴得信，因引兵南逾句注，攻太原，至晉陽下。高帝自將兵往擊之。會冬大寒雨雪，卒之墮指者十二三。於是冒頓詳（佯）敗走，誘漢兵。漢兵逐擊冒頓，冒頓匿其精兵，見其羸弱。於是漢悉兵，多步兵，三十二萬，北逐之。高帝先至平城，步兵未盡到。冒頓縱精兵四十萬騎圍高帝於白登，七日，漢兵中外不得相救餉。」⑤窺，伺機圖謀、覬覦。青海灣，青海湖沿岸一帶地區。⑥由來，自來、從來。⑦邊色，邊地的景色。色，《全唐詩》校：「一作邑。」⑧高樓，指遠在中原故鄉、住在房樓的戍客妻子。

[鑑賞]

〈關山月〉這一樂府舊題，僅《樂府詩集》所載，在李白之前，就有梁元帝、陳後主、陸瓊、張正見、徐陵、賀力牧、阮卓、江總、王褒、盧照鄰、沈佺期、崔融等十二人的作品十四首，其內容均抒寫戍客思歸傷離之情，主要詩歌意象則多為關、山、月。這正是因為迢遞的關山，是阻隔戍客和思婦，使他們長期離別，不能相聚的天然阻礙，而月則是遠隔的戍客、思婦共同所見，引發思念對方的自然之物。在表達戍客傷離思歸的主題和藉以表達這一主題的主要詩歌意象方面，李白這首擬作和以前諸人之作，可以說沒有任何不同，且前人如徐陵、崔融的兩篇優秀作品，更對李白這首詩產生明顯而直接的影響。但李白此作的成就卻遠遠超越包括徐、崔二人之作在內的所有前人之作，其後許多詩人的同題擬作同樣無法企及。其中一個突出之處，就是李白這首詩，展現出極為廣闊悠遠的歷史及現實時空，創造雄渾蒼茫而又渺遠深邃的詩歌意境，兼具豪放與飄逸、流暢而閒雅的風格。

詩分三層，每四句為一層。開頭四句，起勢遼闊，以明月、天山、雲海、長風、玉門關等極富邊塞景物特徵的詩歌意象，組合成一幅壯闊遼遠的關山明月圖。唐代在玉門關以西有極廣闊的疆域版圖，戍邊將士所戍守的地方遠在今新疆中部的天山之西，故望見明月升起於東邊的天山。這「明月出天山」，正是西部邊塞特有的景象，與居中原或海濱者所常見的月出東山或「海上生明月」的景象完全不同，故遼闊明朗之中自然給人新鮮感。次句「蒼茫雲海間」，描寫明月逐漸升高，浮現於蒼茫雲海之上的情景。這使首句所展現的遼闊境界中，又增添了蒼茫的色彩。境雖同屬遼闊，色調則有變化。三、四兩句，在前兩句遼闊蒼茫的靜境基礎上，展現出萬里長風，自西向東，一直跨越遠處玉門關的景象。「幾萬里」固然是誇飾，「吹度玉門關」亦屬想像，但它卻展現比開頭兩句更為遼闊的空間，且引導人們想像玉門關以東更遼闊的地區。由於萬里長風吹度，整個畫面增添動態感。

詩的意境也顯得既雄渾遼闊而又飄逸流暢。前人或以為「長風」、「吹度」者，指月。崔融的〈關山月〉前四句「月生西海上，氣逐邊風壯。萬里度關山，蒼茫非一狀」，也容易被誤解為指月度關山係邊風吹送所致。此解有違事理。月東升至中天而西下，豈能因萬里長風之吹送而東復東。且「長風幾萬里，吹度玉門關」，主語是長風，「吹度玉門關」者顯然也是長風。兩句一氣直下，自然渾成。如「吹度」者指月，則句法扞格難通。以上四句，展現的雖是蒼茫遼闊的關山明月圖，畫面中並沒有出現人物，但實際上，這一切均為遠戍天山之西的「戍客」望見和感受到的邊塞物色。「長風」二句，更隱含對遠在玉門關東萬里之外的中原故鄉的想像與思念，只是沒有明顯點出而已。

中間四句為一層，由眼前雄渾遼闊的邊塞景象，引發對悠遠歷史空間的想像。唐人常借漢喻唐，但這裡的「漢下白登道」卻是實指漢高祖被匈奴冒頓單于圍困於白登的戰爭，不過它的內涵已經被泛化，意思是說自古以來，北部邊地一帶，就經常發生胡漢民族之間的戰爭。唐時青海湖邊沿地區，常是吐蕃與唐互相爭奪、交戰之地，說「胡窺青海灣」，自然是有感於唐代西部邊地胡漢民族不斷進行交戰的現實態勢。二句中「漢下」、「胡窺」相對互文，實際上，概括了自漢至唐，在廣闊的北邊、西邊，胡漢民族間經常發生戰爭的歷史。而這一系列戰爭，帶給人民的是長期的痛苦和犧牲，自古至今，邊塞征戰之地，出征的戰士少有生還者。上兩層的意涵，略同於王昌齡〈出塞〉的「秦時明月漢時關，萬里長征人未還」。絕句貴簡約含蓄，而樂府古詩則可稍事展衍，故上一層展現雄渾遼闊的現實空間，下一層展現悠遠的歷史空間；前者主繪景，後者主敘述議論；前者只描繪征戍者所處的環境，後者則寫到自古及今長期征戰帶來的犧牲。中間幾句，既可看作是詩人對邊地長期戰爭歷史的回顧與沉思，也可理解為「戍客」面對廣闊遼遠的關山明月圖景時，引發的歷史沉思。由於有這四句，詩的意境便既雄渾蒼茫而又深邃悠遠。對於自古迄今胡漢民族間長期的戰爭，詩人並沒有簡單地作出肯定或否定結論，這是因這一系列戰爭的性質非常複雜。但戰爭帶來慘重犧牲則是事實，詩人著重揭示的正是這一點。然則它所隱含的結論「乃知兵者是凶器，聖人不得已而用之」（〈戰城南〉）也就不難推演出了。

最後四句，又由對歷史的回顧回到現實環境中。「戍客望邊色」一句，實際上是對第一層四句的總括，「邊色」即前四句所描繪的關山明月、長風萬里的邊塞景色。但「望」中有「思」，則第二層的意涵也隱寓其中。「思歸多苦顏」則是戍客此際面對迢遞關山阻隔和一輪明月時，所引發的思念家鄉而難歸之感。「高樓當此夜，嘆息未應閒」，是戍客對遠在中原家鄉的妻子此時獨居高樓，懷念遠人，不停嘆息情景的遙想，採取從對面著筆的筆法，更深一層地表現出對家人的思念懷想和深情體貼。由於中間一段對悠遠歷史的回顧與沉思，戍客的「思歸」之情和高樓思婦的「嘆息」也變得更加深沉。

全詩內容，雖可以戍客望邊色而思歸一語概括，但這種概括永遠不可能替代詩人所創造的詩歌意境，該意境中涵蓋歷史時空的雄渾蒼茫、悠遠深邃。如果沒有開頭四句遼闊蒼茫的關山明月圖景，長風萬里、吹度玉關的磅礡氣勢，以及由它們所組成的雄渾遼闊意境，這首詩便要大為遜色，而且無法顯示李白詩歌的特質。

═ 楊叛兒[1] ═

君歌楊叛兒，妾勸新豐酒[2]。何許最關人[3]？烏啼白門柳[4]。烏啼隱楊花，君醉留妾家。博山爐中沉香火[5]，雙煙一氣凌紫霞。

[校注]

①〈楊叛兒〉，六朝樂府〈西曲歌〉曲調名。杜佑《通典》卷一百四十五：「〈楊叛兒〉，本童謠也，齊隆昌時，女巫之子曰楊旻，隨母入內，及長，為太后所愛。童謠云：『楊婆兒，共戲來。』所歌語訛，遂成楊叛兒。」《舊唐書．音樂志》：「〈楊伴〉，本童謠歌也。齊隆昌時，女巫之子曰楊旻。旻隨母入內，及長，為后所寵。童謠云：『楊婆兒，共戲來。』而歌語訛，遂成〈楊伴兒〉。」《樂府詩集》卷四十九〈清商曲辭．西曲歌〉收〈楊叛兒〉古辭八首，其一首云：「暫出白門前，楊柳可藏烏。歡作沉水香，儂作博山爐。」李白之作，即據此首衍生發揮而成。詹鍈《李白詩文繫年》記此首作於開元十四年（西元726年）遊金陵時，云：「詩中有句云：『何許最關人？烏啼白門柳。』雖衍古詞而亦即景，蓋少年浪遊金陵時作。」②新豐酒，新豐所產之名酒。王維〈少年行〉「新豐美酒斗十千，咸陽遊俠多少年」之新豐美酒指長安東新豐鎮（今西安臨潼東北）所產之美酒。

而清錢大昕《十駕齋養新錄》卷十一云：「丹徒縣有新豐鎮，陸游《入蜀記》：六月十六日，早發雲陽，過夾岡，過新豐小憩。李太白詩云：『南國新豐酒，東山小妓歌。』又唐人詩云：『再入新豐市，猶聞舊酒香。』皆謂此，非長安之新豐也。然長安之新豐亦有名酒，見王摩詰詩。」錢氏所引李太白詩題為〈出妓金陵子呈盧六四首〉（其二），謂「南國新豐酒」，自非指長安之新豐。丹徒在南京附近，與此詩作於遊金陵期間正合。③何許，猶何所、何處。關人，牽動人的感情、思緒。④〈楊叛兒〉古辭：「暫出白門前，楊柳可藏烏。」白門，南朝宋都城建康（今江蘇南京）宣陽門的俗稱。《南史．宋紀下．明帝》:「宣陽門謂之白門，上以白門不祥，諱之。尚書右丞江謐嘗誤犯，上變色曰：『白汝家門！』」宣陽門係建康之正南門。或說，指建康西門。《通鑑．齊中興元年》胡三省注：「白門，建康城西門也。西方色白，故以為稱。」⑤博山爐，古香爐名，因爐蓋上的造型類似傳聞中的海中名山博山而得名。《西京雜記》卷一：「長安巧工丁緩者……又作九層博山香爐，鏤為奇禽怪獸，窮諸靈異，皆自然運動。」梁吳均〈行路難〉：「博山爐中百和香，鬱金蘇合及都梁。」沉香，一種名貴香木。晉嵇含《南方草木狀．蜜香沉香》：「交趾有蜜香，樹幹似柜柳，其花白而繁，其葉如橘。欲取香，伐之，經年，其根幹枝節，各有別色也。木心與節堅黑，沉水者曰沉香。」《南史．夷貊傳上．林邑國》:「沉木香者,土人斫斷,積以歲年,朽爛而心節獨在,置水中則沉,故名曰沉香。」古代亦用沉香作薰香用。

📖 [鑑賞]

六朝〈楊叛兒〉古辭,現有八首,均為以女子口吻書寫的情詩,多用隱喻手法。李白所擬的這一首寫女子偶出白門之外,春色深濃,楊柳繁茂已可藏烏之所,與所愛男子幽會。寫得樸素而含蓄。李白的擬作,對古辭中的主要意象(白門、楊柳、烏、沉水香、博山爐)及興喻手法均加以利用,內容亦仍寫男女歡愛,且仍用女子口吻,取第一人稱筆法。篇幅則自古辭衍生出一倍。它帶給讀者的藝術感受卻遠遠超越古辭,顯得熾烈而浪漫,特別是抒寫男女歡會方面,更創造出極富象徵色彩的詩意境界,使此前及以後的許多同類描寫相形失色。

一開頭就展現出一對青年男女唱歌勸飲的熱烈場景:「君」(女子所愛的男子)縱情高唱〈楊叛兒〉歌曲(此〈楊叛兒〉或謂指童謠,但理解為指樂府〈楊叛兒〉古辭,似乎更貼近現實情境),而「妾」(女主角)則頻頻向對方勸酒助興。可以看出,這對青年情侶此刻已經進入兩情歡洽、熱烈而忘情的境界。

三、四兩句,用設問口吻引出青年情侶歡會所在地「烏啼白門柳」。這顯然是化用古辭「暫出白門前,楊柳可藏烏」

的詩句和意象。在古辭中，「白門」（建康宣陽門）作為具體地名，指男女歡會之地，歷經南朝至唐，它的內涵已經泛化，成為男女歡會之地的代稱；而「楊柳可藏烏」在古辭中原用以形容春色漸濃的物候特徵，以連結男女之情的深濃，李白詩中化成「烏啼白門柳」，彷彿被簡化，只成為男女相約歡會之地的代稱。但就回答「何許最關人」的設問來說，這已經足夠。因為對於當事的男女雙方來說，白門柳色和烏啼就足以喚起他們對過往一切美好情事的甜蜜回憶。古辭以敘事寫景開始，顯得起勢較為平衍，李白將它拓展為六句，一開頭就進入熱烈歡洽的唱歌勸酒場景，再引出歡會之地，就使起勢顯得不平淡而氣氛熱烈，而三、四句一問一答，又顯得靈動飄逸、風神搖曳。

五、六兩句，在古辭「楊柳可藏烏」的基礎上加以發展，將表現春意深濃的物象景色，演化成帶有隱喻色彩的詩句「烏啼隱楊花」，而隱喻的內容則是「君醉留妾家」。「楊柳可藏烏」只表現春深柳濃，可以藏烏，它所顯示的是季候特徵，但「烏啼」通常與日落相關，因此「烏啼隱楊花」也就自然成為「君留妾家」的隱喻，妙在兩句之間，似興似比似賦，若即若離，意雖明朗，而調則極為靈動跳脫。第六句著一「醉」字，不但上承「勸」字、「酒」字，暗示兩情由開始時的熱烈歡洽，發展到陶醉乃至沉醉，最後兩句的歡會高潮也就呼之欲出。

「博山爐中沉香火，雙煙一氣凌紫霞。」這兩句承古辭「歡作沉水香，儂作博山爐」加以生發。可以看出，古辭的「沉水香」、「博山爐」之喻，當是寓意男方投入女方懷抱之後升騰起愛情之火。南朝樂府中多由女方展現熱烈真率的主動之態，此喻亦帶有這種色彩。李白此詩將古辭「歡作沉水香，儂作博山爐」簡括為一句「博山爐中沉香火」，不僅將「沉水香」的靜止狀態轉變為燃燒著的「沉香火」，直接點明雙方由「醉」而至迸發出愛情之「火」，而且將單獨一方的主動轉變為雙方的交融。更奇妙的是緊接著「雙煙一氣凌紫霞」，將男女歡會的高潮寫得既淋漓盡致，又含蓄雋永；既熾熱浪漫，又極富象徵色彩和濃郁的詩情。男女在真摯熱烈情感基礎上的歡會，是靈肉一體的純美境界。但古往今來，能將性愛場景寫得極豔而不褻的卻很少見。李白的這句詩可以說真正達到這種純美的詩歌境界。香爐中點燃沉香，升騰起絲絲的香煙，煙氣時有互相交纏繚繞之狀，詩人從這一現象創造出「雙煙一氣」此極富象徵色彩的隱喻，寓意男女雙方的精神心靈在極度歡洽中交融，而「凌紫霞」的誇飾渲染則成為雙方精神心靈無限昇華的絕妙象徵。《紅樓夢》中的賈寶玉，對心靈知己黛玉說：我們一起化煙、化灰如何？被視為痴話。殊不知「化煙」之語早被李白用過。「雙煙一氣凌紫霞」描寫歡情，其豔可謂入骨、極濃極烈，卻絲毫沒有褻狎浮薄的氣息，寫歡情至此，令人嘆為觀止。

長干行[1]

妾髮初覆額[2]，折花門前劇[3]。郎騎竹馬來[4]，繞床弄青梅[5]。同居長干里，兩小無嫌猜[6]。十四為君婦，羞顏未嘗開[7]。低頭向暗壁，千喚不一回。十五始展眉[8]，願同塵與灰[9]。常存抱柱信[10]，豈上望夫臺[11]？十六君遠行，瞿塘灩澦堆[12]。五月不可觸[13]，猿聲天上哀[14]。門前遲行跡[15]，一一生綠苔。苔深不能掃，落葉秋風早。八月蝴蝶來[16]，雙飛西園草。感此傷妾心，坐愁紅顏老[17]。早晚下三巴[18]，預將書報家。相迎不道遠[19]，直至長風沙[20]。

[校注]

①〈長干行〉，樂府雜曲歌辭舊題。長干，里名。《文選．左思〈吳都賦〉》：「長干延屬，飛甍舛互。」劉逵注：「建鄴之南有山，其間平地，吏民雜居之，故號為干。中有大長干、小長干，皆相屬。」據郁賢皓《李白選集》，大長干巷在今南京市中華門外；小長干巷在今南京市鳳凰臺南，巷西達長江。《樂府詩集》卷七十二〈雜曲歌辭〉收〈長干曲〉古辭一首，崔顥〈長干曲〉四首、崔國輔〈小長干曲〉一首，又收李白〈長干行〉二首（第二首「憶妾深閨裡」係張潮之作誤入），張潮〈長干行〉（婿貧如珠玉）一首。內容多寫船家青年男女愛情或商人婦的生活與感情。《李白選集》記此詩作於開元十四年（西元 726 年）遊金陵時。②妾，古代婦女

自稱。髮初覆額，頭髮長得剛剛覆蓋前額，表示年尚幼小。古代女子十五始笄（綰起頭髮，加上簪子，表示已成年）。年幼時不束髮。③劇，戲耍、玩耍。④郎，稱自己的丈夫，也就是昔日的童年伴侶。竹馬，將竹竿放在胯下當馬騎。⑤床，古稱坐具為床。或謂「床」指井床，井旁的欄杆。弄，玩。⑥無嫌猜，不避嫌。⑦開，舒展、放開。⑧展眉，猶眉開眼笑，喜悅之情直接流露於眉眼之間。⑨願同塵與灰，希望像灰塵那樣凝為一體。灰與塵為同類，易於凝合，故云。王琦注：「言其合同而無分也。」或謂指願同生共死。⑩抱柱信，《莊子．盜蹠》：「尾生與女子期於梁（橋）下，女子不來，水至不去，抱梁柱而死。」句意為常存終身相守的信誓。⑪望夫臺，《初學記》卷五引劉義慶《幽明錄》：「武昌北山上有望夫石，狀若人立。古傳云：昔有貞婦，其夫從役，遠赴國難，攜弱子餞送此山，立望夫而化為石。」望夫石傳說，各地多有。此句謂豈料竟有丈夫遠行，自己時時盼夫歸來的離別之苦。⑫瞿塘，即瞿塘峽，長江三峽的第一個峽，在今重慶市奉節縣境。灩澦堆，亦作「淫預堆」，係瞿塘峽口突起於江中之大礁石。長江三峽中行船最危險之處。《水經注．江水》：「（白帝城西）江中有孤石，為淫預石，冬出水二十餘丈，夏則沒。」《太平寰宇記．山南東道．夔州》：「灩澦堆周迴二十丈，在州西南二百步蜀江中心瞿塘峽口。冬水淺，屹然露百餘尺，夏水漲，沒數十丈，其狀如馬，舟人不敢近……諺曰：『灩澦大如樸，瞿塘不可觸。灩澦大如馬，瞿塘不可下。灩澦大如鱉，瞿塘行舟絕。灩澦大如龜，瞿塘不可窺。』」⑬五月不可觸，指夏天水漲季節，灩澦堆為水淹沒，行舟極險，不可觸碰礁石。參上句注引民諺。⑭三峽一帶，兩旁山高林密，時有哀猿長嘯，故云。《水經注．江水》：「自三峽七百里中，兩岸連山，略無闕處。重巖疊嶂，隱天蔽日……常有高猿長嘯，屬引淒異，空谷傳響，哀轉久絕。故漁者歌曰：『巴東三峽巫峽長，猿鳴三聲淚沾裳。』」⑮遲（ㄓ ˋ），等待。遲行跡，因為等待丈夫往來徘徊而留下的足跡。遲，《全唐詩》校：「一作舊。」⑯來，《全唐詩》校：「一作黃。」《李太白詩醇》引謝枋得曰：「『蝴蝶來』，《文粹》作『蝴蝶黃』。蝶以春來，八月非來時。秋蝶多黃，感金氣也。白樂天詩：『秋花紫蒙蒙，秋蝶黃茸茸』，此可證也。」王琦曰：「以文義論之，終以『來』字為長。」⑰坐，殊、甚、深。見張相《詩詞曲語辭彙釋》。⑱早晚，多早晚、何時。三巴，指巴郡、巴東、巴西。見《華陽國志．巴志》。宋王應麟《小學紺珠》卷三：「三巴：巴郡，今重慶府；巴東，今夔州；巴西，今合州。」下三巴，從三巴乘船順長江而下。⑲不道，有「不知」、「不顧」二解。前者，如李白〈幽州胡馬客歌〉：「雖居燕支山，不道朔風寒。」後者，如李白〈憶舊遊寄譙郡元參軍〉：「五月相呼度太行，摧輪不道羊腸苦。」義均可通。張相《詩詞曲語辭彙釋》謂此句之

「不道」猶云不管或不顧。然細味詩意，似以作「不知」解為長。⑳長風沙，地名，在今安徽安慶市東長江中。本為江中沙洲，現已與北岸相連。《太平寰宇記》卷一百二十五淮南道舒州懷寧縣：「長風沙在縣東一百九十里，置在江界，以防寇盜，元和四年入圖經。李白〈長干行〉云：『相迎不道遠，直至長風沙。』即此處也。」陸游《入蜀記》卷三謂自金陵至長風沙七百里，地屬舒州，舊最號湍險。

🕮 [鑑賞]

樂府中以「長干」地名為題的有〈長干曲〉、〈小長干曲〉和〈長干行〉。前兩者係五言四句的抒情小詩，內容多寫江南水鄉青年男女弄潮採蓮的生活和愛情，後者則為篇幅較長且帶有敘事色彩的五言古詩，內容多寫商人婦對遠赴外地經商丈夫的深長思念。李白這首〈長干行〉和另一首〈江夏行〉，內容均寫商婦的離別相思之情，且皆用第一人稱的書寫方式。但這首〈長干行〉卻在抒寫商婦的離別相思之情以前，用占全詩一半的篇幅展示出女主角的愛情從萌生到發展、到成熟的歷程。正是由於這一大段極為出色的敘寫，使全篇充溢著動人而真摯的愛情光彩，女主角的形象也顯得相當鮮明和豐滿。

詩的前六句，從童年的追憶敘起。女主角現在的丈夫，就是童年時期一起嬉戲的朋友。記憶中的第一個場景，就是自己頭髮剛剛覆蓋前額的孩提時代，折了花枝正在門前玩遊戲，而鄰家男孩的你，騎著竹馬跑來，兩人一起繞著井欄，以投擲青梅為戲。古代井欄邊常種有桃李一類果樹，「折花」、「弄青梅」，正是小朋友們「就地取材」，互相追逐為戲的情景。而一則「折花門前」，一則「騎竹馬」，則又顯示出女童和男孩對遊戲的不同喜好。「同居」二句，在點明男女主角從小一起在長干裡長大的事實和背景的同時，為童年時期兩人的親密關係作定位和總結，即「兩小無嫌猜」。儘管性別不同，但兩位童年伴侶彼此之間卻渾沌未鑿，毫不避嫌，整天在一起追逐嬉鬧。這是對童年時代異性朋友間親密而純真關係和童年歡樂生活的生動寫照。「青梅竹馬，兩小無猜」的幼童關係當然不等於愛情，卻可以為日後的愛情提供最適宜的土壤。

「十四為君婦，羞顏未嘗開。低頭向暗壁，千喚不一回。」接下來四句，從童年階段的回憶忽然跳到對新婚時情景的追憶，筆意跳脫，不黏不滯。「羞顏未嘗開」是說在新婚之夕，自己的羞澀表情一直沒有消除（羞澀是含蓄內斂的表情，故用「未嘗開」來形容其未曾消解）。為了進一步渲染「羞顏未嘗開」的情景，又回憶起新婚之夜的鮮明細節：自己低著頭，面對著暗壁，任新婚丈夫千呼萬喚，也不轉過臉來。儘管彼此之間早就熟悉，似乎沒有必要羞澀，但從兩小無猜的童真友誼到靈肉交融的新婚夫婦，卻是重大轉折。

這種彼此間關係性質的突然改變，帶來既熟悉又陌生的新鮮感和羞澀感。不久前還在一起嬉鬧的玩伴，現在突然成為自己的丈夫，儘管對方的面孔那樣熟悉，但今夜面對卻突然感到有些陌生；想到兩小無猜時的種種親暱舉動，此刻又即將變為夫婦間的親密行為，更不由得羞澀難持。而「低頭向暗壁，千喚不一回」的舉動本身，又包含著對原是熟悉玩伴之新郎的撒嬌反應，嬌柔嫵媚，兼而有之。因此，這個極生動傳神的細節，將雙方關係的變化所引起的心理變化和表情變化，描寫得極其真切精妙，準確真實。

「十五始展眉，願同塵與灰。常存抱柱信，豈上望夫臺？」記憶又開啟新的一幕。已經是婚後的第二年，羞澀的表情才從臉上消失，熱烈的情感在眉眼間充分表露出來。從「羞顏未嘗開」到「展眉」，是由猶存少女矜持到少婦熾愛的變化，而「願同塵與灰」正是對這種熾熱愛戀感情的誓言表達：希望和對方像塵之於灰，永遠黏附，結為一體。「常存抱柱信」，是說希望丈夫像傳說中的尾生那樣，堅守信約，永不離棄；「豈上望夫臺」，是說自己也堅信彼此會永遠相守，永不分離，哪裡會料想到夫婦別離，上望夫臺引頸盼望丈夫歸來的痛苦呢？

「豈上」句語氣陡轉，開啟其後一大段對離別相思之情的抒寫。

「十六君遠行，瞿塘灩澦堆。五月不可觸，猿聲天上哀。」婚後的第三年，丈夫外出經商，開始遠行的生活，而女主角也開始商人婦與丈夫長離的日子，這樣的日子裡「愁水又愁風」，既懷念思戀又擔驚受怕。江南水鄉的商人多循江而行，遠至巴蜀，而「瞿塘灩澦堆」正是入蜀水程中最為危險的地方，因此她的思緒和想像就聚焦在這一段航程上。想像丈夫經過瞿塘峽一帶時，正是五月水漲，灩澦如襆，舟行至為艱危之時，更何況兩岸高山上又有哀猿長嘯，在旅途的驚險艱危中又倍感遠行的孤孑悽清。這四句對丈夫路途的懸想，流露出女主角對丈夫的關切和焦慮。

「門前遲行跡，一一生綠苔。苔深不能掃，落葉秋風早。」從這裡開始，由對過去的回憶、對丈夫遠行的想像，轉到對當前情景的描寫：門前因等待丈夫歸來不斷徘徊留下的行跡，已經一一長滿綠色的苔蘚。綠苔長得越來越深，卻沒有心思去打掃，轉眼間又到了秋風落葉的季節。等待的足跡長滿綠苔，暗示等待的時間已經很長，也暗示因為盼歸不得而失望，故已經有一段時間沒有在門前遲迴等待。而「不能掃」自非因「苔深」之故，而是由於心緒落寞，無心打掃。這幾句化景物為情思，將長期的等待寫得很美，就像是電影中一連串極富詩意的場景接續：長久的相思等待留下的足跡，化為一片綠苔；在綠苔逐漸加深的過程中，不斷飄灑秋風吹下的落葉，最後在綠苔上堆滿黃葉。長期的等待和失望，心緒的孤寂無聊，都在時序變換和景物變化中，含蓄而又鮮明地表現出來。

「八月蝴蝶來，雙飛西園草。感此傷妾心，坐愁紅顏老。」八月的蝴蝶，已經到了它們生命的秋天，但依然雙雙對對，在西園的草叢上翩翩起舞，呈現生命的歡樂。面對這種景物，女主角不禁聯想到自己與丈夫長久別離，孤居獨處的生活，和在懷念、憂傷中容顏凋傷的情狀，因而更深深地為自己的紅顏變老而惆悵。上面「落葉秋風早」的「早」字，已經暗透在傷離氛圍中容顏早衰的意涵，到這裡更直接挑明愁紅顏易老的傷感。正因為如此，才更加盼望著丈夫的歸來。於是便自然引出下面四句。

「早晚下三巴，預將書報家。相迎不道遠，直至長風沙。」盼歸的急切，引出對丈夫歸期的急切盼望，希望遠行的丈夫在下三巴之前，預先將歸期寫信相告；而方盼歸期，卻又預想自己的相迎，思緒跳躍，瞬息變化，正透露出情緒的急切和激動。尤為出人意料的是，女主角不是設想自己在江邊樓頭迎候歸帆，而是逆水沿江而上，遠道相迎。遠迎之中，不知路之遠近，一直到離金陵七百里的長風沙。這幾句全是天馬行空的懸想和幻設，幾乎全是虛語甚至傻話，但流露的卻是一片至情、一片繾綣的柔情。

這首詩採用第一人稱的敘事、抒情方式，追溯女主角自己從童年時代與玩伴的天真嬉戲、兩小無猜，到新婚時的羞澀幸福、嬌柔嫵媚，再到婚後的熾熱愛戀、誓同塵灰，展現出她的愛情從萌芽到發展、到成熟的歷程。在此基礎上，敘寫丈夫遠赴三巴經商遲遲未歸，女主角長期等待中對他的深情關切和深長思念，以及由此引發魂飛千里的迎歸懸想。全詩塑造一位在南方商業經濟比較發達的地區，市民社會普通小家女子的生活歷程和感情經歷，展現出她的愛情心史，表現她對真摯愛情和幸福生活的熱烈期待和執著追求。從具有相對完整的故事情節和鮮明的人物形象這方面來看，它具有敘事詩的基本格局（儘管篇幅不長，僅三十句）。長江中下遊一帶，南朝以來的商業經濟本來就比較發達，儘管傳統文人詩中極少涉及這方面的題材，但在江南民歌中對商人及商婦的生活、感情卻有諸多反映和表現，像〈懊儂歌〉、〈莫愁樂〉、〈三洲歌〉等吳歌、西曲的曲辭，就帶有這方面的內容，但均為五言數句的抒情小詩。用敘事詩體裁描寫商人婦的生活經歷、感情經歷，特別是她們的愛情生活，李白這首詩無疑作出創舉。特別是初試鋒芒，就塑造了鮮明的人物形象，更對敘事詩體的發展具有重要意義。李白的成功，除了源自年輕時漫遊長江中下遊地區、「混跡漁商」、對市民社會和商人生活相對熟悉以外，藝術手段的創新應該是極其重要的原因。表面上，詩的前段，是學習民歌中常用的年齡順序寫法來敘寫女主角的生活經歷，後段則採用民歌中類似四季相思的抒情手法來寫女主角的懷遠相思之情。但李白卻在年齡順序寫法的外殼下，注入極具敘事文學特徵的典型化細節，將元素經過提煉，塑造出鮮明的人物形象，表現人物的心理變化，從而使這些描寫，既具有每一具體生活階段的鮮明特徵和生活氣息，又具有鮮明的敘事性質和濃郁的抒情色彩。像童年時期青梅竹馬、兩小無猜的敘寫，就不僅生動地展現兒童的天真活潑，更顯示出異性童年朋友之間那種心靈毫不設防的純真和親密關係，致使歷代人們用它來概括類似的生活經歷和美好的感情記憶。這正是這段描寫具有代表性和敘事、抒情緊密結合特徵的卓越表現。新婚時期的羞澀和矜持、嬌柔嫵媚中流露的幸福與甜蜜，更是畫筆難到的化工之筆。後段從丈夫出發遠行，到設想中的五月過灩澦，再到落葉秋風、八月西園、蝴蝶雙飛，時序的變換中有人物的活動（丈夫的行蹤、自己的門前佇候），敘事的格局仍隱然可見，並結合時序變換，不斷變換景物，且在景物描寫中注入真摯強烈的相思懷遠之情，於敘事、寫景、抒情的結合中，著重抒寫人物的心理變化，使人物的內心情感表現得更為細膩委婉、深刻動人。而篇末的魂飛天外、遠道相迎的設想，更使人物的感情達到高潮，為塑造人物、表現心靈添上最光彩的一筆。

這首詩的濃郁抒情色彩，和通篇採用第一人稱的敘事抒情寫法有密切關係。六朝民歌本多用女子的口吻抒情，李白將它運用到敘事詩中，是一項創舉。全篇既像是女子的心靈獨白，也像是一封充滿繾綣柔情的詩體書信，在和想像中的遠方丈夫進行心靈交流。當女主角追憶童年時期青梅竹馬的嬉戲和新婚之夕「低頭向暗壁，千喚不一回」的情景時，就不僅僅是重溫心靈深處難以忘卻的記憶，而且是在和遠方的丈夫共同享受昔時的歡樂和甜蜜。由於心靈中有親密的傾訴對象，這一切回憶、思念和對自己長期佇望情景的敘寫，便變得特別親切感人。特別是篇末四句，更像是和遠在千里之外的丈夫直接對話，忘情之語中正滿溢出至真至誠的感情，及令人解頤的諧趣，這種「兒女子情事，直從胸臆間流出」的藝術效果，如果改成第三人稱的客觀敘述方式，恐怕要削弱不少。從這裡，也可窺見詩人真率自然的個性和所歌詠對象之間渾然一體的程度。

詩分前後兩段，每一段中隨著年齡和時序的變化又自然形成小的層次和轉折。但讀來卻一氣流注，轉折自如，具有鮮明的整體感。這是因為詩人緊緊掌握住女主角感情發展的脈絡，將敘事（包括細節描寫）、寫景和抒情緊密結合、融為一體的緣故。前後兩段，一則側重敘事，一則側重寫景，如不注意，很容易造成脫節。詩人先用「豈上望夫臺」句為下段寫離別預作伏筆，繼又在「十六君遠行」四句中，參用依年齡為序的寫法和季候物景的筆法，從而形成極自然的銜接過渡，使讀者彷彿在不經意之間就從前段的回憶過渡到後段的懷思，這種行雲流水般的無縫連接，顯示詩人高超的藝術才能。

塞下曲六首（其一）①

五月天山雪②，無花只有寒。笛中聞折柳③，春色未曾看。曉戰隨金鼓④，宵眠抱玉鞍⑤。願將腰下劍，直為斬樓蘭⑥。

[校注]

①《樂府詩集》卷二十一〈漢橫吹曲〉引《樂府解題》：「漢橫吹曲，二十八解，李延年造。魏、晉已來，唯傳十曲：一曰〈黃鵠〉，二曰〈隴頭〉，三曰〈出關〉，四曰〈入關〉，五曰〈出塞〉，六曰〈入塞〉，七曰〈折楊柳〉，八曰〈黃覃子〉，九曰〈赤之揚〉，十曰〈望行人〉。後又有〈關山月〉、〈洛陽道〉、〈長安道〉、〈梅花落〉、〈紫騮馬〉、〈驄馬〉、〈雨雪〉、〈劉生〉八曲，合十八曲。」又於〈出塞〉下解題曰：「《晉書・樂志》曰：『〈出塞〉、〈入塞〉曲，李延年造。』……按《西京雜記》曰：『戚夫人善歌〈出塞〉、〈入塞〉、〈望歸〉之曲。』則高帝時已有之，疑不起於延年也。唐又有〈塞上〉、〈塞下〉曲，蓋出於此。」李白〈塞下曲六首〉，除第四首為五排外，其餘五首均為五律；且第四首寫思婦遠憶邊城之丈夫，與其他五首均寫征戍之士的征戰生活，內容亦有別。故詹鍈《李白樂府集說》謂第四首「本是〈獨不見〉詩，後世編太白集者誤入〈塞下曲〉中耳」。《樂府詩集》將此六首列入〈新樂府辭〉。郁賢皓《李白選集》謂：「這組詩作年莫考。從

詩中多寫朝廷出兵推測，疑為天寶初在長安所作。」安旗等《李白全集編年注釋》則記作於天寶二年（西元 743 年），均無顯證。②天山，在今新疆境內。詳李白〈關山月〉注②。③折柳，指〈折楊柳〉曲，係樂府鼓角横吹曲之一，參見注①。《樂府詩集・鼓吹曲辭》〈折楊柳〉解題曰：「梁樂府有胡吹歌云：『上馬不捉鞭，反拗楊柳枝。下馬吹横笛，愁殺行客兒。』此歌辭出之北國，即鼓角横吹曲〈折楊柳枝〉是也。」④金鼓，指進軍作戰時用以激勵士氣的戰鼓。《左傳・僖公二十二年》：「三軍以利用也，金鼓以聲氣也。」又〈莊公十年〉：「一鼓作氣。」或謂指鉦，其形似鼓，故名金鼓。然鉦係行軍時用以調節步伐之樂器，與鼓之用以激勵進軍士氣者不同，恐非。《詩・小雅・采芑》「鉦人伐鼓」毛傳：「鉦以靜之，鼓以動之。」⑤宵眠，夜間睡眠。抱玉鞍，形容夜不敢安睡，時時警戒敵情。⑥將，持。直，徑。樓蘭，漢西域國名，在今新疆羅布泊西。《漢書・西域傳》：「元鳳四年，大將軍霍光遣平樂監傅介子往刺其（指樓蘭國）王。介子……既至樓蘭，詐其王，刺殺之。」又見《漢書・傅介子傳》。

📖 [鑑賞]

前人或謂李白長於樂府歌行而短於律詩。但他的五言律詩共有七十餘首，且頗多能見李白藝術特質的佳作。這首

〈塞下曲〉便寫得縱逸豪宕，一氣呵成，雄渾自然，極具神駿之致。

起句語平而意奇。「五月天山雪」，似信口道出，樸素平易，不稍修飾，卻給予人驚奇突兀之感。這種感受，緣於它所揭示的自然現象。五月仲夏，在內地已是炎威初顯之時，而在天山一帶，竟然白雪皚皚，寒威逼人。這就和岑參筆下的「胡天八月即飛雪」同樣給予人驚奇感。妙在次句接以「無花只有寒」，頓覺逸氣橫生，詩趣盎然。「無花」妙語雙關，既暗示這「天山雪」並非灑空飄舞的雪花，而是終年不消的天山皚皚積雪；又兼指春天綻放的花卉。一句而兼綰二意，而這兩層含義又都突顯「只有寒」。「無」與「有」的對照，強調天山之地的苦寒和不見春色。「無花」是視覺感受，「只有寒」是觸覺感受。「只有」二字，意似強調「寒」字，但全句的語調卻顯得輕鬆平常，和首句的風調一致。

頷聯出句轉寫聽覺感受。軍營中傳來羌笛的聲音，吹奏的正是征人熟悉的〈折楊柳〉曲調。楊柳是春天的象徵，春色的代表，〈折楊柳〉的曲調，使征人很自然地聯想到春光爛漫的景象，可是眼前的五月天山，竟是積雪皚皚、寒威逼人，既不見春花之爛漫，又不見楊柳之婀娜，故說「春色未曾看」。兩句中「聞」與「看」的矛盾，構成耐人尋味且略帶遺憾的苦澀和幽默。

整個前幅，均寫邊塞苦寒景象。確如前人所評，「一氣直下，不受羈縛」、「不用對偶，倍見超逸」。但包含在這種風調中的內在感情意涵，則未見有人揭出。細加吟味，便不難感受到在平易樸素、流暢自如的格調中，流注著對上述自然景象坦然面對、不以為苦的感情和態度。儘管面對「無花只有寒」、「春色未曾看」的環境，也會有遺憾與苦澀，但這原就是邊地的本色。「羌笛何須怨楊柳，春風不度玉門關」，既然「何須怨」，那就淡然面對。將艱苦的環境用輕鬆流暢的語調來表達，正緣於詩人的感情是朗爽而充沛的，「一氣直下」的「氣」當中就蘊含這種朗爽而充沛的感情。

腹聯方由自然環境的描寫轉到征戰之事上，但只出以極概括之筆，以「曉戰」、「宵眠」概寫無數個日日夜夜的征戰生活。清晨隨擂響的戰鼓上陣，奮力拼殺，而一日之緊張戰鬥已寓其中。而夜間睡眠，猶抱馬鞍而憩。這個細節，既渲染軍情的緊張，也烘托出戰士的高度警覺，比起枕戈待旦的成語似更為生動具體。

「隨」、「抱」二字，已隱隱透露出征戍將士的行動習慣與自覺，引出下面「願」字。一路寫來，至此方用工麗的對仗作一轉折頓宕，使詩顯示出分明的節奏感，不致直瀉而下，一覽無餘。特意選用「金鼓」、「玉鞍」這種華美的字面，是為了表現對戰爭的感情、態度並非厭惡與逃避，而是抱著豪邁的感情勇敢地投入，進而自然引出詩尾聯對報國之志的表達。

「願將腰下劍，直為斬樓蘭。」這一聯引傅介子用計斬樓蘭國王的典故，但捨棄原典故中傅介子利用樓蘭王貪財的本性，設計刺殺的權謀機詐內容，化為戰場上光明正大的搏殺決鬥，突顯將士持腰下寶劍，勇往直前斬取敵酋的英雄形象，為全詩作淋漓盡致、筆酣墨飽的收束。「直為」二字，即勇往直前為國之意，語氣斬截，氣概豪雄，是表達報國豪情的著意之筆；或解為「只為」，不免韻味大減，頓失豪雄之氣。

全詩主旨，集中展現在尾聯。但如果沒有前面三聯對自然環境、戰鬥生活艱苦緊張的出色渲染，則尾聯從正面表達主題時，便會因失去有力的襯托而顯得平淡蒼白。而如果在前六句的描寫中散發出悲悽怨苦、畏懼逃避的感情，則尾聯的主旨表達亦成無源之水。

趙翼《甌北詩話》評李白五律說：「蓋才氣豪邁，全以神運，自不屑束縛於格律對偶，與雕繪者爭長。然有對偶處，仍自工麗，且工麗中別有一種英爽之氣，溢出行墨之外。」這段話用來評這首詩，也是非常恰當的。

玉階怨[1]

玉階生白露[2]，夜久侵羅襪。卻下水晶簾[3]，玲瓏望秋月[4]。

[校注]

①〈玉階怨〉，樂府舊題。《樂府詩集》卷四十三〈相和歌辭．楚調曲〉載齊謝朓、虞炎〈玉階怨〉，均五言四句抒情小詩。謝朓之作顯為宮怨詩，李白此篇，顯受小謝詩影響。胡震亨曰：「班婕妤失寵，供養太后長信宮，作賦自悼，有『華殿塵兮玉階苔』之句，謝朓取之作〈玉階怨〉，白又擬朓作。」按謝朓〈玉階怨〉云：「夕殿下珠簾，流螢飛復息。長夜縫羅衣，思君此何極！」②玉階，玉石砌成或裝飾的宮中臺階，亦為臺階的美稱。《文選．班固〈西都賦〉》：「玄墀扣砌，玉階彤庭。」張銑注：「玉階，以玉飾階。」李善注：「白玉階。」③卻，還、仍。下，放下。水晶簾，用水晶串製成的簾子。④玲瓏，明亮澄澈貌。此處形容秋月。

[鑑賞]

李白是感情極其濃烈而且常在詩中作爆發式傾瀉的詩人，即使在一些五、七言絕句中，也常以自然真率的表達見長。但這首抒寫宮怨的小詩，卻一反常態，寫得極其含蓄蘊藉、細膩委婉，不但詩中女主角的感情表達得極其隱微，而且詩人自身的感情傾向也自始至終都沒有正面流露，通篇都像是不動聲色的純客觀描寫。

詩的前幅寫女主角夜間久立玉階。「玉階」是宮殿中玉石的臺階，它和第二句的「羅襪」、第三句的「水晶簾」等物象組合，暗示主角的身分是宮中女性。至於這位女子究竟是望幸的妃嬪，抑或失寵的宮妃，甚至是連望幸的奢望都沒有的普通宮人，則不必細究，可以任人自行推想。「玉階生白露」，似乎只是純客觀地寫夜間物象，但句中似不經意的「生」字，卻暗透時間的推移、景象的變化和女主角感受的變化。原來這位女子在玉階上佇立、徘徊已久，不知不覺間已經到了深夜，玉階上已然滋生晶瑩的露水，女主角在目接身受之際，也感到一陣沁人的涼意。

次句更進一步，用「夜久」既點明上句的「生」字，且暗示玉階白露既生之後，女主角仍佇立徘徊其間，以致白露由「生」而濃，久立其間，不覺涼露侵溼羅襪，感到侵膚沁骨的寒涼。「侵」字和上句的「生」字，雖一則側重寫觸覺感受，一則側重寫客觀物象，但都帶有漸進的意涵，非常細膩地傳達出女主角對涼露的感受由淺至深的變化過程。「羅襪」的意象，或與曹植〈洛神賦〉「凌波微步，羅襪生塵」之語有些連繫，令人自然聯想到這位女子的姿容儀態之美。

後幅更換場景，由室外回到室內。兩句描寫前後相續的兩個動作：放下水晶簾，望玲瓏秋月。於「下水晶簾」之前著一「卻」字，便讓人感到有多少無奈、無限幽怨含蓄其中。女主角由佇立徘徊玉階而返回室內，最直接的原因當是由於感到不勝寒意之襲人，故返室後自然的動作便是放下簾子，似乎要藉此稍隔外界寒涼的侵襲，稍減心頭的淒寒孤寂之感。這「卻」字正透露女主角此刻這種欲排遣淒寒孤寂感受的心態。按照常情，下簾之後，當準備就寢，然而接下去的行動卻是「望秋月」。這便暗示女主角由於淒寒孤寂，根本就無法入睡。而且像這樣佇立玉階、痴痴望月，中宵不眠的情景已經不知重複過多少次。這「望」不是玩賞，亦非望月懷遠，而是懷著長夜無眠的孤寂淒寒，懷著滿腔的幽怨與無奈，帶著茫然的神情，痴痴地、長久地望月。「玲瓏」二字，自是形容秋月的明澈皎潔，但由於是隔著水晶簾望月，這「玲瓏」也就似乎兼具形容水晶簾晶瑩剔透的意涵，這正是詩歌語言模糊性的妙用。

讀到這裡，會恍然發現這首詩所展示的所有物象，幾乎全都具有瑩潔透明的特徵。玉石砌成的臺階、晶瑩透明的白露和水晶簾，乃至輕薄透明的羅襪、明淨瑩潔的月光，構成一色清瑩皎潔的境界。但這清瑩皎潔的物象和境界，卻又都成為女主角淒寒孤寂處境與心境的襯托乃至象徵，似乎在它們身上都散發出一股寒涼淒冷之意，瀰漫於整個室內室外的空間，而女主角那瑩潔而又寂寞悽清的風神，也就自然浮現在我們面前。同時，玉階、羅襪、水晶簾等物象，又都帶有華美的色彩，而這一切，也都成為女主角淒寒孤寂處境與心境的強烈反襯。

通篇展現出一個無言而悽然神傷的境界。除前兩句暗透佇立徘徊玉階的行動，後兩句明寫下簾與望月的行動外，女主角始終默默無言。她的全部感受、心緒和幽怨都藉助物象與行動曲折傳出。處此孤寂淒寒之境，無限幽怨又能向誰訴說！不但女主角無言，詩人亦無言，而詩人的無言正透露出對女主角最深切的同情。相較之下，他另一首題為〈怨情〉的小詩：「美人卷珠簾，深坐顰蛾眉。但見淚痕溼，不知心恨誰？」就不免落於言筌，難稱高格。

靜夜思[1]

床前看月光[2]，疑是地上霜。舉頭望山月[3]，低頭思故鄉。

[校注]

①〈靜夜思〉，《樂府詩集・新樂府辭・樂府雜題》載此詩。胡震亨《李詩通》曰：「思歸之辭，白自製名。」按南朝樂府民歌〈子夜四時歌・秋歌十八首〉之十七云：「秋風入窗裡，羅帳起飄颺。仰頭看明月，寄情千里光。」李白此詩，內容、體式均受其影響。題名「靜夜思」，即抒寫靜夜中思鄉之情。②看，本集各本均同。元范德機《木天禁語》裡引此句已作「床前明月光」（見李定廣〈〈唐詩三百首〉的「軟硬傷」及其成因〉，《文藝研究》2021年第1期）明李攀龍《唐詩選》亦作「明」，其後，《李詩直解》、王士禛《唐人萬首絕句選》、沈德潛《重訂唐詩別裁集》均從而作「明」。《樂府詩集》、《萬首唐人絕句》亦作「看」。③山，本集各舊本均同。明高棅《唐詩品彙》卷三十九所錄第三句已為「舉頭望明月」（亦見李文）。李攀龍《唐詩選》、《李詩直解》、《唐宋詩醇》作「明」。《樂府詩集》亦作「山」。

📖 [鑑賞]

這首詩題為「靜夜思」，說明它的內容就是抒寫靜夜中的鄉思。夜深人靜，往往是獨在異鄉為異客的旅人鄉思最易觸發，而且最為集中強烈的時刻。周圍萬籟俱寂的環境氣氛，既使旅人感到孤寂悽清，又使因此引起的思鄉之情變得特別執著悠長，不易轉移分散。所以這「靜夜」的背景，對鄉思的產生與發展具有不可忽視的作用。詩中雖未明寫「靜」字，但寫景抒情，處處都離不開「靜夜」這個特別的環境氛圍。這是一個秋天的月明之夜。詩的第一句「床前看月光」，開門見山，寫抒情主角佇立床前，透過窗櫺，看著庭院中的月光。究竟是由於心有所思，耿耿不寐而佇立床前看月光呢？還是入夢後夜間醒來而披衣下床、佇立看月呢？作者沒有說，讀者似乎也沒有必要認定某一種情況而排斥另一種可能。如屬前者，則在這以前，實際上已由靜夜氛圍而暗暗產生孤寂感和鄉思；如屬後者，則不妨設想夢中也為鄉思所縈繞，甚至夢歸故鄉。無論屬於何種情況，都透露出在「床前看月光」之前，已經有一段潛在流淌的感情，只不過作者未正面描寫而已。認定末句才產生「思故鄉」的感情，不免有些拘泥於文字表面。

第二句緊承上句「看」字，寫主角對月光的主觀感受。月色皎潔如霜，古代文學作品中用「霜」字來形容月色者極多，梁簡文帝〈玄圃納涼〉「夜月似秋霜」之句更可能為李白此句所本。因此，從單純的形容比喻角度來看，說月光如霜並不見新妙出色。但在這裡，與其說是用「地上霜」來形容月色，不如說是用主角的一時錯覺透露出他此時的心理狀態。霜不僅潔白，而且給人清冷之感，在佇立凝思中看月光而「疑是地上霜」，這「疑」字用得極精妙。一方面說明灑滿地面的月光與霜雖相似而不盡同，另一方面也說明這是在佇立凝思中，恍惚間產生的錯覺聯想。但為什麼產生月光似霜的錯覺，而不是產生月光似水的錯覺呢？關鍵在於心境。詩中的抒情主角是遠離家鄉的客子，此刻或者處於「旅館寒燈獨不眠」的情境，或者處在「布被秋宵夢覺」的狀況，正懷著獨在異鄉的清冷孤寂之感；秋宵的涼意，更加重心頭蕭森寒涼的感受。在這種情況下，所感受到的自然是秋宵夜月如霜般的清冷，而不是它柔和明淨如水般的恬適。這樣看來，「疑是地上霜」表面上是視覺的一時錯覺，暗中透露的卻是主角的清冷孤寂之感。明寫月色，實寫心態。這正是第二句耐人尋味之處。

由於「疑是地上霜」只是一時恍惚間的錯覺，因此當主角凝神定睛明察時，便很容易發現這原來是清冷的月光。於是又自然地由俯視地上的月光而「舉頭望山月」，「山月」自是實景，也強調出須「舉頭」始能望見的情況。俯仰之間，牽引物都是月光。表面上，這句詩同樣單純到不能再單純，只敘述了一個動作，彷彿沒有任何可以尋味的意涵。但在這無言的「望」字當中卻蘊含著悠長的情思。李白詩中的「望」字，都不是單純的「望」，而是「望」中有「思」。像〈玉階怨〉中的「卻下水晶簾，玲瓏望秋月」，一「望」字傳出無限清冷幽怨；〈夜泊牛渚懷古〉的「登舟望秋月，空憶謝將軍」，一「望」字包含著由今及古的遐想。這首詩中的「望山月」，則包含了超越空間的聯想。明月普照天下，身隔千里的親人，面對著同一輪明月，故鄉與異鄉也同在一輪圓月映照之下。因此月亮常是思鄉懷鄉之情的媒介或寄託鄉思的憑藉。從〈古詩十九首〉中的「明月何皎皎，照我羅床幃。憂愁不能寐，攬衣起徘徊。客行雖云樂，不如早旋歸」，到謝莊〈月賦〉的「美人邁兮音塵闕，隔千里兮共明月」，再到張九齡〈望月懷遠〉的「海上生明月，天涯共此時」，千百年來，詩人一再重複這個望月思鄉懷人的主題。久而久之，這「明月」或「望月」的詩歌意象就沉積了濃郁的鄉思離情。不過，這句中的「望山月」雖然已經蘊蓄著鄉思，卻含而未宣。於是，直接點明鄉思的任務，便自然由最後一句來承擔。

元代楊載《詩法家數》說：「絕句之法……多以第三句為主，而第四句發之……大抵起、承二句固難，然不過平直敘起為佳，從容承之為是。至如宛轉變化，工夫全在第三句，若於此轉變得好，則第四句如順流之舟矣。」這段話揭示絕句創作構思方面的一般規律。這首詩的第三句正是由寫月光到抒鄉思轉變的關鍵。而且第三句的「望」字當中已有「思」，因此第四句直接點明「思故鄉」便是勢所必然。在「思故鄉」三字之前特意加上「低頭」二字，一方面與上句的「舉頭」相應，暗示在「舉頭」與「低頭」的動作變化間有情思的流動變化；一方面又賦予「思」字沉思默想、無限低迴的感性形象。到這裡，抒情主角的身分（客子）、環境（異鄉秋天的月夜）、情思（思鄉）終於顯現出來，這首抒寫鄉思的小詩也成功明確表達主題而收束。

然而，它給予我們的實際感覺卻是收而不盡，像是留下一連串省略符號。「低頭思故鄉」，話說得極明白而直接，卻又極其含蓄而耐人吟味。「思故鄉」原是內涵非常廣泛且不確定的詞語。「思」的具體內容是什麼？「思」所引起的情感反應又是什麼？是故鄉的山水田園、親朋故舊、風俗習慣，還是一草一木、一花一樹？是親切的回憶、溫馨的懷念、無限的嚮往，還是思歸不得的傷感、往事如煙的惆悵？沒有說，也似乎不必說，因為說不盡，也不大說得清。就這樣，以「思故鄉」一語籠統帶過，反而可以涵蓋一切，任人自領。沈德潛說：「旅中情思，雖說明而不說盡。」道出末句既明朗又含蓄的特點。絕句一體，特重含蘊不盡，語絕而意不絕，這首詩可以說充分展現絕句的這一特點和長處。

整首詩所表現的是情景相生的過程。情，是由隱至顯的鄉思；景，是貫串全詩的明月。全篇由「看月」到「疑霜」，由「疑霜」到「望月」，由「望月」到「思鄉」，抒情主角的心理與行動，始終與月光連繫在一起，表現為情景相生且層次分明的過程。運思相當細膩，但讀來卻只覺得像脫口而出，信筆而成，承轉之間，毫不著跡，神理一片，妙合天然。前人稱這種幾乎看不出任何人為技巧，極率真自然的詩境為「無意於工而無不工」的「化境」，實則在一片神行之中仍然有跡可尋。只不過由於真切的生活感受與詩人高度的藝術素養及技巧融為一體，使人渾然不覺罷了。詩中「看月」、「望月」兩見，「舉頭」、「低頭」疊用，似乎顯得樸質拙直，其實這正是詩中極見巧思的地方。特別是「疑是地上霜」這一句，上承「看月光」，下啟「望山月」和「思鄉」，但由「疑霜」到「望月」，中間的過渡被略去，必須透過「疑霜」中所反映的清冷心境，才能與「望月」、「思鄉」真正神接，因此顯得細密而富有巧思。這種寓巧於樸、寓細密構思於自然真率之中的功夫，正是相當高超的技巧。

單純與豐富的統一，也是這首詩的顯著特點之一。全篇所寫的情景，只有月光和鄉思、舉頭和低頭，可以說單純到不能再單純。抒情主角的具體情況，包括外貌、衣著、住所、室內的陳設、室外的景物、思鄉的內容，一切可有可無的東西全部捨去，只剩下月光和望月的人。然而在這樣單純得近似兒歌的情境中，卻蘊含著豐富的情思。不但在舉頭望月和低頭思鄉的無言情境中，包含著有關明月與故鄉的一系列聯想、追憶和由此引起的萬千思緒，就算是在「床前看月光，疑是地上霜」這種彷彿是單純描繪月光的詩句中，也透露出客子的處境與心態。潘德輿《養一齋詩話》說：「太白五絕雖亦從六朝〈清商〉小樂府來，而天機浩蕩，二十字如千言萬言。」這種內容方面單純與豐富的融合，又跟它在言語風格上深入與淺出的融合、表現手法上明朗與含蓄的融合、真率自然與巧思的融合結合在一起，於是就達到妙絕古今的化境。

〈靜夜思〉的這種藝術風格和境界，與民歌的親緣關係非常明顯。潘德輿已經從整體上指出李白五絕與六朝〈清商〉小樂府的淵源關係，這裡不妨進一步指出〈靜夜思〉的直接淵源，即〈子夜秋歌〉中的一首：「秋風入窗裡，羅帳起飄揚。仰頭看明月，寄情千里光。」這首民歌以「秋風」、「明月」作為懷思遠人的媒介，情調優美，意境悠遠，李白此詩在構思與造境方面，顯然脫胎於此。但〈靜夜思〉捨去秋風、羅帳，只聚焦寫明月與看月、疑霜、望月、思鄉，不但意象更為集中，全篇一線貫串，而且內容更為豐富，意境也更為含蓄。這說明李白學習民歌，確實是既得其神理而又有所超越。

古往今來，抒寫鄉思的優秀詩作不絕如縷，李白這首小詩在流傳廣泛這一點上堪稱首位。除了上面講到的一些因素外，內容的普遍性可能是重要原因之一。詩中抒寫的思鄉情緒，幾乎不帶任何特殊的因素和色彩，寫的只是普通客子在秋天月夜中的鄉思。李白七古長篇中那種豪放不羈的個性、奔放淋漓的感情在這裡都不見蹤跡，顯現在讀者面前的只是普通的客子形象。其實李白作客他鄉時寫的小詩，也有寫得豪爽放達的作品，如〈客中作〉:「蘭陵美酒鬱金香，玉碗盛來琥珀光。但使主人能醉客，不知何處是他鄉。」這倒是典型的李白式口吻，非常富於個性色彩。但太過李白化，和一般人的客中情思不免有些距離，在流傳廣泛方面也不免受到一些限制。而這首看來個性完全融在普通人情思中的〈靜夜思〉，倒擁有更大的讀者群，它之所以成為抒寫鄉思的絕唱，看來不是偶然。

子夜吳歌·秋歌[1]

長安一片月，萬戶擣衣聲[2]。秋風吹不盡，總是玉關情[3]。何日平胡虜，良人罷遠征[4]？

[校注]

①宋蜀本題內無「歌」字。《晉書·樂志》:「吳歌雜曲，並出江南。東晉以來，稍有增廣。其始皆徒歌，既而被之管弦。蓋自永嘉渡江，下至梁、陳，咸都建業。吳聲歌曲，起於此也。」六朝樂府吳聲歌曲中有〈子夜歌〉、〈子夜四時歌〉。《宋書·樂志》:「〈子夜歌〉者，有女子名子夜，造此聲。晉孝武太元中，琅琊王軻之家有鬼歌〈子夜〉。殷允為豫章時，豫章僑人庾僧度家亦有鬼歌〈子夜〉。殷允為豫章，亦是太元中，則子夜是此時以前人也。」吳兢《樂府古題要解》卷上：「〈子夜〉，舊史云：晉有女子曰子夜所作，聲至哀。晉武帝太元中，瑯琊王軻家有鬼歌之。後人依四時行樂之詞，謂之〈子夜四時歌〉，吳聲也。」《樂府詩集》卷四十四〈清商曲辭一〉載晉宋齊辭〈子夜歌四十二首〉、〈子夜四時歌七十五首〉(其中〈春歌〉、〈夏歌〉各二十首，〈秋歌〉十八首，〈冬歌〉十七首)。〈子夜四時歌〉自梁武帝以後，歷代多有擬作。李白〈子夜吳歌〉分〈春歌〉、〈夏歌〉、〈秋歌〉、〈冬歌〉四首，均五言六句。《樂府詩集》卷四十五

載李白此四首，題作〈子夜四時歌四首〉，下分題〈春歌〉、〈夏歌〉、〈秋歌〉、〈冬歌〉。郁賢皓《李白選集》謂此四詩疑非同時所作。「第一首寫『秦地女』，第三首寫到『長安』，或作於長安。」將此二首記作於開元十九年（西元 731 年）初入長安時。安旗《李白全集編年注釋》係於天寶元年（西元 742 年）秋在長安時。②搗衣，古時衣服常由紈素一類織物製作，質地較硬，須先置石上以杵反覆舂搗衣料，使之柔軟，方可裁剪縫衣。秋天是婦女搗衣帛準備縫製寒衣寄遠的季節。謝朓〈秋夜〉詩：「秋夜促織鳴，南鄰搗衣急。」此前劉宋謝惠連〈搗衣〉詩對婦女搗衣情景有具體描寫：「簷高砧響發，楹長杵聲哀。微芳起兩袖，輕汗染雙題。紈素既已成，君子行未歸。裁用笥中刀，縫為萬里衣。」③玉關，即玉門關。見王之渙〈涼州詞〉「春風不度玉門關」句注。玉關情，指女子對遠戍玉關外丈夫的思念之情。④良人，古代婦女對丈夫的稱呼。《詩・唐風・綢繆》：「今夕何夕，見此良人。」此良人本義為美人（美男子），因此指新婚之丈夫，故後即以良人指稱丈夫。《孟子・離婁下》：「齊人有一妻一妾而處室者，其良人出，必饜酒肉而後反。」此良人即指丈夫。

📖 [鑑賞]

明清兩代的詩評家都有人認為這首詩含有反黷武戰爭的意涵（見唐汝詢、沈德潛評），這可能是誤解。李白確實立場鮮明地反對統治者輕啟邊釁，進行黷武戰爭，像〈古風〉（羽檄如流星）之反對唐朝對南詔進行的黷武戰爭，〈答王十二寒夜獨酌有懷〉之痛斥哥舒翰「西屠石城取紫袍」之舉，均為顯例，但這些戰爭，均發生在天寶中後期朝政腐敗，玄宗君臣企圖透過這種黷武性質的戰爭來提升威望，鞏固統治之時。而在開元時期乃至天寶初年，唐王朝在西北邊地進行的戰爭，多數具有正向意義，像是解除西北游牧民族的侵擾，保證西域道路的暢通，促進唐朝與西域、中亞乃至歐洲的經濟文化交流。李白在這一時期寫的邊塞詩，像〈塞下曲〉、〈關山月〉以及〈子夜吳歌〉中的〈秋歌〉、〈冬歌〉，雖也表現戍守的漫長、戰爭的艱苦和征人思婦對和平生活的渴望，但對戰爭本身還是支持的。即以本篇而論，最後兩句就明確用「平胡虜」的字眼表明對戰爭合理性的認定，並將此作為「良人罷遠征」的前提條件。這說明詩人的基本態度是儘早平定胡人的侵擾，以實現人民對和平安定生活的渴望。

「長安一片月，萬戶搗衣聲。」詩起勢遼闊，境界浩渺而清朗。整個長安城，沉浸在一片明淨的月色之中，千家萬戶響起陣陣清朗的砧杵聲。日本學者松浦友久解「一片」為「一個」（即「一輪」），此說或許有其訓詁上的依據，但「一片」和「一個」（一輪），給讀者的感受可說大不相同。「一個」或「一輪」，所顯示的乃是孤月高懸中天的景象；而「一片」所顯示的卻是月光的瀰漫、浩渺，是清朗月色普照長安城的每個角落，它和下句的「萬戶」正完全相應。唐代的長安城，相當於明建西安舊城的五倍，周長三十五公里，規模宏偉，說「長安一片月」，可以想見其展現的境界何等遼闊清朗。上句是從視覺上寫整個廣闊的長安城沉浸在一片清朗的月色之中，下句轉從聽覺寫長安城千家萬戶中傳出陣陣清朗的砧杵聲。這裡的搗衣砧杵聲，與思婦縫製寒衣寄送遠戍的丈夫直接連結。唐代府兵制規定，征人需自備部分器械和衣物，因此唐詩中經常出現思婦寄送寒衣到前線的描寫。一個長安城中，就有「萬戶」搗衣，準備裁縫寄遠，可以想見其時戰事的頻繁長久、參加戰爭人數之多和對百姓和平安定生活影響之深遠，從而直接為末二句蓄勢。

「秋風吹不盡，總是玉關情。」這裡點出「秋風」，不僅連繫時令季候，點明又到了一年一度搗帛縫衣寄遠的季節，而且上承「搗衣聲」，下啟「玉關情」，將「搗衣聲」中所蘊含的「玉關情」自然展現在讀者面前。意思是說，那陣陣秋風吹送來的此起彼伏、連綿不絕的搗衣聲，聲聲都注入了閨中思婦對遠戍玉關之丈夫的無限關切與思念。說「秋風吹不盡」，主要不是形容秋風吹送時間的長久，而是渲染千家萬戶中傳出的砧杵聲連續不斷，不絕於耳。砧杵聲本身並不關情，但搗衣的閨中思婦卻將自己思念遠戍丈夫的感情，投注到每一個動作和砧杵聲當中。上句用「吹不盡」渲染，下句又用「總是」強調，正突顯這種思念關切之情的悠長、執著和強烈。

這就自然由思念關切引發出對和平團聚生活的熱切期盼：「何日平胡虜，良人罷遠征？」什麼時候，才能討平胡虜，使丈夫結束遠征，一家團聚呢？這是長安城千家萬戶思婦發自心底的呼喊，也是她們對和平安定生活的柔情呼喚。有的評論家認為刪去最後兩句，「更覺渾含無盡」，殊不知詩的前四句寫閨中思婦搗衣懷遠，只是提出矛盾和問題，解決矛盾的辦法就是透過「平胡虜」來達到「罷遠征」的目的。如果只有前四句，全詩意境的完整性便遭到破壞，這和意境已經完整的情況下畫蛇添足，是完全不同的兩回事。為了達到所謂的「渾含無盡」而分割有機的藝術整體，是對「渾含無盡」的誤解。

這首詩所表現的情思和意境是高度精練的。儘管用「秋夜搗衣懷遠」六個字便可概括基本內容，但它在讀者面前展現的則是一片情景渾融、空明浩闊的自然境界和悠長深永的心靈境界。這既和詩人所選擇的意象有關，也和詩人將這些意象巧妙地組合成渾融意境的藝術手段有關。詩中主要意象只有四個：秋月、秋風、砧杵聲（搗衣聲）、玉關。這四個意象都非常典型，是實與虛的結合，情與景的結合，有豐富的蘊含。秋夜朗月，既明淨似水，又浩渺無際，它本身就是思婦柔美而悠長流轉思緒的象徵，也是思婦懷念遠人的媒介和載體。正如王夫之所說，「『長安一片月』，自然是孤棲憶遠之情」。搗衣的砧杵聲，自南朝以來，一直用作懷念遠戍征人的傳統意象，砧杵聲幾乎成為思婦懷念征人心聲的代表。「秋風」這個意象，除了表現帶有季節特徵的蕭瑟情調以外，也常常是思婦懷遠的觸發物，像曹丕的〈燕歌行〉就由「秋風蕭瑟天氣涼」而引發「念君客遊思斷腸」的感情。在這首詩裡，它既顯示已經到縫製寒衣寄遠的季節，又是傳遞砧杵聲、玉關情的載體。而「玉關」這個意象，作為內地與西域的分界線，一直與遠戍及征戰之事、之情相連，幾乎就是邊塞的代稱，「玉關情」也就成為征戍將士懷念家鄉及親人或思婦懷念遠戍征人感情的代稱。總之，詩中四個主要意象，無一不連繫著對遠戍征人的深情思念。它們本身就是情景交融，渾然一體的。但詩人並不是將這些意象隨意地疊加在一起，而是以「搗衣聲」為中心，以「一片月」與「秋風」為媒介，透過景與情的相生相引，自然流動，水到渠成地揭示出思婦懷遠的「玉關情」，並使上述意象組成渾融的藝術意境。先是由一片籠罩著整個長安城的浩渺月光，引出月下千家萬戶傳出的搗衣聲，又由砧杵聲的遠近起伏、絡繹不絕，聯想到傳遞砧杵聲的陣陣秋風，再由這彷彿吹送不盡的砧杵聲，連繫到閨中思婦在搗衣過程中貫注的「玉關情」，最後由「玉關情」引出思婦「平胡虜」、「罷遠征」的期盼。層層相引，毫不費力，確實達到「圓轉流美如彈丸」的程度。透過這些意象的自然組合，不但展現出秋空朗月映照下的整個長安城，而且藉助「秋風吹不盡」的「玉關情」，展現出抒情主角腦海中「長風幾萬里，吹度玉門關」這種更加浩瀚廣闊的境界。與此同時，這明朗柔和的月色、清亮深永的砧杵聲、輕靈而悠長的秋風，以及整個空闊渺遠而又略帶惆悵的境界，又跟思婦一往情深的似水柔情顯出內在的和諧，從而達到情景渾然一體的境界。整首詩具有明朗自然的美、玲瓏剔透的美，情深而詞顯，境闊而韻遠，堪稱詩中化境。

詩中並沒有具體寫到時代或描寫人民的生活和情緒，但透過詩中對長安秋夜、朗月砧杵的描寫，透過全詩遼闊明朗的意境，能夠感受到整體上和平安定、明朗而富於希望的時代氣氛。儘管有戰爭、離別和深長的思念，但並沒有沉重的嘆息和悲慨，情思雖然纏綿悠長，卻並不低沉黯淡，整個境界闊大明朗，對未來的生活充滿展望。一個衰頹的時代不可能出現這種境界和情調。試比較杜甫作於安史之亂起後的名作〈擣衣〉：「亦知戍不返，秋至拭清砧。已近苦寒月，況經長別心。寧辭擣衣倦，一寄塞垣深。用盡閨中力，君聽空外音。」調苦而情悲，完全是另一時代的聲音了。

襄陽歌[①]

落日欲沒峴山西[②]，倒著接羅花下迷[③]。襄陽小兒齊拍手，攔街爭唱白銅鞮[④]。傍人借問笑何事，笑殺山翁醉似泥[⑤]。鸕鶿杓[⑥]，鸚鵡杯[⑦]，百年三萬六千日，一日須傾三百杯[⑧]。遙看漢水鴨頭綠[⑨]，恰似葡萄初醱醅[⑩]。此江若變作春酒，壘曲便築糟丘臺[⑪]。千金駿馬換小妾[⑫]，笑坐雕鞍歌落梅[⑬]。車旁側掛一壺酒，鳳笙龍管行相催[⑭]。咸陽市中嘆黃犬[⑮]，何如月下傾金罍[⑯]。君不見晉朝羊公一片石[⑰]，龜頭剝落生莓苔[⑱]。淚亦不能為之墮，心亦不能為之哀。誰能憂彼身後事，金梟銀鴨葬死灰[⑲]。清風朗月不用一錢買，玉山自倒非人推[⑳]。舒州杓，力士鐺[㉑]，李白與爾同死生。襄王雲雨今安在[㉒]，江水東流猿夜聲。

📖 [校注]

①《樂府詩集》卷八十五〈雜歌謠辭三〉載〈襄陽童兒歌〉一首，李白〈襄陽歌〉一首、〈襄陽曲四首〉。於〈襄陽童兒歌〉下解題曰：「《晉書》曰：『山簡，永嘉中鎮襄陽。時四方寇亂，朝野危懼。簡優游卒歲，唯酒是耽。諸習氏荊土豪族，有佳園池。簡每出嬉遊，多之池上，置酒輒醉，名之曰高陽池。』於是童兒皆歌之。有葛強者，簡之愛將，家於并州，故歌云：『舉鞭向葛強，何如并州兒？』」其歌云：「山公出何許，往至高陽池。日夕倒載歸，酩酊無所知。時時

能騎馬，倒著白接䍦。舉鞭向葛強：何如并州兒？」李白此詩，開篇即用山簡耽酒之事及〈襄陽童兒歌〉語意，抒寫自己醉酒之情趣，實係擬〈襄陽童兒歌〉並即興發揮之作。《唐宋詩醇》卷五於此詩題下引《古今樂錄》：「〈襄陽樂〉，宋隨王誕作。〈襄陽蹋銅蹄〉者，梁武西下所製。沈約又作其和云：『襄陽白銅蹄，聖德應乾來。』」朱諫《李詩選注》云：「按〈襄陽歌〉亦為樂府之曲，故《唐書》志於禮樂卷內，於古樂府宜為一類。」按：李白此詩，與樂府〈襄陽樂〉無涉，實係自擬其題之作如〈廬山謠〉者。詹鍈、郁賢皓記此詩作於開元二十二年（西元 734 年）春遊襄陽時。又樂府〈襄陽曲四首〉，均五言四句小詩，其中語意，亦多為本篇所用，參見有關各句注。②峴山，又名峴首山。《元和郡縣圖志·山南道·襄州》：襄陽縣：「峴山在縣東南九里，山東臨漢水，古今大路。」③接䍦，一種頭巾。《世說新語·任誕》：「山季倫為荊州時，出酣暢。人為之歌曰：『山公時一醉，輒造高陽池。日莫倒載歸，茗艼無所知。復能乘駿馬，倒著白接䍦。舉手問葛強，何如并州兒？』」花下迷，用樂府〈襄陽曲四首〉（其一）：「襄陽行樂處，歌舞白銅鞮。江城回綠水，花月使人迷。」④白銅鞮，即〈白銅蹄〉，南朝齊梁時歌謠，有童謠云：「襄陽白銅蹄，反縛揚州兒。」識者言，白銅蹄，謂馬也；白，金色也。及義師之興，實以鐵騎，揚州之士，皆面縛，果如謠言。故即位之後更造新聲，帝自為之詞三曲。參注③引〈襄陽曲四首〉(其一)。⑤山翁，宋蜀本作「山公」。指山簡。醉似泥，形容爛醉。《後漢書．儒林傳下．周澤》:「時人為之語:『生也不諧，作太常妻。一歲三百六十日，三百五十九齋。』」李賢注:「《漢官儀》此下云:『一日不齋醉如泥。』」⑥鸕鷀杓，形狀如鸕鷀長頸的長柄酒杓。鸕鷀，水鳥名，善捕魚，漁人馴以捕魚。⑦鸚鵡杯，以形似鸚鵡嘴的螺殼製成的酒杯。《太平廣記》卷四十六引《嶺表錄異》:「鸚鵡螺，旋尖處屈而味，如鸚鵡嘴，故以此名。殼上青綠斑，大者可受二升。殼內光瑩如雲母，裝為酒杯，奇而可玩。」⑧三百杯，《世說新語．文學》云「鄭玄在馬融門下」劉孝標注引《鄭玄別傳》:「袁紹辟玄，及去，餞之城東，欲玄必醉。會者三百餘人，皆離席奉觴。自旦及莫，度玄飲三百餘杯。而溫克之容，終日無怠。」陳暄〈與兄子秀書〉:「鄭康成一飲三百杯，吾不以為多。」傾，倒轉(酒杯)，飲盡。⑨鴨頭綠，像鴨頭上綠毛般的顏色。顏師古《急就篇注》:「春草、雞翹、鳧翁，皆謂染採而色似之，若今染家言鴨頭綠、翠毛碧云。」⑩醱醅(ㄆㄛˋ ㄆㄟ)，重釀而尚未過濾的酒。⑪曲，俗稱酒母。糟，酒糟。《論衡．語增》:「傳語曰:紂沈湎於酒，以糟為丘，以酒為池。」⑫小，宋蜀本作「少」。《獨異志》卷中:「後魏曹彰，性倜儻，偶逢駿馬，愛之，其主所惜也。彰曰:『余有美妾可換，唯君所選。』馬主因指一妓，彰遂換之。」⑬落梅，指笛曲〈梅花落〉，又名〈落梅花〉。《樂府雜錄》:「笛，羌樂也，有〈落梅花〉。」李白〈與史郎中欽聽黃鶴樓上吹笛〉:「黃鶴樓中吹玉笛，江城五月落梅花。」《樂府詩集．橫吹曲辭》有〈梅花落〉。⑭鳳笙，笙形似鳳，故稱。《風俗通．聲音》:「《世本》:隨作笙，長四寸，十二簧，象鳳之身。正月之音也。」龍管，笛聲似龍吟，故稱。馬融〈長笛賦〉:「近世雙笛從羌起，羌人伐竹未及已。龍鳴水中不見已，截竹吹之聲相似。」⑮《史記．李斯列傳》:「二世二年七月，具斯五刑，論腰斬咸陽市。斯出獄，與其中子俱執。顧謂其中子曰:『吾欲與若復牽黃犬，俱出上蔡東門逐狡兔，豈可得乎！』遂父子相哭，而夷三族。」⑯金罍，華美的罍。⑰羊公，指西晉羊祜。《晉書．羊祜傳》:「祜樂山水，每風景必造峴山置酒，言詠終日不倦。祜卒，襄陽百姓於峴山祜平生遊憩之所建碑立廟，歲時饗祭焉。望其碑者莫不流涕。故預因名為墮淚碑。」一片石，即指襄陽百姓為羊祜建的碑，亦即杜預所稱墮淚碑。石，宋蜀本作「古碑材」。⑱龜頭，指負碑的石雕動物贔屓（ㄅㄧˋ ㄒㄧˋ）的頭部。因贔屓形狀像龜，故稱其頭部為龜頭。剝落，指石雕因年深歲久遭侵蝕而脫落。樂府〈襄陽曲〉（其三）:「峴山臨漢江，水綠沙如雪。上有墮淚碑，青苔久磨滅。」⑲宋蜀本本有「誰能憂彼身後事，金鳧銀鴨葬死灰」二句。茲據補。金鳧銀鴨，金屬製的鴨狀香爐。此指墓中殉葬品。⑳《世說新語．言語》:

「劉尹云：『清風朗月，輒思玄度（許詢字）。』」又〈容止〉：「嵇叔夜之為人也，巖巖若孤松之獨立；其醉也，傀俄若玉山之將崩。」玉山自倒，形容醉倒之態。㉑舒州，唐淮南道州名。今安徽灊山。《新唐書．地理志》：「舒州同安郡，隸淮南道。土貢鐵器、酒器。」舒州杓當是舒州所產酒杓。鐺（ㄔㄥ），溫酒器。《新唐書．韋堅傳》：「豫章力士瓷飲器、茗鐺、釜。」力士瓷應是當時著名的酒器。㉒宋玉〈高唐賦序〉：「昔者楚襄王與宋玉遊於雲夢之臺，望高唐之觀，其上獨有雲氣……王問玉曰：『何謂朝雲？』玉曰：『昔者先王嘗遊高唐，怠而晝寢，夢見一婦人曰：『妾巫山之女也。為高唐之客。聞君遊高唐，願薦枕蓆。』王因幸之。去而辭曰：『妾在巫山之陽，高丘之阻。旦為朝雲，暮為行雨。朝朝暮暮，陽臺之下。旦朝視之，如言，故為立廟，號曰朝雲。』」又〈神女賦序〉：「楚襄王與宋玉遊於雲夢之浦，使玉賦高唐之事。其夜王寢，果夢與神女遇，其狀甚麗。」

📖 [鑑賞]

〈襄陽歌〉和〈將進酒〉都是李白七言歌行中描寫飲酒題材的著名詩篇。相較之下，〈將進酒〉更側重於藉強調飲酒來宣洩懷才不遇的憤鬱，表現狂傲不羈的個性，抒發對自身才能的高度自信和對前途的樂觀展望；而〈襄陽歌〉則更側重於渲染飲酒之樂、之趣，表現自己對以醉飲為代表之詩意人生的追求。題為〈襄陽歌〉，詩中出現的江山（漢江、峴山）、人物（山簡、羊祜）便就地取材，與襄陽密切相關。

開頭六句，緊扣題目，描寫襄陽歷史上一位「優游卒歲，唯酒是耽」人物山簡的醉態。這幾句在情節和言辭方面明顯取自於民謠〈襄陽童兒歌〉和樂府〈襄陽樂〉，但卻將它們熔鑄為一個極風趣的戲劇性場景：一輪落日，快要沉沒在峴山之西。一位喝得醉醺醺、倒戴著白帽子的太守大人，正迷醉在花下。一群襄陽兒童一齊拍手，攔街唱起〈白銅鞮〉的歌曲（〈襄陽曲〉有「歌舞白銅鞮」之句，又有「山公醉酒時，酩酊襄陽下。頭上白接䍦，倒著還騎馬」等句）。路上的行人好奇地問兒童們所笑何事，兒童們齊聲回答道：「笑殺山翁醉似泥。」幾乎不用任何改動，就可以將這六句詩改寫成一個戲劇小品，其中滿溢的不僅有濃郁的幽默感，而且有對這位醉酒太守的親切感。乍看之下是吟詠歷史人物，其實不妨視為李白的自我寫照。或者說，詩人在歌詠山簡這個醉酒太守的醉態時，將自己的靈魂也附在山簡這個歷史人物身上。山簡與詩人，已經融為一體。

正因為如此，接下來的一大段才能跨越幾百年的歷史，回到當前的現實場景上。「鸕鷀杓，鸚鵡杯，百年三萬六千日，一日須傾三百杯。」這是酒仙兼詩仙李白的人生宣言，〈將進酒〉還只宣稱「烹羊宰牛且為樂，會須一飲三百杯」，此詩卻擴展到整個人生。藉助精美酒器的渲染，更將飲酒人生的樂趣發揮到淋漓盡致。以下四句，即承「一日須傾三百杯」，寫醉眼朦朧中所見漢江春色。一江碧綠的春水，在詩人眼中，忽然幻化成一江春酒，就像葡萄酒初釀未濾時那樣泛著鴨綠色，清澈透明，微波蕩漾。詩人忽發奇想，這樣一江春酒，用來發酵的酒麴和濾剩的酒糟，恐怕足夠築成一座糟丘臺了。這種奇思妙想，也只有「百年三萬六千日，一日須傾三百杯」的詩人才能產生。它極荒誕又極天真、極美妙，具有童真的想像力。飲酒還必輔以行樂，才能使飲酒之樂更加浪漫而富詩意，於是有「千金」四句的描寫：騎駿馬、坐雕鞍、歌〈落梅〉、奏鳳笙，而「車旁側掛一壺酒」則是行樂的核心和靈魂，有了它，才能使這一幕增輝添彩。至此，詩人心目中以醉酒為中心的詩意人生行樂圖，便浮現出整個輪廓。以下六句，便轉為對另一種人生的惋惜和慨嘆。

「咸陽市中嘆黃犬」所代表的是應該加以慨嘆的人生。李斯一生，輔始皇，成帝業，位三公，卻不能功成身退，終因戀爵祿而為趙高所害。對此，詩人曾在〈行路難〉（其三）中對其「稅駕苦不早」加以批評，認為他正因「功成不退」而導致「殞身」的結局。照詩人看來，這樣的人生哪裡比得上「月下傾金罍」的生活之浪漫而富於詩意呢？詩人在〈月下獨酌〉（其一）中對「月下傾金罍」的詩意生活有極富韻味的描寫，可以參看。

在襄陽鎮守過的名將羊祜，常登峴山。曾對部屬鄒湛說：「自有宇宙便有此山，由來賢達勝士登此遠望如我與卿者多矣，皆淹沒無聞，使人悲傷，如百歲後有知，魂魄猶應登此也。」鄒湛回答道：「公德冠四海，道嗣前哲，令聞令望必與此山俱傳。至若湛輩，乃當如公言耳。」這樣一位事功顯赫，為當地百姓所追懷悼念的前哲，按理說其名其事均應「與山俱傳」，但時過境遷，不但往日百姓為他建造的紀念碑已經底座剝蝕、莓苔遍生，連今天遊賞的人們也不再對之墮淚生悲了。誰能去憂慮身後之事，即使貴重的金鴨香爐也只能與死灰朽骨相伴於墓中。羊公當年那麼重視的後世名，隨著時間流逝，也已淹沒無聞。詩人對羊祜的品德事功自存敬仰，他所慨嘆的是「令聞令望」的與時俱泯，不能長在。因此他追求的是現世的詩意生活享受。「清風朗月不用一錢買，玉山自倒非人推。」自然界的清風朗月，不用一錢，即可盡情享用，取之不盡，用之不竭，這是何等暢懷適意；而想像中的滿江春酒，同樣可以隨意享用，盡興而飲，玉山般的偉岸身軀，頹然自倒，又是何等瀟灑浪漫。清風明月，隨時可遇，誰也不曾意識到這原是人生不費任何代價的詩意享受，一經李白用「不用一錢買」五字道出，立即變成最平凡又最美妙的人生樂事；嵇康醉後如玉山之倒的典故，經詩人用「自倒非人推」五字點化，也成為對醉態、醉趣之美的絕妙形容。自然風景之美和飲酒之樂之趣的盡情享受，比起那些與時俱泯的身後名，哪一種是人生應該追求的，豈用再費一詞。

結尾五句，遙承第二節開頭的「鸕鷀杓，鸚鵡杯」，再次發表宣言，不過這裡的「舒州杓，力士鐺」已經不再是單純的酒器，而是成為與詩人「同死生」的終生精神伴侶。「襄王雲雨今安在，江水東流猿夜聲。」一切富貴尊榮，一切功名事業，都會隨著時間流逝，在歷史長河中消逝得無影無蹤，眼前所見所聞，唯有江水東流，猿狖哀鳴而已。

可以看出，詩人所要著重表現的是以飲酒為象徵的人生樂趣和詩意享受，讀者最感興趣的也是這方面的內容。「咸陽市中嘆黃犬」，「襄王雲雨今安在」乃至羊公碑的「剝落生莓苔」，不過是用來反襯「清風朗月不用一錢買，玉山自倒非人推」之人生詩意享受的歷史見證。如果據此判定詩的主旨是宣揚人生虛無，不免本末倒置。李白的人生追求自然還有「申管晏之談，謀帝王之術，奮其智慧，願為輔弼」，積極追求事功的主要面向，但包括暢飲美酒在內、對自由暢意的詩意生活的追求，也是李白人生追求的重要面向之一。這首詩在表現詩人對自由暢意的詩意生活的追求方面，顯示出特有的藝術美感和魅力，表現詩人精神性格極富童真情趣的一面。在不放棄對事功的積極追求，堅信「天生我才必有用」的前提下，「人生貴適意」也未嘗不是一種生活方式。

梁園吟[1]

我浮黃河去京闕[2]，掛席欲進波連山[3]。天長水闊厭遠涉，訪古始及平臺間[4]。平臺為客憂思多，對酒遂作梁園歌。卻憶蓬池阮公詠，因吟淥水揚洪波[5]。洪波浩蕩迷舊國，路遠西歸安可得[6]？人生達命豈暇愁[7]，且飲美酒登高樓。平頭奴子搖大扇[8]，五月不熱疑清秋。玉盤楊梅為君設，吳鹽如花皎白雪[9]。持鹽把酒但飲之，莫學夷齊事高潔[10]。昔人豪貴信陵君[11]，今人耕種信陵墳。荒城虛照碧山月，古木盡入蒼梧雲[12]。梁王宮闕今安在[13]？枚馬先歸不相待[14]。舞影歌聲散淥池[15]，空餘汴水東流海[16]。沉吟此事淚滿衣[17]，黃金買醉未能歸。連呼五白行六博[18]，分曹賭酒酣馳暉[19]。酣馳暉，歌且謠[20]，意方遠。東山高臥時起來，欲濟蒼生未應晚[21]。

[校注]

①此詩詩題敦煌寫本《唐人選唐詩》、《文苑英華》卷三百三十六作〈梁園醉歌〉，《文苑英華》卷三百四十三作〈梁園吟〉。王琦《李太白年譜》記此詩作於天寶三載（西元 744 年），郁賢皓《李白選集》則謂此詩「當是開元二十一年（西元 733 年）離開長安，舟行抵達梁園時作」。梁園，唐汴州，今開封市。②浮黃河，浮舟黃河。去京闕，離開京城長安。③掛席，掛帆。④平臺，古臺名，相傳為春秋時魯襄公十七

年（西元前556年）宋皇國父所築。漢梁孝王時大建宮室，「築東苑，方三百餘里，廣睢陽城七十里。大治宮室，為複道，自宮連屬於平臺三十里」（《史記·梁孝王世家》）。曾與當時名士司馬相如、枚乘、鄒衍等遊此。故址在今開封市東南。⑤阮公，指三國魏著名詩人阮籍，其〈詠懷八十二首〉（其十六）云：「徘徊蓬池上，還顧望大梁。綠水揚洪波，曠野莽茫茫。」蓬池是戰國時魏都大梁（今開封）東北的沼澤，「蓬池詠」即指此章，「淥水揚洪波」係詩中成句。淥水，形容水之清澈。⑥舊國，指長安。西歸，指歸長安。⑦達命，通達天命。暇，須。李嶠〈梅〉：「若能遙止渴，何暇泛瓊漿？」或解作「空閒」，誤。⑧平頭奴子，不戴冠巾的奴僕。梁武帝〈河中之水歌〉：「平頭奴子擎履箱。」丘為〈冬至下寄舍弟時應赴入京〉：「適遠才過宿舂料，相隨唯一平頭奴。」平頭不戴冠巾，以示其裝束與主人有別。⑨吳鹽，吳地所產的鹽。《史記·吳王濞列傳》：「吳王即山鑄錢，煮海水為鹽。」或謂上句之「楊梅」即指梅，「鹽、梅為古代菜羹主要調味物，詩中借指佐酒之菜餚」，然以「楊梅」指梅，文獻似未見，且李白詩中寫到「楊梅」不止此詩，如〈敘舊贈江南宰陸調〉云：「江北荷花開，江南楊梅熟。」江南地區農曆五月，正楊梅成熟之時，與上「五月」之語正合。楊梅蘸鹽食之，其味更美，故有此二句。⑩夷齊，指伯夷、叔齊。殷孤竹君之二子，周武王伐紂，伯夷、叔齊叩馬而諫。殷亡，不食周粟，隱於首陽山，采薇而食，餓死於首陽山。見《史記．伯夷列傳》。此句一作「何用孤高比雲月」，一作「咄咄書空字還滅」，敦煌寫本作「世上悠悠不堪說」。⑪信陵君，戰國時魏安釐王之弟，名無忌，封於信陵（今河南寧陵），故號信陵君。為戰國時著名四公子之一。《史記．魏公子列傳》：「公子為人仁而下士，士無賢不肖，皆謙而禮交之，不敢以其富貴驕士。士以此方數千里爭往歸之，致食客三千人。當是時，諸侯以公子賢，多客，不敢加兵謀魏十餘年。」又，「（漢）高祖十二年，從擊黥布還，為公子置守塚五家，世世歲以四時奉祠公子」。據《太平寰宇記》卷一〈河南道．開封府浚儀縣〉：「信陵君墓在縣南十二里。」⑫蒼梧，山名，即九嶷山，在今湖南寧遠縣南。《文選．謝朓〈新亭渚別范零陵〉》：「雲去蒼梧野，水還江漢流。」李善注引《歸藏．啟筮》曰：「有白雲出自蒼梧，入於大梁。」即「古木盡入蒼梧雲」之句所本。⑬梁王，指西漢時梁孝王劉武，當年曾大治宮室，參注④引《史記．梁孝王世家》。⑭枚馬，指枚乘、司馬相如。二人均曾遊梁，為梁孝王賓客。《史記．司馬相如列傳》：「是時梁孝王來朝，從遊說之士齊人鄒陽、淮陰枚乘、吳莊忌夫子之徒，相如見而說之，因病免，客遊梁。梁孝王令與諸生同舍，相如得與諸生遊士居數歲。」《漢書．枚乘傳》：「枚乘……遊梁，梁客皆善詞賦，乘尤高。」先歸，先故去。⑮綠池，指梁苑中的池沼。《西京雜記》卷二：「梁孝王好營宮室苑囿之樂，作曜華之宮，築兔園。園中有百靈山，山有膚寸石，落猿巖，棲龍岫。又有雁池，池間有鶴洲鳧渚，其諸宮觀相連，延亙數十里。」⑯汴水，古水名。此指隋通濟渠、唐廣濟渠之東段。自今滎陽市北引黃河東南流，經今開封市及杞縣、睢縣、寧陵、商丘、夏邑、永城，復東南經今安徽宿州、靈璧、泗縣與江蘇泗洪，至盱眙縣對岸入淮河，為隋唐至北宋中原通往東南沿海地區的主要水運幹道。⑰沉吟，深思。〈古詩十九首〉之十二：「馳情整中帶，沉吟聊躑躅。」⑱五白、六博，古代博戲。《楚辭・招魂》：「菎蔽象棋，有六博些。分曹並進，遒相迫些。成梟而牟，呼五白些。」王逸注：「投六箸，行六棋，故為六簙也。言宴樂既畢，乃設六簙，以菎蔽為箸，象牙為棋，麗而且好也。」洪興祖《補註》引《古博經》：「博法：二人相對，坐向局，局分為十二道，兩頭當中名為水，用棋十二枚，六白六黑，又用魚二枚置於水中。其擲采以瓊為之，瓊畟方寸三分，長寸五分，銳其頭，鑽刻瓊四面為眼，亦名為齒。二人互擲采行棋，棋行到處即豎之，名為梟棋，即入水食魚，亦名牽魚，每牽一魚獲二箸，翻一魚獲三箸。」可見這是一種擲采以行棋的博戲。高亨《楚辭選》：「十二個棋子，六個白的，六個黑的。五個骰子，方形，六面，有相對的兩面是尖頭，其餘四面都是平的。一面刻二畫，一面刻三畫，一面刻四畫，一面不刻畫……當『成梟而牟』的時候，擲骰得到五個骰子都是不刻畫的一面在上，叫做『五白』。擲得五白，便可殺對方的梟棋，所以下棋的人要喊五白。」或分「五白」與「六博」為兩種博戲，視「連呼五白行六博」之說，似非。⑲分曹，分成兩方。馳暉，飛馳的太陽。⑳「酣馳暉」三字，原缺，據宋影本補。《詩．魏風．園有桃》：「我歌且謠。」毛傳：「曲合樂曰歌，徒歌曰謠。」㉑《世說新語．排調》：「謝公（指謝安）在東山（會稽東山，謝安早年曾辭官隱居於此），朝命屢降而不動。後出為桓宣武司馬，將發新亭，朝士咸出瞻送。高靈時為中丞，亦往相祖，先時多少飲酒，因倚如醉，戲曰：『卿屢違朝旨，高臥東山，諸人每相與言：安石不肯出，將如蒼生何！今亦蒼生將如卿何！』謝笑而不答。」

[鑑賞]

這首詩最早見於敦煌寫本《唐人選唐詩》，又兩見於《文苑英華》，雖題目有〈梁園醉歌〉與〈梁園吟〉之異，但均題為李白之作。詩的內容、風格也明顯符合李白的經歷、思想和創作特徵。朱諫以「無倫次」與「駁雜」為由，疑其非李白之作，可以說毫無根據。但他提出的節去「人生達命」八句及「沉吟此事」八句，以前十句與「昔人豪貴信陵君」八句共為一首的主張，倒反映出一個根本性問題，即懷古詩的共性與特質問題。

懷古詩歷來以抒寫盛衰變化之慨為基本內容，這不妨看作這一詩體在歷史發展過程中形成的共性。不同經歷、思想、個性和藝術風格的作者創作的懷古詩，本應有鮮明的性個特徵，但在多數懷古詩中，卻很少展現。這正是懷古詩的明顯缺陷。但懷古詩這種將個性淹沒在共性之中的創作套路，卻造成一些評論家的固定思考模式，認為懷古詩只能抒寫盛衰變化之慨，如果摻入帶有明顯個人色彩的內容，便被視為內容駁雜不純，敘述語無倫次。朱諫的懷疑、評論和刪節主張，實際上正反映對懷古詩當中具有獨特性的排斥，他主張保留的十八句，恰恰是懷古詩抒盛衰變化之慨的共性部分；而他認為駁雜不純、主張刪去的十六句，恰恰是最能展現李白鮮明思想、個性的部分。如果按照他的主張刪去那十六句，這首〈梁園吟〉就基本上清除了李白的個人印記，而不再是李白之作。實際上，這首詩真正的優點，正是在抒盛衰變化之慨的同時，融入個人的詠懷內容，展現懷古與詠懷、共性與個性的完美結合。

詩的開頭四句，敘述詩人自己由「去京闕」到「及平臺」的行程。「訪古」、「平臺」四字，可以看作對這首題為「梁園吟」的懷古詩的點題。但在敘述行程的同時，卻明顯流露出詩人對政治道路上風波險惡、途程遙遠的感受，這從「掛席欲進波連山」和「天長水闊厭遠涉」的詩句中可以體會出來。對照〈行路難三首〉（其一）中的「欲渡黃河冰塞川，將登太行雪滿山」，其寓意更顯。但後者純用象喻手法，此則於寫實中寓象徵，寫法有別。「厭遠涉」的「厭」字還透露出對艱險從政道路的厭倦。這一切，都帶有明顯的個人色彩。朱諫沒有提出要刪掉這四句，主要是由於它們具有交代行程和點題的作用，同時也可能沒有注意到其中蘊含的個人色彩。

接下來四句，由「平臺為客」而敘及〈梁園吟〉的創作，進一步點明題面。值得注意的是，這裡不但明白點出平臺為客時「憂思」之多，而且透過對阮籍「蓬池詠」的追憶，曲折表現自己的「憂思」。阮籍「蓬池」之詠，對身處陰慘肅殺的政治環境流露出強烈的憂患感和孤寂感，李白憶其人而吟其詩，當與阮籍有相似的感受而憂思充溢，不可抑止。

以上八句，是交代〈梁園吟〉創作的緣起。透露出詩人因從政道路上遇到險阻，離開政治中心長安，憂思重重。而訪古憶昔，吟阮籍「蓬池」之詠，則進一步加深憂患感和孤寂感。

「洪波」以下十句，承上「憂思多」，抒寫自己借酒遣愁。「洪波」二句，用頂針格承上啟下，以「迷舊國」與「西歸安可得」遙應篇首，抒寫對長安的眷戀，意致與「長安宮闕九天上」相近，再次暗點「愁」字。故下兩句緊接著揭出此段主旨：「人生達命豈暇愁，且飲美酒登高樓。」李白詩中的「命」與「宿命」不同，它和時運、機緣之義相近，所謂「達命」，也常和「待時」、「等待機緣」相通。因此它不是消極認命，無所作為，而是在遭遇困難挫折的情況下，用達觀的態度和放逸的行為來排遣憂愁。「平頭奴子」五句，就是渲染在訪古期間如何充分享受美酒佳果之味，逸興高飛之樂。「楊梅」在這裡擔任重要角色。作為江南佳果，漢代司馬相如〈上林賦〉中即有記載，五月正是楊梅成熟的季節。紅紫鮮豔的楊梅，置於晶瑩透明的玉盤之中，又佐以似雪的吳鹽，以此作為「飲美酒」的餚饌，真是別開生面，別具風味，難怪詩人要將它作為人生樂事加以鋪敘渲染。末綴以「莫學夷齊事高潔」一句，乍讀似感突兀，其實這正是李白的常調，〈行路難三首〉（其三）一開頭便說：「有耳莫洗潁川水，有口莫食首陽蕨。含光混世貴無名，何用孤高比雲月。」表述的是同樣的意思。李白在政治上失意的時候，不是用隱居不仕的「高潔」來表示自己與統治者的距離，就往往是以狂放不羈的行為來發洩自己的憤懣，所謂「莫學夷齊事高潔」正應從這方面來理解。飲酒狂放，在有些人眼裡，或許是自瀆的消極頹廢行為；但在詩人看來，這既是失意苦悶時的排遣，又是對現實的不滿與抗議。

「昔人」以下八句，緊扣「梁園」、「訪古」，抒寫今昔盛衰之慨，是懷古詩中應有之義。梁園舊地，古來著稱於世者有戰國四公子之首的信陵君和漢初深受寵信、權勢盛極一時的梁孝王劉武。事移世遷，昔日豪貴一時、賓客如雲的信陵君，如今荒墳已經犁為田地。昔時的大梁城早已荒蕪，只剩下今古長存的月亮升上碧山，空照古城，千年古樹全部籠罩在蒼茫的白雲之中。西漢時代盛極一時的梁王宮闕，如今早已化為一片廢墟，當年門下的賓客枚乘、司馬相如今也早魂歸地下，無從追尋他們的足跡；梁苑的池沼之上，歌聲舞影早已消散無蹤，只有悠悠汴水，至今仍東流入海。這裡顯示的是自然（碧山月、蒼梧雲、古木、汴水）的永恆長遠與人事（信陵豪貴、梁王宮闕、舞影歌聲）變化的迅疾滄桑，也是懷古詩最常見的音調。詩人寫來，雖然行文飄逸流暢，自在從容，但蘊含的情感則顯得慷慨悲涼。對信陵君的緬懷追思中，包含對歷史上禮賢下士、重視人才之時代的懷念，在這方面，梁孝王劉武也和信陵君有相似之處，故於梁園懷古時，一併提及並表示追緬之意。而在追緬信陵君、梁王的同時，也透露出對現實中缺乏這類人物的深深失望，其內在意涵實際上與「昭王白骨縈蔓草，誰人更掃黃金臺」相近。因此，這一段寫懷古之慨，仍與詩人懷才不遇的憂思緊密連結，並非泛泛抒寫懷古之幽情。在「枚馬先歸不相待」的慨嘆中，也隱約透露出對盛世文士際遇的歆慕和「前不見古人」般的感嘆。

正因為懷古慨今，深慨才不逢時，故末段劈第一句就用「沉吟此事淚滿衣」來概括揭示上一段懷古中蘊含的悲慨。

如此悲慨，唯有用狂歌痛飲、分曹博戲的放縱行為，方能稍得宣洩。「黃金買醉」三句，寫狂放行為雖極事渲染，卻無頹唐之態，而是意態豪雄、酣暢淋漓，尤其是「分曹賭酒酣馳暉」一句，更傳出其興會飆舉、意氣淩雲的情狀。顯示出雖懷失意的憂思悲慨，精神上仍然昂揚挺拔而無萎靡之態。如此，結尾五句轉入高唱方不顯得突兀。

「酣馳暉，歌且謠，意方遠。東山高臥時起來，欲濟蒼生未應晚。」這是全詩的歸趨與結束，也是全詩感情發展的高潮。在經歷離京去國的憂思、酣飲高樓的排遣、懷古慨今的悲憤和分曹賭酒的宣洩這樣一段曲折心路歷程之後，詩人終於唱出昂揚奮發的強音。「意方遠」三字，透露出詩人並不因一時的挫折而消極頹唐，而是將人生的道路看得很長很遠。堅信自己正像隱居待時的謝安一樣，想要實現自己濟蒼生、安黎元的人生抱負，還有很多時間。這是典型的李白之聲。〈梁甫吟〉結尾說：「張公兩龍劍，神物合有時。風雲感會起屠釣，大人𡶇屼當安之。」〈行路難三首〉（其一）結尾說：「長風破浪會有時，直掛雲帆濟滄海。」和本篇的結尾，都透過用典，表達對政治前途的樂觀信念。李白抒寫懷才不遇的詩篇，每於篇末振起，絕非故作寬解之詞，而是出於其堅強的信念和對自己才能的高度自信，因此它給人帶來的是樂觀的展望和對未來的信心。

可以看出，這首詩雖以梁園懷古為題材，但其主旨卻是詠懷，不僅二、四兩段直接抒懷，就連首段敘行程、三段抒懷古之情，也都連繫著懷才不遇的主題。因此，不妨說它是一首以懷古形式呈現的詠懷詩，是一首懷古與詠懷緊密結合的抒懷詩。

═ 峨眉山月歌[①] ═

峨眉山月半輪秋，影入平羌江水流[②]。夜發清溪向三峽[③]，思君不見下渝州[④]。

[校注]

①峨眉山，在今四川峨眉山市西南，主峰高三千餘公尺，為蜀中名山。《元和郡縣圖志》卷三十一〈劍南道．嘉州峨眉縣〉:「峨眉大山，在縣西七里。〈蜀都賦〉云『抗蛾眉於重阻』。兩山相對，望之如蛾眉，故名……中峨眉山，在縣東南二十里。」宋蜀刻本題下有「峽路」二字。王琦《李太白全集》謂「此詩約是開元中，李白未出蜀以前所作」。詹鍈《李白詩文繫年》記此詩作於開元十二年（西元 724 年）出蜀途經三峽時。郁賢皓《李白選集》繫年從詹說，謂是出蜀時途中寄友之作。②平羌江，即青衣江。源出今四川蘆山縣，東南流經雅安、夾江、樂山，會大渡河，入岷江。《元和郡縣圖志》卷三十一〈劍南道．嘉州平羌縣〉:「本漢南安縣地，周武帝置平羌縣，因境內平羌水為名。」平羌縣在嘉州（今樂山市）之北。③清溪，指清澈的江水。舊注或謂清溪指資州清溪縣，或謂指嘉州犍為縣之清溪驛。按資州清溪縣本名牛鞞，天寶元年（西元 742 年）始更名清溪，開元中尚無清溪縣。且資州離峨眉、平羌江甚遠，可證此句「清

溪」絕非資州之地名。王琦注引《輿地紀勝》謂犍為縣有清溪驛，但今本《輿地紀勝》無此記載。三峽，指巴東三峽。所指不一。今通指瞿塘峽、巫峽、西陵峽。郁賢皓《李白選集》謂：「味此詩中之三峽，似非指長江三峽。《樂山縣志》謂當指樂山縣之黎頭、背峨、平羌三峽，而清溪則在黎頭峽之上游。其說近是。」可備一說。④君，有指月、指友二解。據詩題，此「君」當是指月。渝州，唐劍南道有渝州，今重慶市。

[鑑賞]

這首詩自明代詩評家王世貞指出其連用五地名（實際上是四地名）而不露痕跡，深得爐錘之妙以來，評論家多讚為絕唱。但對詩中「半輪」、「清溪」、「君」的理解，卻有分歧。特別是對「君」的理解，直接涉及對詩整體構思和主旨的理解掌握，尤需辨析。

其實，李白另外兩首詩已經為我們提供可靠依據，有助於理解此詩中的「君」所指。一首就是解者每加以稱引但卻未揭示與此詩連繫關鍵的〈峨眉山月歌送蜀僧晏入中京〉，另一首則是解者們未加注意的〈渡荊門送別〉。〈峨眉山月歌送蜀僧晏入中京〉作於乾元二年（西元 759 年）在江夏時，開頭四句說：「我在巴東三峽時，西看明月憶峨眉。月出峨眉照滄海，與人萬里長相隨。」此詩題目既與早年出川時所作〈峨眉山月歌〉相同，則前四句所寫當即開元十二年（西元 724 年）詩人出川時在巴東三峽看明月、憶峨眉的情景，其中「月出峨眉照滄海，與人萬里長相隨」二句，正可用來說明七絕〈峨眉山月歌〉所寫的內容意境：前兩句總寫峨眉山月之與自己相隨；後兩句則寫月之「不見」，而在對月的思念中下渝州，向三峽。而〈峨眉山月歌送蜀僧晏入中京〉通篇不離峨眉月，也可印證〈峨眉山月歌〉這一僅四句二十八個字的七絕，更應通篇不離題內的「峨眉山月」，而所謂「思君不見」，也就是「思峨眉月而不見」。〈渡荊門送別〉與〈峨眉山月歌〉同為李白初出川時所作，其尾聯云：「仍憐故鄉水，萬里送行舟。」亦出荊門而仍念故鄉之水，殷勤相送於萬里之外，可見其對故鄉的深情懷念。由此可以說明，〈峨眉山月歌〉實際上是抒寫「仍憐故鄉月，萬里送行舟」，只不過因為途中有一段見不到月，因而變成「思君不見」。思故鄉水、思故鄉月，都是思故鄉的表現。「君」之所指既明，對〈峨眉山月歌〉構思、內容和意境的理解掌握便比較容易。

首句「峨眉山月半輪秋」，正點題面。「半輪」，相對全輪、一輪而言，指弦月。從下面描寫的情況看，當是農曆初七、八的上弦月。王褒〈詠月贈人〉：「上弦如半璧，初魄似蛾眉。」半輪，也就是「半璧」之狀。這句所寫，當是初夜景象。峨眉山上空，懸掛著半輪明月，將皎潔的清輝灑向大地山川。「秋」字本是點明時令季節，這裡將它作為韻腳，置於「半輪」之後，構成「半輪秋」的特殊詩語，不僅點明這半輪山月乃是秋月，而且使名詞形容詞化，令人聯想到這半輪秋月似乎特別皎潔清澄，在散發著涼意，給人沁人心脾的感受。

次句「影入平羌江水流」，寫月影映江，隨水而流。江水中清晰可見月的倒影，顯示水之清澈。而句末的那個「流」字，用得尤為精采。它與前面的「入」字相接，使全句成為一個濃縮句，即「月影映入平羌江水」與「月影隨著平羌江水的流動而流動」這兩層意思的融合。這後一層意思，實際上暗示人在舟中，在舟行過程中看著映入江水的月影一直在隨水流動。不但意境清澄優美，而且透出詩人對始終伴隨自己的江中月影充滿親切感和喜悅感。故鄉月、故鄉水、故鄉情，在這裡不著痕跡地融合在清澄流動的詩篇意境中，令人咀味無窮。

第三句「夜發清溪向三峽」，是整首詩中敘述行程的句子，也是對前兩句景物描寫視角的補充交代，說明峨眉秋月、月影江流均為「夜發清溪向三峽」的行程中所見。其中，「清溪」是此行的出發地，「三峽」是此行的所向之地。清溪，或解為資州清溪縣，顯誤；或說是犍為之清溪驛，雖意似可通，但《輿地紀勝》並無清溪驛之記載，故此解殊可疑。實則，所謂「清溪」意即清澈的江水，實即指眼前的平羌江。李白有〈清溪行〉云：「清溪清我心，水色異諸水。借問新安江，見底何如此？人行明鏡中，鳥度屏風裡。向晚猩猩啼，空悲遠遊子。」將清澈見底的新安江稱為「清溪」，與將可見月影的平羌江稱為「清溪」，正屬同例。李白此次出川，「三峽」是必經之地，且緊扣舟行所經，故用「向三峽」指明所向，這句在全篇中具有承上啟下的樞紐作用。

末句「思君不見下渝州」，是舟下渝州行程中對峨眉山月的懷想。「君」指峨眉山月。上弦月升起得早，天未黑即已高掛空中；故落得也早，深夜時分即已隱沒不見。在舟行過程中，一直伴隨著自己的天上半輪秋月和映入江流的月影都不見蹤影；峨眉山月越離越遠，不免引起對峨眉山月的無限思念，想到自己就要在不見峨眉山月的情況下，向下遊的渝州駛去，心中不免增添一絲告別故鄉月的惆悵。

這是一位胸懷四方之志的青年詩人「仗劍去國，辭親遠遊」途中因故鄉山水景物而引發對故鄉的親切懷戀。峨眉山、平羌江、峨眉月，在詩中都自然形成故鄉的象徵，而「峨眉山月」，則成為全詩的核心意象和貫串主線，成為詩人故鄉情的充分寄託。詩以望峨眉山月始，以不見而思「峨眉山月」終，表現詩人在仗劍遠遊之初對故鄉的深切懷念。但詩的整體節奏、格調卻因連用峨眉山、平羌江、三峽、渝州，而構成一氣流走之勢，再加上「流」、「發」、「向」、「下」等動詞的連續運用，更加強輕快愉悅的氣氛，而秀麗的峨眉、皎潔的秋月、清澈的江流和瑩潔的月影所組成的意境，也透出清新秀發的韻味。因此，它雖抒故鄉情，整首詩的情調仍顯得輕快而清新，透露出詩人對前途的樂觀展望。

有些人將末句的「君」理解為友人。一則題稱「峨眉山月歌」，說明詩的中心意象就是峨眉山月，而這峨眉山月，無論從題面或詩面，都看不出有喻友人之意。二則詩的前兩句分寫峨眉山月與月影江流，第三句交代行程，絲毫看不出有告別友人之意，第四句忽說「思君」是思念友人，太感突兀，從藝術構思方面來看，殊不可解。而解為指月，則顯得順理成章。

═ 聞王昌齡左遷龍標遙有此寄[1] ═

楊花落盡子規啼[2]，聞道龍標過五溪[3]。我寄愁心與明月，隨風直到夜郎西[4]。

[校注]

①王昌齡，生平詳見本編王昌齡小傳。《河嶽英靈集》謂昌齡「晚節不矜細行，謗議沸騰，再歷遐荒」，即指其貶龍標（今湖南洪江）尉之事。其貶龍標之年月，當在天寶十二載（西元753年）以前。傅璇琮、李珍華《王昌齡事蹟新探》謂此詩當作於天寶十載或十一載春。李雲逸《王昌齡詩注》則謂此詩當作於天寶七載暮春。左遷，貶官。龍標，唐縣名，開元十三年（西元725年）至大曆五年（西元770年）期間，屬巫州，為州治所在。在今湖南洪江西南。②楊花落盡，宋蜀本作「揚州花落」。咸本、蕭本、胡本及《全唐詩》均作「楊花落盡」。子規，即杜鵑鳥。③五溪，指酉、辰、巫、武、沅五溪，在今湘西、黔東一帶。④風，宋蜀本作「君」。夜郎，這裡指唐業州夜郎縣，在今湖南芷江縣西南。與龍標相距很近。據《新唐書．地理志》，龍標縣武德七年（西元624年）置，貞觀八年（西元634年），析置夜郎、郎溪、思微三縣，九年省思微。因此詩中的「夜郎」實即龍標的異稱。因避復（第二句已出「龍標」）及末句第五字

宜仄而用「夜郎」。「夜郎西」，即遠在西邊的夜郎之意。如泥解為龍標在夜郎之西，則與地理不合（龍標縣在夜郎縣之東南）。

[鑑賞]

這是李白一首流傳廣泛的寄贈友人之作。首句從眼前景物發興，在寫景點明時序中寓含有意無意的比興象徵含意。楊花落盡，已是暮春百花凋殘的季節；它的紛紛飄落，又易觸發漂泊天涯的聯想。子規啼，暗用〈離騷〉「恐鵜鴂（即杜鵑、子規）之先鳴兮，使夫百草為之不芳」，更象徵著美好春光消逝。連繫王昌齡被貶一事，不難引發讀者對他所處時代更廣泛的聯想。

次句敘事，正式點出題內「聞王昌齡左遷龍標」。五溪一帶，當時還是「蠻夷」所居的僻遠之地。說「過五溪」，更突顯龍標的荒遠。句首的「聞道」二字，則以渺遠未歷、但憑傳聞的口吻，渲染出這種荒遠之感。這句雖似乎平鋪敘事，但王昌齡獲罪嚴譴、貶謫途中的辛苦、貶所的荒涼，以及詩人的關切同情都自寓於其中。

這首詩之所以出名，更得力於三、四兩句。但如果單純從構思上來看，它顯然曾受到曹植「願為西南風，長逝入君懷」、「願為南流景，馳光見我君」等詩句的啟發。而在讀者的感受中，它又是原原本本李白式的抒情，具備李白特有的藝術特質。

一般的詩人，寫到「聞道龍標過五溪」，多半會順著龍標僻處荒遠這條思路，進一步想像對方淒涼孤孑的謫宦生活。李白卻撇開這一層，反過來聚焦抒寫自己聽到這個消息後的強烈主觀感情。他不但滿懷「愁心」，同情因「不矜細行」而遭遠謫的朋友，而且要把「愁心」託付給西馳的明月，讓它乘著長風，一直吹送到西邊的夜郎（即龍標）。在這裡，明月成為傳遞友誼的使者，長風也化為吹度明月的憑藉。這誇張奇妙而又天真爛漫的想像，使這首詩帶有強烈的主觀抒情色彩和李白豪放天真的個性，而詩人對朋友的深摯情誼也不費力地表達出來。相較於李白「狂風吹我心，西掛咸陽樹」的詩句，更可見其展現出李白想像與構思的特性色彩。

「愁心」原是悲傷而沉重的。但愁心寄月隨風的景象，卻並未給予讀者沉重的壓抑之感，反而感受到李白詩特有的明朗、飄逸之美。明月的光波柔和而流動，長風送月更增添飄飛之感。如此一來，讀者所感受到的，便主要不是遠竄窮荒的淒涼孤孑，而是友誼的光波對遠貶者的精神慰藉。元稹〈聞樂天授江州司馬〉：「殘燈無焰影幢幢，此夕聞君謫九江。垂死病中驚坐起，暗風吹雨入寒窗。」深摯之情以沉重之筆出之，滿紙悲酸不堪卒讀，與李白此詩以飄逸靈動之筆傳深摯之情顯然有別。雖抒「愁心」，卻並無壓抑之感。

沈德潛《說詩晬語》說：「七言絕句，以語近情遙，含吐不露為主。只眼前景，口頭語，而有弦外音，味外味，使人神遠。太白有焉。」這首詩將奇妙的想像和明朗自然而富蘊含的言辭和諧地融為一體，彷彿脫口而出、信手寫成，正是展現沈氏所說的七絕高品典範。

一 廬山謠寄盧侍御虛舟[1] 一

我本楚狂人，鳳歌笑孔丘[2]。手持綠玉杖[3]，朝別黃鶴樓。五嶽尋仙不辭遠[4]，一生好入名山遊。廬山秀出南斗傍[5]，屏風九疊雲錦張[6]，影落明湖青黛光[7]。金闕前開二峰長[8]，銀河倒掛三石梁[9]。香爐瀑布遙相望[10]，迴崖沓嶂凌蒼蒼[11]。翠影紅霞映朝日[12]，鳥飛不到吳天長[13]。登高壯觀天地間，大江茫茫去不還。黃雲萬里動風色，白波九道流雪山[14]。好為廬山謠，興因廬山發。閒窺石鏡清我心[15]，謝公行處蒼苔沒[16]。早服還丹無世情[17]，琴心三疊道初成[18]。遙見仙人彩雲裡，手把芙蓉朝玉京[19]。先期汗漫九垓上[20]，願接盧敖遊太清[21]。

[校注]

①廬山，在今江西九江市南。謠，《爾雅．釋樂》:「徒歌謂之謠。」盧侍御虛舟，指殿中侍御史盧虛舟，字幼真，范陽（今北京大興）人。至德元載（西元 756 年），賈至從玄宗幸蜀，拜起居舍人，知制誥，遷中書舍人，有〈授盧虛舟殿中侍御史制〉，稱其「閑邪存誠，遁世頤養，操持有清廉之譽，在公推幹蠱之才」。乾元元年（西元 758 年）賈至出為汝州刺史。故盧虛舟為殿中侍御史，當在至德元載至乾元元年之間（西元 756 ～ 758 年）。此詩詹鍈主編《李白全集校注彙釋集評》繫上元元年（西元 760 年），謂「李白至德後被繫

獄、流放，倘非遇赦歸來，不可能如此詠廬山之勝景。故繫於上元元年。詩云『朝別黃鶴樓』，是知李白自江夏來廬山」。郁賢皓《李白選集》同。李白另有〈和盧侍御通塘曲〉云：「通塘在何處，宛在潯陽西。」與〈廬山謠〉當為同時同地之作。②楚狂人，指春秋時楚國狂士陸通，字接輿。《論語．微子》：「楚狂接輿歌而過孔子曰：『鳳兮鳳兮，何德之衰！往者不可諫，來者猶可追。已而，已而！今之從政者殆而。』」《莊子．人間世》及皇甫謐《高士傳》亦有有關陸通的記載。此處李白以楚狂陸通自況。③綠玉杖，用綠玉為飾的手杖。《太平御覽》卷六百七十五道部引《茅君傳》：「朱官使者把綠節杖。」此指仙人所用的手杖。④五嶽，即東嶽泰山、西嶽華山、北嶽恆山、中嶽嵩山、南嶽衡山（一作霍山，即天柱山）。此泛指名山。⑤秀出，突出。南斗，星名，即二十八宿中的斗宿。廬山所在的古吳國之地，屬斗宿分野。⑥屏風九疊，即廬山之屏風疊，又稱九疊屏。《輿地紀勝》卷二十五江南東路南康軍：「九疊屏，在五老峰之側，唐李林甫女學道此山。山九疊如屏。李白詩云：『屏風九疊雲錦張。』」安史之亂起後，李白曾隱居廬山屏風疊，有〈贈王判官時余歸隱居廬山屏風疊〉詩。雲錦張，形容峰巒起伏逶迤，如錦繡屏風張開，蓋極言其美。⑦影，指廬山的倒影。明湖，即鄱陽湖。青黛光，指青黛般的廬山山色。⑧金闕，指廬山金闕巖，又稱石門。《水經注》卷三十九〈廬江水〉：「廬山之北有石門水，水出嶺端，有雙石高竦，其狀若門，因有石門之目焉。水導雙石之中，懸流飛瀑，近三百許步，下散漫數十步。上望之連天，若曳飛練於霄中矣。」《太平御覽》卷四十一引慧遠《廬山記》：「西南有石門山，其形似雙闕，壁立千仞，而瀑布流焉。」長，宋蜀本作「帳」。⑨銀河，形容倒掛而下的瀑布。三石梁，指九疊屏左之三疊泉。王琦注：「今三疊泉在九疊屏之左，水勢三折而下，如銀河之掛石梁，與太白詩句正相吻合。」⑩香爐瀑布，指廬山香爐峰的瀑布。李白〈望廬山瀑布水二首〉之一云：「西登香爐峰，南見瀑布水。」陳舜俞《廬山記》卷二：「次香爐峰，此峰山南山北皆有。其形圓聳，常出雲氣，故名以象形。李白詩云：『日照香爐生紫煙，遙看瀑布掛前川。』即謂在山南者也。」遙相望，指香爐峰之瀑布與三石梁之瀑布遙遙相對。⑪迴崖，曲折的山崖。沓嶂，層疊的山峰。凌蒼蒼，凌越蒼天。⑫翠影，翠色的山影。⑬吳天，廬山在三國時屬於吳國。故稱這一帶的天為吳天。⑭白波九道，古代傳說，長江流到潯陽（今江西九江）一帶時分為九道。《書·禹貢》：「九江孔殷。」孔傳：「江於此州界分為九道。」《漢書·地理志》九江郡注：「應劭曰：江自廬江、尋陽分為九。」流雪山，形容長江九派如雪山奔流、波濤洶湧。⑮石鏡，山峰名，《太平寰宇記》卷一百十一〈江南西道·江州〉：「石鏡，在廬山東懸崖之上，其狀團圓，近之則照見形影。」謝靈運〈入彭蠡湖口〉有「攀崖照石鏡」之句，即指石鏡峰。⑯謝公，指謝靈運。謝靈運曾遊廬山，有〈登廬山絕頂望諸嶠〉詩云：「巒隴有合沓，往來無蹤轍。」此句謂當年謝靈運遊蹤所歷之處，如今已被蒼苔所掩沒。⑰還丹，道家合九轉丹與硃砂再次提煉而成的仙丹，自稱服後可立即成仙。葛洪《抱朴子．金丹》：「若取九轉之丹，內神鼎中，夏至之後，爆之鼎，熱，內朱兒一斤於蓋下。伏伺之，候日精照之。須臾翕然俱起，煌煌輝輝，神光五色，即化為還丹。取而服之一刀圭，即白日升天。」世情，世俗之情。⑱琴心三疊，道教修練之法。《雲笈七籤》卷十一《黃庭內景經．上清章》：「琴心三疊舞胎仙。」梁丘子注：「琴，和也。疊，積也。存三丹田，使和積如一，則胎仙可致也。」此指修練到心靜氣和的境界，則學道初成。⑲把，持。芙蓉，蓮花。玉京，道教稱元始天尊所居之處。葛洪《枕中書》引《真記》：「元都玉京，七寶山，周迴九萬里，在大羅之上。」又云：「元始天王在天中心之上，名曰玉京山。山中宮殿，並金玉飾之。」⑳先期，預先約定。汗漫，渺茫不可知。後轉指仙人名。張協〈七命〉：「過汗漫之所不遊。」㉑盧敖，燕之道流。《淮南子．道應訓》高誘注：「盧敖，燕人。秦始皇召以為博士，使求神仙，亡而不返也。」此以盧敖借指殿中侍御史盧虛舟。〈道應訓〉載盧敖事云：「盧敖遊乎北海，經乎太陰，入乎玄闕，至於蒙谷之上。見一士焉，深目而玄鬢，淚注而鳶肩，豐上而殺下，軒軒然方迎風而舞……盧敖與之語曰：『……敖幼而好遊，至長不渝，周行四極，唯北陰之未窺，今卒睹夫子於是，子殆可與敖為友乎？』若士者齤然而笑曰：『……吾與汗漫期於九垓之外，吾不可以久駐。』若子舉臂而竦身，遂入雲中。」太清，道教以玉清、上清、太清為三清。太清係元始天尊所化法身道德天尊所居之地，在玉清、上清之上。此以「太清」指仙境。

📖 [鑑賞]

〈廬山謠寄盧侍御虛舟〉作於肅宗上元二年（西元 761 年）自江夏下九江時，是李白七古的名篇，也是其晚年描繪山水景物最出色的篇章之一。

詩可分為三段。開頭六句，是全詩的引子，也可以說是〈廬山謠〉的序曲。

「我本」二句，以楚狂接輿自況，以「鳳歌笑孔丘」的佯狂行為表達對當下政局的不滿和對「今之從政者」前途的憂慮。經歷過從永王璘獲罪的巨大政治挫折之後，李白對政局的昏暗和從政的危殆有了痛切的體會，「笑孔丘」三字中蘊含的正是這種痛切的反省，貌似狂放不羈，實含迷途知返的感慨。這正是他醉心山水景物深層的思想感情動因。「手持」二句，交代此次廬山之遊的行蹤，描繪自己手持綠玉裝飾的仙杖、辭別黃鶴樓東下的飄然遠舉形象。「五嶽」二句，既是對自己一生喜遊名山勝景、尋仙訪道行為的概括，又是對此行重訪廬山的提示和導引。前四句為五言，這兩句忽轉用七言句式，句式的變化為詩增添流動意致，也生動地傳達出詩人的飄逸風姿。

第二段十七句，描繪廬山勝景，是全詩的主體。其中又可分為三層。「廬山」九句，寫廬山的秀美壯麗景色，為第一層。「秀出南斗傍」五字，不但畫出其聳入雲霄、上接星漢的氣勢，而且透出其草木蔥蘢、蔚然深秀的山容水貌，兼具壯美與優美。以下六句，分寫屏風疊、三疊泉、香爐瀑三處廬山最壯美的風景。寫屏風疊，既狀其如巨大的錦繡屏風，層疊開張，如雲錦之鮮麗燦爛，又形容其映入鄱陽湖的倒影，一片青黛之色，似乎連湖中的倒影都呈現出鮮明的山光。上句以「屏風」狀屏風疊，下句以湖光襯山色，均極富創意。「金闕」二句，寫三疊泉瀑布，瀉出於金闕二峰之間，如銀河倒掛；「香爐」二句，寫香爐峰瀑布，與三疊泉瀑布遙遙相望，而以「迴崖沓嶂凌蒼蒼」為以上兩瀑布的壯大背景。寫廬山，必寫瀑布，而瀑布由於有層巒疊嶂作為襯托背景，益顯出其壯偉的氣勢。「翠影」二句，又由分而總，寫縱目騁望，廬山的青翠山影，與絢麗的朝霞、璀璨的紅日交相輝映，長空一碧，吳天遼闊，飛鳥翱翔，也難越出這廣闊深遠的空間。兩句從大處落墨，以更遼闊的吳天作為背景，益發顯出廬山的秀美壯麗。以上九句，先總後分復總，層次清晰而富變化，色彩鮮明絢麗而言辭清新自然，稱得上是對廬山的絕妙描繪。至「鳥飛不到吳天長」一句，已透出詩人身登山頂縱目遙望之情境，下一層遂就勢描寫「登高」所見壯麗景觀。

「登高」四句，寫登峰頂所見長江滾滾東流而去的壯偉景象。騁目遙望，天地之間，但見茫茫大江，奔流赴海，去而不返，腳下是黃雲萬里，隨浩蕩的長風飄動，遠處是長江九派，波濤洶湧，如雪山之奔湧。這四句極寫登頂所見景象，境界之壯偉廣闊，氣勢之豪放超邁，均臻極致。古往今來寫長江的詩句，幾無出其右者。但寫長江仍是寫廬山，因為只有飛峙大江邊的廬山，方能「登高壯觀天地間」，見到如此壯偉的江山勝景。

「好為」四句，是這一段的第三層，寫遊廬山石鏡峰所感。先用兩個五言句提引，點出題內「廬山謠」，並指出此詩即因遊廬山而發仙興，等於是對全篇內容意涵的揭示。插在詩中而不置於篇首，既避免起勢平淡，也具有束上起下的作用。謝靈運喜遊山水，這一點與「一生好入名山遊」的李白相似，因此凡謝公足跡到處，李白在詩中都會提到這位先賢的遺蹤，如〈夢遊天姥吟留別〉與本篇。謝靈運曾登廬山絕頂，又曾「攀崖照石鏡」。李白此番遊廬山，正是循靈運之遺蹤。如今石鏡依然長在，閒窺石鏡，感到自己的心境也變得分外瑩潔清朗、了無世情，只可惜昔賢的行蹤早已為蒼苔所掩，只能空自想像當年的情景。想到這裡，不免感到自然的永恆和人生的短暫，因而觸發求仙的意興，於是便轉出下一段。

「早服」以下六句，抒寫自己訪道求仙的夙願和攜友人同遊仙境的豪興，遙承篇首「五嶽尋仙」，近接「興因廬山發」。「遙見仙人彩雲裡，手把芙蓉朝玉京」，以幻境為目接之實境，亦幻亦真，正是李白遊仙詩常見的境界。「盧敖」係求仙者，用來連結盧姓友人，自然貼切。末二句結出題內「寄」字。

李白描繪名山勝景的詩篇，經常與隱居避世、求仙學道的內容連繫，這既是當時的社會風氣，也帶有李白的個性色彩。以今人的眼光與興趣來看，可能對首尾兩段所抒寫的內容缺乏興味，但對於李白，卻是其生活與感情的真實反映。連繫寫這首詩時李白的遭際，不難看出其醉心的山水景物，有其深層的思想感情動因，即對當時政局的不滿和對從政的失望，這從「鳳歌笑孔丘」、「早服還丹無世情」等詩句中可以明顯體會。可貴的是，李白雖經歷從璘事件的巨大挫折，卻仍對生活、對自然界的美好事物充滿熱愛和熱情，詩的主體部分正是詩人這種感情的生動展現。從中不但可見國中雄偉壯麗的山川勝景，也可見詩人壯闊的胸襟和永不衰竭的生命力，這也正是詩巨大藝術魅力的重要面向。

═ 夢遊天姥吟留別① ═

海客談瀛洲②，煙濤微茫信難求③。越人語天姥，雲霓明滅或可睹④。天姥連天向天橫⑤，勢拔五嶽掩赤城⑥。天臺四萬八千丈⑦，對此欲倒東南傾⑧。我欲因之夢吳越⑨，一夜飛度鏡湖月⑩。湖月照我影，送我至剡溪⑪。謝公宿處今尚在⑫，淥水蕩漾清猿啼。腳著謝公屐⑬，身登青雲梯⑭。半壁見海日⑮，空中聞天雞⑯。千巖萬轉路不定，迷花倚石忽已暝⑰。熊咆龍吟殷巖泉⑱，慄深林兮驚層巔⑲。雲青青兮欲雨，水澹澹兮生煙⑳。列缺霹靂㉑，丘巒崩摧。洞天石扉㉒，訇然中開㉓。青冥浩蕩不見底㉔，日月照耀金銀臺㉕。霓為衣兮風為馬㉖，雲之君兮紛紛而來下㉗。虎鼓瑟兮鸞迴車㉘，仙之人兮列如麻㉙。忽魂悸以魄動㉚，怳驚起而長嗟㉛。唯覺時之枕蓆，失向來之煙霞㉜。世間行樂亦如此㉝，古來萬事東流水㉞。別君去兮何時還？且放白鹿青崖間㉟，須行即騎訪名山。安能摧眉折腰事權貴㊱，使我不得開心顏！

[校注]

①宋蜀本題下校：「一作〈別東魯諸公〉。」諸本同。按：據此，題當一作〈夢遊天姥吟別東魯諸公〉。《河嶽英靈集》題即作〈夢遊天姥吟別東魯諸公〉。天姥，山名。在今浙江新昌縣南，周圍六十里，東接天臺山，道教以此為第十六洞天，其主峰拔雲尖海拔八百一十七公尺，孤峭如在天表。《元和郡縣圖志》卷二十六〈江南道．越州剡縣〉：「天

姥山，在縣南八十里。」《太平寰宇記》引《後吳錄》云：「剡縣有天姥山，傳云：登者聞天姥歌謠之響，謝靈運詩云『暝抵剡山中，明登天姥岑。高高入雲霓，遺奇那可尋』，即此也。」詹鍈《李白詩文繫年》記此詩作於天寶五載（西元 746 年）李白將離東魯南下再遊吳越時，係留別東魯諸公之作。②海客，海上來的客人。此處實指侈談神仙的方士之流。瀛洲，傳說中的海上仙山。《史記．秦始皇本紀》：「齊人徐市等上書，言海中有三神山，名曰蓬萊、方丈、瀛洲，仙人居之。」又《封禪書》：「自威、宣、燕昭使人入海求蓬萊、方丈、瀛洲。此三神山者，其傳在勃海中，去人不遠。患且至則船風引而去，蓋嘗有至者，諸仙人及不死之藥皆在焉。」《海內十洲記》則謂：「瀛洲，在東海中，地方四千里……洲上多仙家，風俗似吳人，山川如中國也。」③微茫，隱約模糊。信，實。④明滅，時明時滅，時隱時現。雲霓明滅，謂雲霞變幻，山容時隱時現。或，或許、有時。⑤連天，與天相接，形容其高峻。向天橫，形容其綿延廣大，蓋其山周圍六十里。⑥拔，超越。掩，蓋過。赤城，山名，在今浙江天臺縣北。孔靈符《會稽記》：「赤城山，土色皆赤，狀似雲霞，望之如雉堞。」⑦天臺，山名，其主峰華頂山，在天臺縣東北。《天臺山志．郡志辯》：「天臺山在縣北三里……按舊《圖經》載陶隱居《真誥》云：高一萬八千丈，周圍八百里。山有八重，四面如一，當斗、牛之分，上應臺宿，故曰天臺。」或謂「四萬八千丈」係「一萬八千丈」之誤。⑧此，指天姥山。欲倒東南傾，像是要傾倒向其東南方。⑨之，指越人對天姥山的形容。夢吳越，夢遊吳越。因之，《河嶽英靈集》作「冥搜」。⑩鏡湖，在今浙江紹興市南會稽山北麓。東漢永和五年（西元140年）會稽太守馬臻主持下修建的大型農田水利工程。《輿地誌》：「山陰南湖縈帶郊郭，白水翠巖，互相映發，若鏡若圖，故王逸少云：『山陰道上行，如在鏡中遊。』名鏡，如是耳。」⑪剡溪，水名，在今浙江嵊州南，即今之曹娥江上遊諸水。《元和郡縣圖志》卷六：「剡溪出（越州剡）縣西南。」⑫謝公，指南朝劉宋著名詩人謝靈運。其〈登臨海嶠〉詩云：「瞑投剡中宿，明登天姥岑。」⑬《南史．謝靈運傳》：「尋山陟嶺，必造幽峻，巖障數十重，莫不備盡。登躡常著木屐，上山則去其前齒，下山去其後齒。」「謝公屐」即指謝靈運為登山特製的木屐，可以根據上山下山需求去其前後齒。⑭青雲梯，指高峻直入雲霄的山路。《文選．謝靈運〈登石門最高頂〉》：「惜無同懷客，共登青雲梯。」此用謝詩語。⑮半壁，半山腰。海日，從海上升起的太陽。⑯《述異記》卷下：「東南有桃都山，上有大樹，名曰桃都，枝相去三千里。上有天雞，日初出照此木，天雞即鳴，天下之雞皆隨之鳴。」⑰迷花，為花所吸引迷醉。瞑，天色昏暗。⑱吟，吟嘯。殷（一ㄣˇ），震動。《楚辭．招隱士》：「虎豹鬥兮熊羆咆。」⑲謂幽深的樹林使人戰慄，層疊的峰巔使人驚懼。⑳澹澹，水波動盪貌。㉑列缺，閃電。《文選．揚雄〈羽獵賦〉》：「霹靂烈缺，吐火施鞭。」李善注引應劭曰：「霹靂，雷也；烈缺，閃隙也。」㉒洞天，道教稱神仙所居洞府為洞天，蓋謂洞中別有天地。石扉，石門。㉒訇（ㄏㄨㄥ）然，大聲貌。㉔青冥，青天（指洞中的青天）。浩蕩，廣闊浩大貌。扉，宋蜀本作「扇」，《河嶽英靈集》作「扉」。㉕金銀臺，神仙所居以金銀建造的宮闕臺觀。郭璞〈遊仙詩〉：「神仙排雲出，但見金銀臺。」㉖霓，副虹。《楚辭．九歌．東君》：「青雲衣兮白霓裳。」㉗《楚辭．九歌．雲中君》以雲中君為雲神。此處泛指神仙，言其駕雲而出。㉘張衡〈西京賦〉：「白虎鼓瑟，蒼龍吹篪。」鸞迴車，鸞鳥拉車迴轉。㉙《太平御覽》卷九十六引上元夫人〈步玄曲〉：「忽過紫微垣，真人列如麻。」列如麻，形容其多。㉚悸，心驚。㉛恍，心神不定、恍惚迷離的樣子。㉜二句謂夢醒時唯見身邊的枕蓆，而剛才夢境中的煙霞勝景均已消失得無影無蹤。㉝亦如此，指亦如夢境之虛幻與倏忽變化。《河嶽英靈集》作「皆如是」。㉞謂如東流水之一去不復返。㉟古代隱士、仙人多養白鹿、騎白鹿。《楚辭．九章．哀時命》：「騎白鹿而容與。」《樂府詩集》卷二十九〈古辭．王子喬〉：「王子喬，參駕白鹿雲中遨。」㊱摧眉，低眉、低頭。折腰，彎腰。陶淵明不為五斗米折腰事，歷代傳為美談。事，侍奉。

📖 [鑑賞]

關於〈天姥吟〉的主題，有兩種對立的見解。一種以清代陳沆的《詩比興箋》之說為代表，認為「太白被放以後，回首蓬萊宮殿，有若夢遊，故託天姥以寄意……題曰『留別』，蓋寄去國離都之思」，這實際上是認為夢遊天姥的過程，即長安三年政治生活的委婉反映與幻化。另一種看法，則認為夢境是詩人所嚮往追求的理想境界，是作為汙濁昏暗之政治現實的對立面而展現。兩種看法的根本差異，在於前者認為夢境所反映的仍是現實，只不過是現實的變形，而後者則認為夢境是與現實對立的理想境界；前者認為夢境是對過去生活經歷的回顧與反思，後者認為夢境是對理想境界的嚮往追求。

陳沆的具體闡釋可能失之穿鑿（這也是整部《詩比興箋》的通病），但他把這首詩的創作和李白長安三年的實際政治生活及賜金放還的背景連繫起來，卻很有見識。特別是全詩結尾充分揭示的主旨「安能摧眉折腰事權貴，使我不得開心顏」，如果脫離這個特定背景，就不可能得到充分合理的解釋。但「夢遊」過程中所遇到的各種境界，無論是從境界本身所具的美感，或詩人的感受與態度來看，都明顯可以看出它們的境界絕未帶有否定性，因此，像陳沆那樣，將〈天姥吟〉中的一些描寫，和〈梁甫吟〉中「我欲攀龍見明主，雷公砰訇震天鼓」、「閶闔九門不可通，以額扣關閽者怒」的描述畫上等號，顯然不符合詩人的原意。追求理想境界之說，可能比較接近實際，但似乎不必注入過多的政治內涵。所謂「夢遊」，不管是真有此夢遊經歷或是出於假託虛構，實際上就是描寫精神上的美好經歷和由此引發的感慨。

詩分三段，開頭一段八句，是「夢遊」天姥的緣由。「海客」四句，以「海客談瀛洲」與「越人語天姥」對舉並起，說海上仙山，雖被方士們描繪得極其美妙，但煙濤微茫，實難尋求；而越人所形容的天姥山，雖雲封霧鎖，煙霞繚繞，時隱時現，卻或可一睹其容顏。將天姥山與海上仙山相提並論，言外即含天姥乃人間仙境之意。天姥山在今天並不出名，但在唐代，卻是一座名山。白居易〈沃洲山禪院記〉說：「東南山水，越為首，剡為面，沃洲、天姥為眉目。」可見其在當時人們心目中乃是東南山水的精神靈秀結聚之地。用「雲霓明滅」來形容天姥山，使它蒙上一層神祕的面紗，連同那「或可睹」的「或」字，也帶有幾分隱約朦朧的色彩。李白早年出峽漫遊吳越時，雖說「自愛名山入剡中」，但足跡似未到此山，故而留下懸念和嚮往。

以下四句，便是「越人」所形容的天姥山雄姿。「連天」與「向天橫」，一狀其高峻，一狀其廣大，合起來正具體地顯示出天姥山橫空出世的姿態。吳小如先生說：「『向天橫』三字真是奇崛之至……彷彿連天姥山的恣睢狂肆個性也寫出來了，誠為神來之筆。」不妨說這正是詩人個性的投影與外化。為了盡情渲染天姥山之橫放傑出，詩人不惜違反明顯的地理常識，用極度誇張的筆法，說天姥山的高大雄偉之勢，超越著名的五嶽並蓋過赤城，而高達四萬八千丈的天臺山，也不得不傾伏於它的東南，拜倒在它的腳下。此類形容，倘由其他詩人書寫，當被視為胡言亂語；而在李白，由於他出色的藝術誇飾在讀者中所建立起來的信任感，不但不予追究，反而和「白髮三千丈」、「燕山雪花大如席」等詩句一樣，被視為奇語。解者或引《真誥》天臺一萬八千丈之記載，說「四」乃「一」之誤，殊不必。李白「四萬八千丈」之語，本就是極而言之，以反襯天姥之高峻，何用考證校勘。

從「我欲」句以下二十六句，為第二段，寫「夢遊天姥」所歷，是全詩的主體。「我欲因之夢吳越」句，束上起下，因越人之「語」而有吳越之「夢」。點出「夢」字，呼應題面，帶出下面一大段描寫。妙在緊接著一句「一夜飛度鏡湖月」，立即進入夢境，筆意空靈跳脫，毫不黏滯。「飛度鏡湖月」的形象，不但展現出夢遊者飄然輕舉、行動迅疾的特點，而且帶有遊仙的色彩。「湖月」兩句進一步展現，詩人在鏡湖月色的映照下，飄飄蕩蕩，凌虛而行，倏忽之間，已到剡溪。湖光與月色相互輝映，將詩人的憑虛飛渡之境渲染得既輕靈超妙，又恍惚迷離，完全符合「夢遊」的特點。剡溪一帶，是詩人兼旅行家謝靈運往日曾遊之地，並留下「暝投剡中宿，明登天姥岑」的詩句，因此詩人在夢遊剡溪時，似乎看到當年謝公留宿之處，而且聞見其地綠水蕩漾、清猿長啼的清絕之景。這兩句刻意將夢境寫得十分真切具體，以增強真實感，與前幾句之輕靈飄忽、恍惚迷離正形成鮮明對照，真真幻幻，相得益彰。以上六句為一層，寫夢遊的第一階段登天姥山前所歷。時間是在夜間，所歷之地是鏡湖、剡溪，景物的特點是清朗秀美、幽靜澄潔，詩人的心情是輕快而愉悅的。

「腳著」四句，承上「謝公」，寫夢遊登山過程中所見所聞。上文提到「謝公」，因此這裡寫詩人正沿著當年謝公的足跡，穿著謝公為登山特製的木屐，登上伸展入雲的山路。「半壁見海日，空中聞天雞」二句，時間由夜間進入清晨，地點由剡溪進入天姥山的半山腰，景色則由月夜鏡湖、剡溪的清幽秀美轉為遼闊壯麗，登上半山腰，就看到海上日出的壯麗情景，耳邊似乎傳來空中天雞的鳴聲。天雞之鳴，原是神話傳說，在實際的登山過程中，是不可能聽到的。但在夢遊之境中，卻可將神話傳說中的景象化為真實的情境。化幻為真，正顯夢境的特點，而有了這一筆，夢境的奇幻色彩也顯得更加濃厚。

「千巖」二句，概寫從清晨到傍晚一整天的夢遊賞景歷程。用「千巖萬轉」概寫天姥山之山巒重疊、峰迴路轉，用

「迷花倚石」概括在行進過程中移步換形、目不暇接、或行或坐，並為美景所陶醉的情形，「忽已暝」三字，傳神地表現出在流連賞景的過程中不知不覺夜幕忽已降臨，也傳達出夢境的恍惚迷離。以下便轉入暮景的描寫。

「熊咆龍吟殷巖泉，慄深林兮驚層巔。雲青青兮欲雨，水澹澹兮生煙。」前兩句寫聽覺：暮夜中只聽得熊羆咆哮、虯龍鳴叫，宏大的聲響在山巖泉澗之間震動，使得進入深林、登上峰頂的遊人（詩人自己）感到戰慄和驚懼。天氣也瞬息倏變，白天還是豔陽高照，入夜卻是雲層青黑，低垂湖面，水波動盪，煙氣蒸騰，一派山雨欲來的景象。這四句寫暮夜的驚心動魄、暴雨將臨之景，正是為下面進入幻境作好準備，醞釀氣氛。

「列缺霹靂，丘巒崩摧。洞天石扉，訇然中開。青冥浩蕩不見底，日月照耀金銀臺。」突然之間，電閃雷鳴，山巒崩摧，一聲轟然巨響，通往神仙洞府的石門打開。洞中別有天地，在一望無際的浩闊透澈、不見盡頭的天空中，顯現出為日月照耀得光明璀璨的金銀樓臺、仙境殿闕。這六句由奇入幻、由幻而仙，由驚心動魄而神奇美妙，由昏暗陰霾而光明璀璨，境界鉅變，在讀者面前展現出極其神奇的世界，使人目奪神搖。緊接著，又用濃墨重彩盡情渲染仙境的繽紛熱鬧：一隊隊的仙人，以雲霓為衣，以長風為馬，紛紛自天而降；虎為鼓瑟，鸞為拉車。將神仙世界描繪得既色彩繽紛，又熱鬧非凡，既有塵世之多彩，又有塵世所缺少的自由浪漫、稱心愜意。寫到這裡，「夢遊」進入最高潮，詩也達到筆酣墨飽、淋漓盡致的境界。

以下一段，寫夢醒後的感慨。「忽魂悸以魄動，恍驚起而長嗟。唯覺時之枕蓆，失向來之煙霞。」這四句將夢醒時魂悸魄動和驚醒後的恍然若失描繪得唯妙唯肖，後二句尤為神來之筆：一覺驚醒，身邊唯有孤枕涼簟，而夢中剛歷的一切奇幻變化景象，均已消失得無影無蹤。「煙霞」二字，不獨指天姥山煙霧雲霞繚繞之景，也包括夢中所歷一切不斷變化的境界。這就自然引出下面兩句的感慨：「世間行樂亦如此，古來萬事東流水。」奇妙的夢境忽於頃刻之間消失無蹤，因悟人世間的行樂亦如幻夢、如流水，頃刻消失，永無回時。值得注意的是，詩人將「夢遊」的經歷與「世間行樂」相互比論，可以看出他對夢中所歷的境界並非抱持否定態度，而認為是樂事，只不過它轉瞬即逝罷了，這就和陳沆所說的夢遊即「〈梁甫吟〉『我欲攀龍見明主，雷公砰訇震天鼓』……『閶闔九門不可通，以額扣關閽者怒』之旨」完全相反。實際上，夢遊中所有的「列缺霹靂，丘巒崩摧。洞天石扉，訇然中開」之境與〈梁甫吟〉中的上述象徵性境界具有根本上的差異。前者，是驚心動魄的奇險壯美之境，是出現光明璀璨神仙境界的前奏，詩人對此雖驚心駭目，卻感到無比壯美；而後者，則是現實中昏暗政局和權臣奸邪當道的象徵，詩人對之抱著完全否定的厭憎態度。不能因「列缺霹靂」與「雷公砰訇」貌似而相提並論。更值得注意的是，詩人由夢境的虛幻與人事的倏忽引出的，並不是人生的虛無與幻滅，而是對汙濁現實的厭棄和對封建權貴的蔑視，以及對自由生活的熱烈嚮往。

「別君」以下五句，結合題內「留別」，充分表達齣由「夢遊」引發的感慨。「安能摧眉折腰事權貴，使我不得開心顏」兩句，充分展現出李白追求個性自由精神、張揚「不屈己，不干人」的理想人格和蔑視權貴的叛逆性格，也是全詩的靈魂和結穴。

夢的特點，就是超越時空、自由自在、不受任何拘束。所謂「夢遊」，實質上就是精神的遨遊。詩中所描繪的夢遊所歷之境，或清澄明秀、幽潔靜謐，或高遠壯闊、奇幻恍惚，或昏暗陰霾、驚險幽怖，或驚心動魄、光明璀璨，或繽紛熱鬧、自由浪漫，雖境界層出不窮，變化倏忽，但對詩人來說，都是精神上的自由和解放，即便是「列缺霹靂，丘巒崩摧」那樣的險境，也是精神上的快意歷險。而夢境最後所歷的仙境，則更是精神自由遨遊所遇的最高境界。正因為經歷了如此怡情悅性、驚心動魄的精神遨遊，他才能發出「安能摧眉折腰事權貴，使我不得開心顏」這樣的呼喊。從這層意義上來說，末二句正是「夢遊」的必然邏輯發展和自然歸宿。

李白的七言歌行，都寫得豪放挺拔、恣肆淋漓。其中如〈遠別離〉、〈天姥吟〉、〈蜀道難〉等篇，則更繼承了屈賦的浪漫主義精神和奇幻多變的表現手法，境界屢變、句式參差，而本篇則又在瞬息萬變之中展現出步驟井然的特點，尤其值得重視。

═ 金陵酒肆留別[1] ═

風吹柳花滿店香[2]，吳姬壓酒喚客嘗[3]。金陵子弟來相送[4]，欲行不行各盡觴[5]。請君試問東流水[6]，別意與之誰短長？

📖 [校注]

①李白開元十二年（西元724年）仗劍去蜀，辭親遠遊。其〈上安州裴長史書〉云：「曩昔東遊維揚，不逾一年，散金三十餘萬，有落魄公子，悉皆濟之……又以昔與蜀中友人吳指南同遊於楚，指南死於洞庭之上……遂權殯於湖側，便之金陵。」據詹鍈《李白詩文繫年》，其初遊金陵，在開元十四年。此詩郁賢皓《李白選集》謂「當是初遊金陵將往廣陵時，留贈青年朋友之作，其時當在開元十四年（西元726年）春」。②風吹，宋蜀刻本作「白門」。咸本、蕭本、郭本等均作「風吹」，與《全唐詩》同。③吳姬，吳地女子，此指酒肆中的吳地侍女。壓酒，米酒釀製將熟時，壓榨取酒。朱諫注：「壓酒者，酒熟而汁滓相將，則盛之以囊置槽中，壓以重物，去滓而取汁也。」喚，蕭本作「使」，郭本作「勸」。④金陵子弟，指李白在金陵結交的年輕人。⑤欲行，指詩人自己；不行，指金陵子弟。或解為形容詩人欲行而不忍行的情態亦似可通。⑥試問，宋蜀刻本作「問取」。咸本、蕭本、郭本及《全唐詩》均作「試問」。

[鑑賞]

這首留別詩，寫得極自然流麗，毫不費力，卻具有獨特的瀟灑俊逸風神、充滿青春氣息和樂觀情調的少年精神，與富於展望的時代氣息。

起句「風吹柳花滿店香」便飄然而至，極俊爽而流麗。「風吹柳花」，點明時令，正當暮春三月，柳花飄雪的季節，著一「吹」字，則柳花漫天飛舞的輕盈之態如見。但接下來的「滿店香」三字卻引起諸多歧解。從句式來看，似乎這滿店飄散的就是「風吹柳花」送來的香氣。但有人說，柳花本無香氣；有人則說柳花亦有微香。但縱有微香，亦在依稀彷彿之間，何得云「滿店香」？更有引《唐書．南蠻傳》謂訶陵國以柳花椰子釀酒，則直以「柳花」為「柳花酒」。不僅與「風吹柳花」之語未合，且其時金陵酒肆中亦未必有遠從海外來的柳花酒。膠柱鼓瑟，離原意更遠。其實，詩本易解，「風吹柳花」寫酒肆外柳花漫天飛舞，春意正濃，訴之視覺；「滿店香」寫酒肆內香氣撲鼻，訴之嗅覺。而這「滿店香」的來源，便是第二句「吳姬壓酒喚客嘗」中所說的「壓酒」。時值暮春，春酒已熟，酒肆中好客的侍女面對這一幫風流倜儻的年輕人，特意親自榨酒相待。酒本飄香，更何況新從槽裡榨出來的春酒，再加上有春風吹送，自然是「滿店香」了。如果吹送的是柳花香，則那淡淡的微香恐早就為濃濃的新酒香所掩蓋而聞不到。前人或賞「壓」字之工，那是因為不了解這是當時的俗語之故。其實這句的精采處全在它所營造出來的熱烈而親切氣氛。通常來客，用現成的酒招待即可，此番由吳姬邊壓酒邊飲客，圖的就是新鮮和濃香，就是待客的濃濃情意。「喚」或作「勸」，表面上「勸」似乎更殷勤，實則「喚」卻更親切而隨和，沒有主客間的距離感。總之，前兩句寫「金陵酒肆」內外情景氛圍。如果說第一句寫出對春意和酒香的陶醉，那麼第二句就寫出對店主和吳姬深厚待客情意的陶醉。在這種情景氛圍中，便自然引出行者與送者的盡興行動。

第三句點出來相送的「金陵子弟」，照應題面「金陵」，也暗透被送的詩人自己其時亦當風華正茂的青年時代。兩句寫飲酒的場面，妙在「欲行不行各盡觴」的傳神描寫。或解「欲行不行」為「詩人不得不行而又無限依戀的矛盾心理」，這固然也可通。但一則「各盡觴」的「各」字對應「欲行」與「不行」，如將「欲行不行」解為詩人一人的情態，則不但與「各」字不相應，也與上句「金陵子弟」脫節。二則詩人此時正是意氣風發、行快意之遊的時期，與「金陵子弟」的離別雖有依依之別情，卻無離別愁恨，故詩人自己似乎也不存在欲別而不忍別的心態，還是解為欲行的詩人與不行的金陵子弟為宜。春日麗景，酒香情濃，無論是行者或送者，都充滿對生活的浪漫熱情和對前途的樂觀展望，因此都盡興盡情，而「各盡觴」。總之，這不是滿懷離愁別恨地喝悶酒，而是充滿浪漫情調地盡情暢飲。

五、六兩句說到離別。金陵酒肆應可看到遠處的江水，故這兩句寫別情，即以「東流水」起興並作喻。詩人另有〈口號〉詩云：「食出野田美，酒臨遠水傾。東流若未盡，應見別離情。」末二句設喻與此詩相似，詩中提及「遠水」，當與此詩為同時之作。以流水興起並喻別情，前代詩中已見，李白詩中亦屢用此法，膾炙人口者如〈贈汪倫〉之「桃花潭水深千尺，不及汪倫送我情」。此詩不言「深」而言「長」，自是因「潭」水與「江」水之別而起，而其取眼前景、用口頭語、有弦外音與味外味則同。兩句詩的意思，如正面表達，當為雙方之間的別情，比起眼前的東流水，應是江流短而別情長。但如此表達，不免一副呆相；上引〈口號〉詩的「東流若未盡，應見別離情」也不免此弊。此詩卻用「試問」與不確定的口吻帶出，便頓添搖曳生姿的情致和俊逸靈動的格調，細加吟味，則詩人自己顧盼自如的風姿也顯現出來。詩人與金陵子弟之間的別情，雖未必像他所形容的那樣悠長，但分別之際詩人的這種風姿神態，倒給予人深刻的印象和無窮的遐想。

歸根結柢，這是李白青年時代佩劍遠遊期間，充滿浪漫情調的一次離別。快意之遊中的分別，有別情而無別恨，加上李白特有的超逸瀟灑個性，這首詩遂展現出特有的青春氣息和樂觀情調。透過這一切，繁榮昌盛的盛唐時代風神也隱然可見。

＝ 黃鶴樓送孟浩然之廣陵① ＝

故人西辭黃鶴樓，煙花三月下揚州。孤帆遠影碧空盡②，唯見長江天際流。

🕮 [校注]

①黃鶴樓，故址在今湖北武漢市武昌蛇山的黃鵠磯上。詳參崔顥〈黃鶴樓〉題注。郁賢皓《李白選集》云：「按此詩約作於開元十六年（西元 728 年）暮春。上年秋冬間曾北遊汝海（今河南臨汝），途經襄陽，已與孟浩然結識，故此次於黃鶴樓得稱『故人』。是年孟浩然四十歲，李白二十八歲。」而徐鵬《孟浩然集校注》則謂浩然之廣陵約在開元十五年。傅璇琮主編《唐五代文學編年史》則謂開元二十三年春，李白在武昌，有詩送孟浩然之廣陵。諸說不同，茲並列以備參考。之，往。廣陵，今江蘇揚州市。②影，敦煌殘卷作「映」，宋蜀本一作「映」。空，《全唐詩》原作「山」，宋蜀本同。據胡本、蕭本、郭本等改。

🕮 [鑑賞]

李白的送別詩、留別詩多且好。這跟他一生到處漫遊、廣結朋友而又富於感情的生活經歷、個性特徵密切相關。這首送別詩在他許多同類詩作中之所以特別出名，是因為它不僅藉助情景渾融的境界，表現對友人的深摯情誼，而且透過景物描寫，展現遼闊的空間境界和心靈境界，透露出繁榮昌盛的盛唐時代面貌，從而使它成為不可複製的盛唐氣象典型代表之一。

李白才高性傲，但對比他年長十二歲的詩人孟浩然，卻是從詩品到人品，都敬仰佩服之至。其〈贈孟浩然〉說：「吾愛孟夫子，風流天下聞。紅顏棄軒冕，白首臥松雲。醉月頻中聖，迷花不事君。高山安可仰，徒此揖清芬。」從中可以看出李白對孟浩然，不僅懷有深摯的朋友情誼，而且抱持以深切了解為基礎而形成的敬仰愛慕。這種特殊的關係和感情，使這首送別詩中所抒發的感情特別深摯而悠遠。

起句「故人西辭黃鶴樓」，似乎平平敘起，但徑稱孟浩然為「故人」，卻透露出此前兩人已經結識定交，具有深厚的情誼；也透露出李白對這位心懷敬慕的年長友人，自有不拘年輩的親切感。「西辭黃鶴樓」是唐詩中常見的句法，意即辭別西邊的黃鶴樓而沿江東下。古人送別，多在名勝古蹟之地，且多在高處，黃鶴樓正兼具這兩個特點。它佇立江邊，高聳蛇山之上，是餞別、送遠的極佳地點。點明這個送別之地，後兩句目送孤帆遠去的情景才字字有根。

次句「煙花三月下揚州」，彷彿又只是款款承接，點明題內的「之廣陵」和此行的季節。但細加體會，卻感到其中的每一個詞語和詩歌意象，都浸透濃郁的詩情。用「煙花」來形容「三月」，特別是三月的長江中下遊地區（包含送別之地武昌和孟浩然所遊之地揚州），可以說極簡潔而傳神。「煙」，指在晴空麗日的映照下，籠罩在田野大地、城市鄉村上空的一層輕煙薄霧；「花」，則正是所謂「暮春三月，江南草長。雜花生樹，群鶯亂飛」的景象。「煙」與「花」的組合，使詩人筆下的長江中下遊地區，呈現出一片晴空萬里、煙靄如帶、花團錦簇的明麗燦爛景象。而故人要去的揚州，更是當時除長安、洛陽以外最大的都會，其繁華熱鬧、富庶風流的程度，較之兩京有過之而無不及。張祜〈縱遊揚州〉詩云：「十里長街市井連，月明橋上看神仙。人生只合揚州死，禪智山光好墓田。」杜牧〈贈別二首〉之一云：「春風十里揚州路，捲上珠簾總不如。」從中不難想見，作為商業大都會而又具有江南綺豔風流色彩的揚州，對於生性浪漫詩人的特殊吸引力。詩人心目中的揚州，不僅是繁華富庶之地、溫柔綺麗之鄉，而且是詩酒風流之所。而在「煙花三月」和「揚州」之間的那個「下」字，也就絕不只是點明題內的那個「之」字，而且渲染出放舟長江、乘流直下的暢快氣氛，傳達出故人對此行的淋漓興會，及詩人對揚州的嚮往和對朋友的欣羨。可以說，每一個字都極富表現力，而整個詩句卻又渾然天成，毫無著意雕琢、用力的痕跡。前人譽為「千古麗句」，誠為精準評價。

三、四兩句寫詩人佇立黃鶴樓上目送故人乘舟遠去的情景。第三句一作「孤帆遠映碧山盡」，陸游〈入蜀記〉即引作「孤帆遠映碧山盡」，謂「帆檣映遠山尤可觀，非江行久不能知」。但他忽略了兩點，一是此詩所寫並非江行所見，而是樓頭遠眺所見；二是帆映碧山之景固然可觀，但句末「盡」字無著落，因為既見帆影與碧山相映，則船猶在視野之內，不得云「盡」。還是以作「孤帆遠影碧空盡」為勝。蓋此七字實分三個小的層次，展示的是不同時間內的不同景色，「孤帆」是舟行未遠時所見，友人所乘的帆船猶顯然在目；繼則船漸行漸遠，化為一片模糊的帆影，故曰「遠影」；最後則連這一片模糊的帆影也逐漸消失在遠處無邊無際的碧空之中，此時所見，唯一派浩蕩的長江流向水天相接的遠處而已。「唯見」緊承上句「盡」字，是對上句所寫情景的進一步延伸。「盡」則「孤帆」消失在視線盡頭，「唯見」正是孤帆消失以後視線內所看到的景象，因此兩句之間同樣有段時間落差。然則，三、四兩句從寫景的角度來看，總共有四個不同時間內的景物層次，即從「孤帆」顯然在目到帆影漸遠，再到帆影消失，最後到「唯見長江天際流」。

這看似是純粹的寫景，但其中卻顯然蘊含詩人登眺時目注神馳的情狀，融入詩人對遠去故人深摯悠長的情誼，創造出堪稱典範的情景交融意境。境界遼闊，極富遠神遠韻。武昌以下，長江的江面已經相當寬闊，在一望無際的江漢平原上，視線所及，幾無阻擋（這也可以證明第三句當作「孤帆遠影碧空盡」而不是「孤帆遠映碧山盡」）。在遼闊的江面上，如果長時間登臨賞景，縱目流眺，則所見者或許竟是千帆競發、百舸爭流的繁忙熱鬧景象。但由於詩人是送仰慕的「故人」乘舟東下，因此從一開始，他的目光就鎖定在黃鵠磯邊那艘故人所乘的船上，從看它解纜啟程，順流東去，到它的身影逐漸模糊消失，目之所存，心之所注，始終只有這一個「孤帆」。古代的帆船本就走得慢，武昌以下的一段長江，江闊水緩，從解纜啟程到帆影消失在碧空盡頭，需要經過相當長的一段時間。這樣長時間地始終追隨著這一葉「孤帆」，目不旁及，心不旁騖，神情高度專注，不正反映出詩人對「故人」的情誼之深摯濃至、悠長深永嗎？而與此同時，詩人對故人此行的熱切嚮往之情，也在這長時間追隨的目光中生動地表現出來。「孤帆遠影碧空盡」，這「盡」字中蘊含失落的悵惘；「唯見長江天際流」，這「唯見」之中同樣含有故人遠去的空廓寂寥。但這兩句構成極其遼闊的境界和長江浩蕩東流的雄闊景象，卻又使全詩的格調和境界顯得非常壯闊遼遠，沒有常見於送別詩的黯然銷魂情調。

盛唐送別詩之所以具有這種遼闊壯大的空間境界和心靈境界，歸根結柢，是時代精神浸潤影響所致。因此，它所呈現出來的不是個別的特殊事例，而是共同的時代風貌。從高適的「莫愁前路無知己，天下誰人不識君」，到岑參的「輪臺東門送君去，去時雪滿天山路。山迴路轉不見君，雪上空留馬行處」，到王維的「勸君更盡一杯酒，西出陽關無故人」、「唯有相思似春色，江南江北送君歸」，再到李白的「孤帆遠影碧空盡，唯見長江天際流」，雖表現手法各有不同，而情思境界的遼闊壯大則大抵相同。時代精神作用於詩人的心靈，顯現於詩境，不正顯然可見嗎？

── 渡荊門送別① ──

渡遠荊門外，來從楚國遊②。山隨平野盡③，江入大荒流④。月下飛天鏡⑤，雲生結海樓⑥。仍憐故鄉水，萬里送行舟。

[校注]

①荊門，山名，在今湖北宜都市西北長江南岸。《水經注·江水》:「江水東歷荊門、虎牙之間。荊門山在南，上合下開，其狀似門。虎牙山在北。此二山，楚之西塞也。」《文選·郭璞〈江賦〉》「荊門闕竦而磐礴」李善注引盛弘之《荊州記》曰:「郡西溯江六十里，南岸有山，名曰荊門；北岸有山，名曰虎牙。二山相對，楚之西塞也。荊門上合下開，暗達山南，有門形，故因以為名。」唐汝詢《唐詩解》謂題中「送別」二字疑是衍文，沈德潛《重訂唐詩別裁集》亦謂「詩中無送別意，題中(送別)二字可刪」。詹鍈《李白詩文繫年》記此詩作於開元十三年(西元725年)初出川時。按:「送別」非衍文。②來從，來到。〈晏子春秋·雜上十二〉:「景公夜從晏子飲，晏子稱不敢與。」葛洪《〈抱朴子〉序》:「故權貴之家，雖咫尺弗從也；知道之士，雖艱遠必造也。」荊門以東的地區，戰國時屬楚。③荊門山以東，進入廣大的江漢平原，視野所及，不見高山。意謂隨著平野的出現，江

兩岸的高山終於消失。④大荒，本指荒遠之地，此指荒野，廣闊遼遠的原野。⑤月下，天上的月亮下映水中。天鏡，指映入水中如同明鏡的圓月。⑥海樓，即所謂海市蜃樓。《史記．天官書》:「海旁蜃氣象樓臺。」

📖 [鑑賞]

李白是個一生到處漫遊，遍訪名山大川，以四海為家的詩人，又是對故鄉懷著深厚感情、鄉情鄉思極殷的詩人。這首詩歌作於其青年時代，初出三峽，「仗劍去國，辭親遠遊」途中，就在抒寫他奔向廣闊新天地的舒暢、壯闊、新奇感受的同時，表現深摯的故鄉情懷。掌握這一貫串全詩的感情線索，對題目及詩意才能有切實的感受與理解。

開頭兩句平直敘起，點題內「渡荊門」。渡遠，即乘舟遠渡。荊門山係楚之西塞，亦可視為蜀、楚的分界，遠渡荊門之外，即已進入古楚國的疆域。兩句用以交代行程，但首句的「遠」字，顯然是以故鄉蜀地為出發點，句末的「外」字，也隱含遠在巴蜀之外的意思。讀這首詩，須處處注意到詩人舉凡敘事、寫景、抒情，都離不開蜀地故鄉這個出發點和參照物。同樣，「來從楚國遊」一句也包含離開蜀地故土，來到新天地時的新鮮感和興奮感。

三、四兩句承「荊門外」與「楚國」，寫舟行中所見開闊遼遠景象。荊門以下，是一望無際、蒼茫廣闊的江漢大平原，視線所及，再無山巒，而浩蕩的長江水，也沖出上開下合之荊門山的阻擋，而奔流於廣闊無際的莽莽原野之中。這兩句寫「荊門外」的景象，境界既極壯闊曠遠，而形象尤為生動逼真。客觀的景象本來是山盡而平野展現，詩人卻寫成「山隨平野盡」，彷彿是由於平野展現而使山巒消失。這看來有些不合因果關係的句法，其實正真切地表現出詩人的感受。這就需要連繫蜀國山川和詩人已歷的行程來體會。蜀地多山，所謂「巴山萬嶂」、岷峨積雪。詩人出蜀，又須經著名的三峽，「七百里中，兩岸連山，略無闕處，重巖疊嶂，隱天蔽日」。近千里的行程中，詩人所乘的舟船一直在重重疊疊的峰巒中打轉。直到舟過三峽，越出荊門之外，那一直伴隨著自己的兩岸山巒才忽然從視野中消失，展現在面前的則是一片廣闊無邊的江漢平原，因此才有「山」彷彿「隨平野」而「盡」的感受。也就是說，詩人是以蜀地多山和舟行三峽兩岸層巒疊嶂的經驗為參照，進而感受和描寫眼前所見的新境界。同樣，「江入大荒流」也是如此。本來，奔騰咆哮的長江一直被約束在狹窄的高山峽谷之中，不能自由暢快地奔流，直至出三峽，過荊門，才進入莽莽蒼蒼、一望無際的原野中，江面變得寬闊，得以自由自在地奔流向前。因此，說「江入大荒流」，正透露在此之前的一長段行程中，江流穿行於峽谷高山間的情形。這兩句隱含著與已歷行程的對照，突顯表現詩人「渡荊門」之後眼前豁然開朗，面對極其壯闊曠遠的新境界時，那種舒暢感、新奇感、興奮感。蜀地四面皆山，儘管其中有沃野千里的成都平原，但整體地形格局是封閉的。因此在蜀地生長的詩人，初次出峽進入江漢平原時，總有此種共同感受。陳子昂的〈度荊門望楚〉:「巴國山川盡，荊門煙霧開。城分蒼野外，樹斷白雲隈。」所描繪的豁然開朗、壯闊景色正與李白此詩相似，而「誰知狂歌客，今日入楚來」一聯中所表現的興奮喜悅之情亦與李詩相近。李詩這一聯中的「隨」字、「盡」字，「入」字、「流」字，雖自然渾成，不見用力之跡，卻都極富表現力。既渲染出客觀景物（山、江）的動態感，又透露這是舟行過程中觀賞兩岸、矚目江流時的感受。「隨」、「盡」二字見平野之廣闊無限，「入」、「流」二字見長江之奔流不息。兩句又共同組合成一幅由廣闊莽蒼的平原和寬廣奔流的長江相互映襯的壯闊畫圖，而詩人的身影正處於畫面的中心。

「月下飛天鏡，雲生結海樓。」腹聯仍寫望中所見「荊門外」之景，但與頷聯之旁顧、前瞻不同，是俯視與仰望。一輪圓月映入江水之中，倒影清晰可見，像是一面天上飛來的鏡子在江水中映現。李白在〈峨眉山月歌〉中曾寫過「峨眉山月半輪秋，影入平羌江水流」的景象，「月下飛天鏡」所描繪的景象與之類似，而「飛天鏡」的設喻則表現出兒童般的天真好奇。（試比較其〈古朗月行〉:「小時不識月，呼作白玉盤。又疑瑤臺鏡，飛在青雲端。」）而浩蕩的長江水中清晰可見月亮的倒影，尤見水之清澈。「下」字、「飛」字同樣充滿動感。仰望天上，雲彩變幻，構成一座海市蜃樓。這景象同樣充滿新奇感和動態感。初看這兩句所描繪的景象似與「荊門」沒有必然連繫，但只要連繫詩人峽中所歷，就可明白這裡所描寫的景象絕不可能發生在「重巖疊嶂，隱天蔽日，自非亭午夜分，不見曦月」的七百里三峽舟行途中，只有在「荊門外」的廣闊境界中泊舟時，才能看到廣闊的天宇和雲層變幻，看到升天的圓月映入水中的情景。這一聯寫到圓月映水，時間當已入夜，因此與頷聯之舟行過程中所見不同，當是泊舟江邊時所見。如是行舟，則水中月影因江水的奔流，應當不能如此清晰完整。

頷、腹兩聯，分寫「荊門外」日間行舟時旁顧前瞻所見，與夜間泊舟時俯視仰觀所見。「渡荊門」的題意已經寫足。尾聯乃轉而連繫題內「送別」二字。但這個「送別」卻不同於一般意義，並非以自己為送別主體、別人為送別對象，而是以自己為送別對象。那麼，誰是送別的主體呢？就是這「故鄉水」。回顧來路，這才發現，原來一直不遠萬里，送自己的行舟歷三峽、出荊門的長江流水，就是自己蜀地故鄉的水啊！「荊門」既為楚之西塞，蜀、楚的分界，在詩人意念中，也成了蜀江與楚江的分界。明朝離荊門東去，舟行所經之水就不再是「故鄉水」了。因此，詩人想像，「故鄉水」送自己這個遠赴天涯的遊子於荊門，就要與自己告別，而自己也即將與「故鄉水」辭行，奔向廣闊的天地。這兩層意思，都蘊含在「仍憐故鄉水，萬里送行舟」這充滿深情的詩句中。題目的含意，完整表達應該是「渡荊門與故鄉水告別」。或者換一種說法，「渡荊門故鄉水送別」。將純屬自然物的江水人格化，將它描繪成懷著繾綣深情，遙送客子、具有靈性的事物，正深刻表現詩人無限眷戀著養育自己的蜀地故鄉。

對廣闊壯美之新天地的強烈嚮往，以及初出荊門時放眼眺望廣闊壯美境界時產生的舒暢感、興奮感、新奇感，與對故鄉山水的深長懷戀，在這首詩中以「江水」為中心主軸，被水乳交融地融在一起。詩的意境既闊大壯美，又纏綿宕往，兼具氣勢雄放與情韻悠長之美。這正是李白感情世界中看似矛盾實則和諧統一的兩面。如果在告別故鄉時沒有這一結，不但詩的情韻為之大減，李白也就不成其為李白了。

送陸判官往琵琶峽[1]

水國秋風夜[2]，殊非遠別時。長安如夢裡，何日是歸期？

[校注]

①判官，唐代節度使、觀察使幕的僚屬。陸判官，名未詳。琵琶峽，在今重慶市巫山縣。《方輿勝覽》卷五十七：「琵琶峰在巫山，對蜀江之南，形如琵琶。此鄉婦女皆曉音律。」郁賢皓《李白選集》謂此詩疑亦天寶六載（西元747年）於江南所作。②水國，猶水鄉。劉宋顏延之〈始安郡還都與張湘州登巴陵城樓作〉:「水國周地險，河山信重複。」孟浩然〈洛中送奚三還揚州〉:「水國無邊際，舟行共使風。」羅鄴〈雁〉:「暮天新雁起汀洲，紅蓼花開水國秋。」一般多指江南水鄉。此詩送行之地，當為長江下游某個濱江之地。

[鑑賞]

這首詩絕大多數李詩選本都棄而不選，更不用說通代的唐詩選本。其實它確如前人所評:「語短意長，是五言絕妙境也。」陸判官其人，情況不詳，李白詩中僅此詩提及，兩人之間未必有深厚的交誼。這次往琵琶峽，可能僅為一次普通的探親訪友之行，背景未必是評論家所猜測的謫宦遠貶。

詩寫得也很隨意，彷彿是送行之際信口拈成的「口號」詩。但卻寫得情韻悠長、風神搖曳，經得起反覆吟味。它和〈贈汪倫〉一類詩一樣，都屬於天籟式的作品，卻比〈贈汪倫〉更饒情韻，更具含蓄的韻致。

起句「水國秋風夜」，淡淡道出送別的時（秋風夜）與地（水國），彷彿極平常而不經意。但這三個看似平常而含意虛泛的詩歌意象的巧妙組合，卻傳達出濃郁的氛圍。「水國」的意象，雖泛稱江南水鄉，但它給人帶來的聯想，則是整個江南水鄉澤國那種清新秀美、明麗天然的風韻和柔和潤澤的色調，而「水國」的「秋風」之「夜」，則又透出輕靈飄逸、清涼沁人的韻致和朦朧含蓄的氛圍。這三種意象組成的氛圍，既極具清逸柔美的情韻，又帶有一點孤寂悽清的意涵。這一典型氛圍，正為這場普通的離別營造出濃郁的氣氛。

次句「殊非遠別時」，由上句的氛圍渲染轉而直接抒情。「殊非」二字強調的意涵很強烈，彷彿可以聽到詩人在江邊送別友人時深長的嘆息聲。為什麼「水國秋風夜」、「殊非遠別時」呢？一是因為水國秋風之夜，有種特有的美，如此良宵，正應與朋友相聚，或月下泛舟，或對酒共酌，或對床夜話，共享如此良夜，豈能「遠別」；二是由於「水國秋風夜」所特有的孤寂悽清情調，人更需友情的溫暖和撫慰，當此之際，自然殊非遠別之時。這兩方面的原因，相反相成，都強調表明「殊非遠別時」。但詩人並沒有直接說明具體緣由，而是以詠嘆筆調渾淪道出，因此顯得既含蓄而又渾成。

三、四兩句，按通常的寫法，似應續寫對方的去路或自己對友人的思念，但詩人卻撇開這種俗套，出人意料地反過來直抒自己的情懷：「長安如夢裡，何日是歸期？」李白自天寶三載（西元 744 年）被「賜金還山」，離開長安後的相當長一段時間內，對長安的思念悠長而執著。其〈長相思〉云：「長相思，在長安。絡緯秋啼金井闌，微霜悽悽簟色寒。孤燈不明思欲絕，卷帷望月空長嘆。美人如花隔雲端，上有青冥之高天，下有淥水之波瀾。天長地遠魂飛苦，夢魂不到關山難。長相思，摧心肝。」這正是所謂「長安如夢裡」。隨著時間的消逝，詩人重歸長安、再為近臣的希望越來越渺茫，因此他不得不發出「何日是歸期」的深沉慨嘆。「長安宮闕九天上，此地曾經為近臣」的經歷已成為不可重歷的幻夢。「聖朝久棄青雲士，他日誰憐張長公」的一線希望也終於落空，只能空自慨嘆歸期之無日。

從詠嘆「水國秋風夜，殊非遠別時」，到慨嘆「長安如夢裡，何日是歸期」，從遠別之難受到歸京之無望，中間明顯有思緒的跳躍。乍讀似感前後幅之間缺乏過渡串聯。實則，前後幅之間有一條潛在的引線，這就是因「水國秋風夜」與友人遠別引起孤寂悽清感。朋友遠去，客中送客的自己又多了一分羈旅的孤寂悽清況味。在這種情況下，想到昔日在長安為近臣時的榮耀和熱鬧，不免有天上人間之隔的感喟。而奸邪當權，浮雲蔽日，朝政日非，羈泊水國秋風中的自己只能嘆息「長安如夢裡，何日是歸期」。但詩中亦不點明這條引線，只讓讀者自己涵泳玩索。這又是一層含蓄。

李白是主觀色彩極鮮明的詩人。即使在送別詩這種通常要側重描寫被送者的行蹤、境遇、心情的詩歌體制中，李白也總是打破常規，只寫自己當下的感情意緒，將送別詩寫成自我抒情的詩。這正是李白送別詩的藝術特質。

整首詩除開頭一句寫景外，其餘三句均為直接抒情。但讀後卻感到全詩都沉浸在「水國秋風夜」的氛圍和如夢似幻的情調之中。加上詩音調極具詠嘆的韻味，其間又綴以「殊非」、「何日」等詞語，讀來便更感到其風神搖曳、情韻悠長。

═ 宣州謝朓樓餞別校書叔雲① ═

棄我去者昨日之日不可留，亂我心者今日之日多煩憂。長風萬里送秋雁，對此可以酣高樓②。蓬萊文章建安骨③，中間小謝又清發④。俱懷逸興壯思飛⑤，欲上青天覽明月⑥。抽刀斷水水更流，舉杯銷愁愁更愁。人生在世不稱意，明朝散髮弄扁舟⑦。

[校注]

①此詩詩題《文苑英華》卷三百四十三作〈陪侍郎叔華登樓歌〉，題下注：「集作〈宣州謝朓樓餞別校書叔雲〉。」日藏宋本題下注：「一作〈陪侍御叔華登樓歌〉。」宣州謝朓樓，即宣州陵陽山北樓。南齊詩人謝朓任宣城太守時所建。又名謝朓北樓、謝公樓。校書，校書郎。唐代祕書省有校書郎八人，正九品上；門下省弘文館亦有校書郎二人，從九品上。校書叔雲，校書郎李雲。據《新唐書‧宗室世系表下》，道王房有道孝王元慶曾孫名雲。李白有〈餞校書叔雲〉詩云：「少年費白日，歌笑矜朱顏。不知忽已老，喜見春風還。惜別且為歡，裴回桃李間。看花飲美酒，聽鳥臨晴山。向晚竹林寂，無人空閉關。」可證李白確與任校書郎之李雲有交誼。但二詩一曰「春風」、「桃李」，一曰「秋雁」，顯非同時之作。今之學者多謂題當從《文苑英華》作〈陪侍御（「郎」字誤）叔華登樓歌〉。詹鍈《李白詩文繫年》記此詩作於天寶

十二載（西元 753 年），考曰：「此詩《文苑英華》題作〈陪侍郎叔華登樓歌〉，當以『一作』（〈陪侍御叔華登樓歌〉）為是。按詩云：『蓬萊文章建安骨，中間小謝又清發。』則所登者必係謝朓樓無疑也。《舊唐書．李華傳》：『天寶中登朝為監察御史，累轉侍御史……賊平，貶撫州司戶參軍……遂屏居江南……上元中，以左補闕、司封員外郎召之……稱疾不拜。』獨孤及〈趙郡李華集序〉：『（天寶）十一年，拜監察御史，會權臣竊柄，貪猾當路，公入司方書，出按二千石，持斧所向，郡邑為肅。為奸黨所嫉不容於御史府，除右補闕。』三者所記稍有出入，然此詩之作必在天寶十一載以後無疑也。」郁賢皓《李白選集》亦同此說，謂此詩當是天寶十二、三載（西元 753、754 年）秋在宣城作。可參考。②酣高樓，酣飲於高樓（指謝朓樓）。③蓬萊，東海中三神山之一。傳仙家之幽經祕錄藏於此山，故東漢時將中央政府藏書處東觀稱為道家蓬萊山。此借指供職祕書省的校書郎李雲。建安骨，建安風骨的簡稱。句意謂校書郎李雲的文章有建安風骨。《後漢書．竇章傳》：「其時學者稱東觀為老氏藏室，道家蓬萊山。」蓬萊，《文苑英華》一作「蔡氏」，指蔡邕。④小謝，指南齊詩人謝朓，相對於劉宋詩人謝靈運稱「大謝」而言。此係詩人自指。清發，清新秀發。《南齊書．王融謝朓傳》：「朓字玄暉，少好學，有美名，文章清麗。」⑤逸興，超逸豪邁的意興。壯思，豪壯的情思。⑥覽，通

「攬」，摘取。⑦散髮，去掉冠簪，隱居江湖。《文選．張華〈答何劭〉》：「散髮重陰下，抱杖臨清渠。」張銑注：散髮，言不為冠所束也。弄扁舟，暗用范蠡佐越王勾踐滅吳後，乃「乘扁舟浮於江湖」事，見《史記．貨殖列傳》。

[鑑賞]

此詩發端既不寫樓，更不敘別，而是陡起壁立，直抒鬱結。「今日之日」與「昨日之日」，是指許許多多個棄我而去的「昨日」和接踵而至的「今日」。也就是說，每一天都深感日月不居、時光難駐，心煩意亂，憂憤鬱邑。這裡既蘊含「功業莫從就，歲光屢奔迫」（〈淮南臥病書懷寄蜀中趙徵君蕤〉）的精神苦悶，也熔鑄著詩人對汙濁政治現實的感受。他的「煩憂」既不自「今日」始，他所「煩憂」者也非指一端。不妨說，這是對他長期以來政治遭遇和政治感受的藝術概括。憂憤之廣泛、強烈，正反映出天寶中期以來朝政愈趨腐敗和李白個人遭遇愈趨困窘。理想與現實的尖銳對立引起強烈精神苦悶，在這裡找到適合的表現形式。破空而來的發端，重疊復沓的言辭（既說「棄我去」，又說「不可留」；既言「亂我心」，又稱「多煩憂」），以及一氣鼓盪、長達十一字的句式，都極生動具體地顯示出詩人鬱結之深、憂憤之烈、心緒之亂，以及一觸即發，發則不可抑止的感情狀態。

三、四兩句突作轉折，面對著寥廓明淨的秋空，遙望萬里長風吹送鴻雁的壯美景色，不由得激起酣飲高樓的豪情逸興。這兩句在讀者面前展現出一幅壯闊明朗的萬里秋空景象，也顯示詩人豪邁遼闊的胸襟。從極端苦悶忽然轉到朗爽壯闊的境界，彷彿變化無端，不可思議。但這正是李白之所以為李白的原因。正因為他素懷遠大的理想抱負，又長期為黑暗汙濁的環境所壓抑，所以隨時都嚮往著可以自由馳騁的廣大空間。目接「長風萬里送秋雁」之境，不覺精神為之一爽，煩憂為之一掃，感到心、境契合的舒暢，酣飲高樓的豪情逸興也就油然而生。

五、六兩句因詩題有〈宣州謝朓樓餞別校書叔雲〉與〈陪侍御叔華登樓歌〉之差異，而有不同的理解。按前題，則這兩句係承高樓餞別分寫主客雙方。東漢時學者稱東觀（政府的藏書機構）為道家蓬萊山，唐人又多以蓬山、蓬閣指祕書省。李雲是祕書省校書郎，因此這裡用「蓬萊文章」借指李雲的文章，「建安骨」，指剛健遒勁的「建安風骨」。上句讚美李雲的文章風格剛健；下句則以「小謝」自指，說自己的詩像謝朓那樣，具有清新秀發的風格。李白非常推崇謝朓，這裡自比小謝，正流露出對自己才能的自信。這兩句自然地連繫了題目中的「謝朓樓」和「校書叔」。按後題，則這兩句承高樓餞別寫縱酒高談的內容。「蓬萊文章」借指東漢文章。「建安骨」，指建安時期的詩文風格剛健。下句則提及小謝詩清新秀發的風格。李白推崇謝朓，在謝朓樓談到謝朓，正是「在地風光」。

七、八兩句就「酣高樓」進一步渲染雙方的意興。說彼此都懷有豪情逸興、雄心壯志，酒酣興發，更是飄然欲飛，想登上青天去攬取明月。前面方寫晴晝秋空，這裡卻說到「明月」，可見後者當非實景。「欲上」云云，也說明這是詩人酒酣興發時的豪語。豪壯與天真，在這裡得以和諧地融合，這正是李白的特性。上天攬月，固然是一時興到之語，未必有所寓託。但這飛揚健舉的形象，卻讓人清楚感覺到詩人對高遠理想境界的嚮往追求。這兩句筆酣罷絕，淋漓盡致，把面對「長空萬里送秋雁」的境界時所激起的昂揚情緒推向高潮。彷彿現實中的一切黑暗汙濁都一掃而空，心頭一切煩憂都已忘到九霄雲外。

然而詩人的精神儘管可以在幻想中遨遊馳騁，身體卻始終被羈束在汙濁的現實之中。現實中本不存在「長風萬里送秋雁」這種可以自由飛翔的天地，他所看到的只是「夷羊滿中野，菉葹盈高門」（〈古風〉五十一）這種可憎的局面。因此，當他從幻想中回到現實裡，就更強烈地感受到理想與現實的對立不可調和，而更加重內心的煩憂苦悶。「抽刀斷水水更流，舉杯銷愁愁更愁」一落千丈之後再度大幅轉折，這正是在這種情況下會必然出現的。「抽刀斷水水更流」的比喻，奇特而富於獨創性，同時又自然貼切而富有生活氣息。

謝朓樓前，就是終年長流的宛溪水，不盡的流水和無窮的煩憂之間，本就極易產生聯想，因而很自然地由排遣煩憂的強烈願望中引發出「抽刀斷水」的想法。由於比喻和眼前景色連繫密切，從而使它多少帶有「興」的意涵，讀來便感到自然天成。儘管內心的苦悶無法排遣，但「抽刀斷水」這個動作性強烈的細節卻生動地顯示出詩人力圖擺脫精神苦悶的希望，這就和沉溺於苦悶而不能自拔，以至陷於頹廢有別。

「人生在世不稱意，明朝散髮弄扁舟。」李白的理想與現實的對立，在當時歷史條件下，是無法解決的。因此他總是陷於「不稱意」的苦悶之中，而且只能找到諸如「散髮弄扁舟」一類的出路。這結論當然不免有些消極和無奈，但其中也多少包含不與當權統治者同流合汙，嚮往自由生活的情緒。

李白的可貴之處在於，儘管他在精神上承受著苦悶的重壓，但並沒有因此放棄對高遠理想境界的追求，詩中仍然貫注著豪邁慷慨的情懷。「長風」二句與「俱懷」二句，更像是在悲愴的樂曲中奏出高昂樂觀的音調，在黑暗的雲層中露出燦爛明麗的霞光。「抽刀」二句，也在抒寫強烈苦悶的同時，表現出倔強的性格。因此，整首詩給人的感覺不是陰鬱絕望，而是憂憤苦悶中顯現出豪壯雄放的氣概。這說明詩人既不屈服於環境的壓抑，也不屈服於內心的重壓。

思想感情瞬息萬變、波瀾迭起，藝術結構騰挪跌宕、跳躍發展，此兩者在這首詩裡被完美地融為一體。全詩一開頭就突起波瀾，揭示出鬱結已久的強烈精神苦悶；緊接著，卻完全撇開「煩憂」，放眼萬里秋空，從「酣高樓」的逸興，到「覽明月」的壯舉，扶搖直上九霄。然後卻又迅即從九霄跌落苦悶的深淵。直起直落，大開大合，沒有任何承接過渡痕跡。這種起落無端、斷續無跡的結構，最宜表現詩人因理想與現實的尖銳對立，而產生急遽變化的情緒。

自然與豪放和諧結合的言語風格，在這首詩裡也表現得相當突出。必須有李白那樣廣大的胸襟抱負、豪放坦率的性格，又有高度駕馭言語的能力，才能達到豪放與自然和諧統一的境界。這首詩的開頭兩句，簡直像散文語言，但卻一氣流注，充滿豪放健舉的氣勢。「長風」二句，境界壯闊，氣概豪放，言辭則高華明朗，彷彿脫口而出。這種自然豪放的言語風格，也是這首詩雖極寫煩憂苦悶，卻並不陰鬱低沉的原因之一。

＝ 下終南山過斛斯山人宿置酒① ＝

暮從碧山下，山月隨人歸。卻顧所來徑②，蒼蒼橫翠微③。相攜及田家④，童稚開荊扉⑤。綠竹入幽徑，青蘿拂行衣⑥。歡言得所憩⑦，美酒聊共揮⑧。長歌吟松風⑨，曲盡河星稀⑩。我醉君復樂，陶然共忘機⑪。

[校注]

①終南山，在陝西西安市南，又稱南山。斛斯，複姓。山人，隱居山中的士人。王勃〈贈李十四〉之一：「野客思茅宇，山人愛竹林。」瞿蛻園、朱金城《李白集校注》：「杜甫〈過斛斯校書詩〉自注云：『老儒艱難時病於庸蜀，嘆其歿後方授一官。』《全唐詩》引《英華》注云：『即斛斯融。』杜又有〈聞斛斯六官未歸〉詩，其中有『走覓南鄰愛酒伴』，自注：『斛斯融，吾酒徒。』未知斛斯山人即其人否。」詹鍈《李白詩文繫年》記此詩作於天寶三載（西元 744 年），郁賢皓《李白選集》則「疑是初入長安隱居終南山時作」，約開元十九年（西元 731 年）。②卻顧，回顧。③翠微，本指青翠掩映的山腰幽深處。《爾雅．釋山》：「未及上，翠微。」郭璞注：「近上旁陂。」郝懿行義疏：「翠微者……蓋未及山頂孱顏之間，蔥鬱葐蒕，望之谸谸青翠，氣如微也。」句意謂從終南山頂下來，回望所經過的道路，只見一抹蒼茫的暮靄橫亙在青翠山巒前深處。④田家，指斛斯山人所居。⑤

荊扉，以荊為門戶，猶柴門。⑥徑，宋本作「梭」。梭指「籬笆」。青蘿，即女蘿，地衣類植物。多附生於松樹上，呈絲狀下垂。故人經過時可拂衣。⑦得所憩，得到休息止宿之處。⑧揮，本指振去餘酒，此指傾杯盡興而飲。⑨吟松風，吟唱〈風入松〉曲。按：琴曲有〈風入松〉曲。⑩河星，銀河中的眾星。⑪陶然，歡樂陶醉貌。忘機，消除機巧之心。指甘於淡泊，與世無爭。

[鑑賞]

這首五言古詩描寫詩人在長安期間，遊終南山後夜宿友人家的愉快經歷。作詩的時間，有初入長安與二入長安兩種不同說法，對理解詩意影響不大。從末句「陶然共忘機」來看，詩人此時對長安生活中所歷的「機巧」已有所感受並感到厭倦，則繫於二入長安期間可能更妥當。

開頭四句寫「下終南山」所歷所見。「暮從碧山下」五字，是這一節的主句。明寫下山的歷程，而此前登上山頂，縱目遊眺，流連忘返，至暮方下的情景可以想見。「碧山」指青翠碧綠的終南山。拈出「碧」字，下面的「蒼蒼」、「翠微」乃至「綠竹」、「青蘿」、「松風」方字字有根。整個終南山，便是一片和諧的綠色世界。這統一的色調，對於「厭機巧」的詩人乃是心靈的熨帖與撫慰。在下山的過程中，隨著暮色加深，一輪明月升上天空，映照著下山的詩人。「山月隨人歸」固然是月下行人的錯覺，卻是極真切的感受。著一「隨」字，用極平淡而渾樸的言辭，將山月寫得極富人情味，洋溢著天真的童趣，透露出人與自然的親切和諧。像這樣精練生動而又隨意揮灑的詩句，只有在陶詩裡才能讀到。

「卻顧所來徑，蒼蒼橫翠微。」妙在下山途中那不經意地回頭一望，卻只見下山時經過的一片青翠的山巒和路徑，此刻已經籠罩在一抹蒼茫的暮靄之中。「橫」字極精當，顯示出蒼茫的暮靄正如一條飄帶，橫亙在半山腰上，具有飄逸流動的美感，而詩人目光隨意橫掃之態也從中可見。這種景象，下山途中回望常見，一般人不太注意及此，即使注意到，也不會感受到其中蘊含的詩意，而且捕捉到這動人的一剎那，將它定格在詩中，遂成一種典型的詩境。這裡，不僅有景物本身的特有美感，而且流動著詩人意外發現這種美之境界的喜悅。從景物變化中，透露出暮色加深。這便自然引出下一節的「過斛斯山人宿」。

「相攜」四句，寫與友人相攜至其田莊所見。「相攜」二字，或許透露出斛斯山人是與詩人一同登山，又相攜回到他所住的田家，但也可能是詩人登山前已約好下山後過訪其家，特地在路旁相候，而相攜至家。不管屬於哪種情況，都透出主人的熱情好客、真誠樸摯。不僅主人好客，連家中的孩子也早知有客人到來，趕緊打開柴門，迎接來客。這兩句頗有陶淵明〈歸去來兮辭〉中「童僕歡迎，稚子候門」的韻味，但那是回到自己久別的家，而這裡則給予人雖非自己的家卻有歸家之感。「綠竹」二句，寫至田家所見。「綠竹入幽徑」固然可理解為「入綠竹之幽徑」（因與下句對文而改變句式），但理解為綠竹隨意叢生，有的竟侵入到幽徑之中，似乎更具山居野趣。而松樹上垂掛的青蘿，也像在歡迎來客，輕拂行人的衣裳。兩句寫景，清幽中透出野趣和生機，「拂」字尤具親切感，與主人的情意融為一體。

「歡言」以下六句，寫主人留宿置酒的情景。遊了一天的山，感到有些疲倦，在這種情況下，既有如此幽美的山居可以休息，又有主人的熱情交談和美酒助興，心情之愉悅愜意自不待言。「歡言得所憩，美酒聊共揮」二句將這份自在與愜意表現得恰到好處。如果說，「得」字傳達出輕鬆和喜悅，那麼「聊」字則傳達出不拘客套的親切和隨意。而「揮」字則生動表現出共飲時的淋漓酣暢。

「長歌吟松風，曲盡河星稀。」酒酣興濃，非長歌不足以騁懷盡興，不覺高歌一曲。「吟松風」既可理解為吟唱〈風入松〉曲，也可理解為歌吟之聲與風吹松濤之聲相和，二者可以相容兼具。一曲吟罷，萬籟俱息，仰望天穹，但見銀河橫斜，星斗已稀，時間不知不覺間已到深夜。上句寫酒酣之際的高歌長吟，淋漓盡致；下句寫酒盡之後的靜寂，情韻深長。

「我醉君復樂，陶然共忘機。」最後兩句，主客雙收，「忘機」二字點出此遊此訪此飲的整體感受，是全詩的精神意旨所在。詩人遊山賞景，訪友歡談，飲酒長歌，所得到的整體感受，就是人與自然、人與人、人與內心的自然和諧，一切紛繁的塵俗之事、一切內心的紛擾都消失無蹤，這正是篇末點睛之處所說的「陶然共忘機」。

這首詩的藝術風格確如前人所評，有神似陶詩之處。這主要展現在詩中所表現的人與自然、人與人、人與內心關係的和諧這個出發點，和詩歌語言的樸素自然、情味雋永方面。但細加品味，仍能感受到與陶詩的區別。詩在寫景敘事中所透露出的飄逸瀟灑、俊朗明快的意致，以及顧盼自賞的風神，就是陶詩所無而為李白所獨具的。這在「綠竹」二句以及「歡言」以下六句中表現得尤為明顯。

═ 把酒問月[1] ═

青天有月來幾時？我今停杯一問之。人攀明月不可得，月行卻與人相隨。皎如飛鏡臨丹闕[2]，綠煙滅盡清輝發[3]。但見宵從海上來，寧知曉向雲間沒？白兔擣藥秋復春[4]，嫦娥孤棲與誰鄰[5]？今人不見古時月，今月曾經照古人。古人今人若流水，共看明月皆如此。唯願當歌對酒時[6]，月光長照金樽裡。

📖 [校注]

①題下自注：「故人賈淳令予問之。」賈淳，生平事蹟不詳。②飛鏡，飛升的明鏡。李白〈古朗月行〉：「小時不識月，呼作白玉盤。又疑瑤臺鏡，飛在青雲端。」臨，照臨。丹闕，紅色宮門，此指長安宮闕。③綠煙，指蒙在月亮上的一層薄薄煙霧，因月光映照，故呈綠色。滅盡，散盡。清輝，月亮的清光。④《楚辭・天問》：「夜光（指月）何德，死則又育？厥利維何，而顧菟在腹？」王夫之《楚辭通釋》：「顧菟，月中暗影似兔者。」古代神話謂月中有玉兔擣藥。漢樂府〈董逃行〉：「玉兔長跪擣藥蝦蟆丸。」傅玄〈擬天問〉：「月中何有？玉兔擣藥。」⑤嫦娥，神話中的月中仙子。《淮南子・覽冥訓》：「羿（后羿）請不死之藥於西王母，姮娥竊以奔月。」因避漢文帝劉恆名諱改「姮」為「嫦」。⑥曹操〈短歌行〉：「對酒當歌，人生幾何？」當，即「對」。

📖［鑑賞］

早在屈原的〈天問〉中，充滿懷疑和批判精神的天才詩人就在關於「天」的一系列問題中提出過這樣的疑問：「日月安屬？列星安陳？出自湯谷，次於濛汜。自明及晦，所行幾里？夜光何德，死則又育？厥利維何，而顧菟在腹？」對有關月亮陰晴圓缺變化的傳說提出疑問。但這只是一百七十多個關於宇宙和社會歷史問題中的一小部分。初盛唐之交的張若虛在其〈春江花月夜〉中則進一步展開關於江月與人生富有哲理與詩情的遐想：「江畔何人初見月，江月何年初照人？人生代代無窮已，江月年年望相似。不知江月待何人，但見長江送流水。」但這僅是全篇對美好春江花月夜之情景人事描寫的一部分（儘管這個部分對全詩意境昇華有重要的作用）。將「問月」作為全詩的主體，而且和「把酒」連繫起來，將對宇宙自然現象的純理性探索，化為充滿好奇乃至童趣的發問；將悠遠的詩意遐想沉思，變為充滿瀟灑豪放情調的抒情，則是李白的創造。

這首詩不但有很李白風格的題目「把酒問月」，將李白平生最喜愛的兩種事物（月亮和酒）連在一起，以便突顯其兩美兼具的淋漓興會和瀟灑飄逸的詩仙情懷；而且有極饒童趣的題注「故人賈淳令予問之」。月本無知，問亦徒然，而這位故人自己不發問，偏令李白問之，言外自含唯天真的李白能問，唯把酒微醺的李白宜問。看來，這個詩題和題注已經把詩的基調定下來了。

「青天有月來幾時？我今停杯一問之。」劈頭一問，就問到問題的根本：什麼時候開始，這青天中才有了一輪明月？現代科學對地球的衛星月亮的生成年代雖已有大體可信的推斷，但在詩人生活的年代，絕對是個神祕不可知的問題。月何言哉！詩人亦並不要求作答。故雖問，而問得瀟灑隨意，問得搖曳生姿。

「人攀明月不可得，月行卻與人相隨。」這兩句就月與人的關係抒感，而疑問之意包含其中。月亮高掛中天，明亮皎潔，「欲上青天覽明月」是富於童心的詩人常懷的奇想，但那是辦不到的，月亮彷彿永遠那樣神祕、遙遠、望而難即。但月亮的運行，卻又好像與人的腳步緊緊相隨，人走到哪裡，月亮就將它的清光灑向哪裡。兩句從兩個不同側面寫月與人的關係，在詩人心目中，月既高不可攀，又近在咫尺；既神祕莫測，又親切多情。在相互對照中，將詩人對月亮既仰慕又親近的感情妥善地表達出來。這兩種對月的感情，都帶有明顯的童趣，也都帶有李白式的天真。或有疑此二句無問意者，其實對這兩種似乎相反現象的不解就隱寓在其中。

五、六兩句，專寫月臨中天，光照人間之美。月亮像一面皎潔的飛鏡，照臨人間的丹闕宮殿，當蒙在它上面的雲彩散去之後，清輝頓時灑滿大地。「綠煙」二字，彷彿奇特突兀，實則即「彩雲追月」之「彩雲」，因月映其上，加上青天的映襯，常給予人鮮明的色彩感，故有「碧雲」、「綠煙」、「彩雲」一類的形容。兩句描繪出月臨中天時光明皎潔的世界。它本身並無問意，問月之意在下兩句：「但見宵從海上來，寧知曉向雲間沒？」上兩句寫月臨中天，已暗含月之運行，此二句即對月之「宵從海上來」、「曉向雲間沒」的運行現象表示不解。這背後隱藏的又是極饒童趣的問題：從「曉」到「宵」這一整天時間中，月亮究竟到哪裡去了。後來大詞人辛棄疾就將這層疑問演化成一闋「〈天問〉體」的〈木蘭花慢〉詞：「可憐今夕月，向何處、去悠悠？是別有人間，那邊未見，光影東頭？是天外空汗漫，但長風浩浩送中秋？飛鏡無根誰繫？姮娥不嫁誰留？謂經海底問無由，恍惚使人愁。怕萬里長鯨，縱橫觸破，玉殿瓊樓。蝦蟆故堪浴水，問云何玉兔解沉浮？若道都齊無恙，云何漸漸如鉤？」李白想到的、未想到的一切疑問，辛棄疾都代為道出了。

「白兔」二句，就有關月亮的兩則神話傳說發問：白兔年復一年地搗藥，什麼時候才是盡頭？嫦娥孤孤單單地棲守月宮，有誰和她做伴？上兩句是對月亮運行情況的疑問，這兩句則是對月亮內部事物的疑問，其中都包含著對神祕月亮的好奇。而這兩句在字裡行間還散發出對清寂孤單之玉兔和嫦娥的同情。後來杜甫的「斟酌嫦娥寡，天寒奈九秋」和李商隱的〈嫦娥〉都循著「嫦娥孤棲」的思路進一步展開詩意的遐想。

以上六句，均從月亮本身發問。從「今人」句開始，又遙承「人攀明月」二句，回到月與人的關係上來。但角度則從人與月關係的親疏遠近，轉為人與月在時間上孰更久遠。「今人不見古時月，今月曾經照古人。」兩句以月之古今與人之古今對舉，互文見意。月亮今古長存，宵升曉沒，亙古如斯，而人則古今更迭，代代相續，故說「今人不見古時月」，言外自含「古人不見今時月」之意；而「今月」實同「古月」，故說「今月曾經照古人」，言外亦含「古月依然照今人」之意。表面上，這似乎有點像繞口令，實則在古與今、人與月的對照中已悄悄寓含自然永恆與人生短暫的意涵。由於詩人用這種輕快流利的語調和巧妙的構思來表達，因此讀來自會感到詩人是用平和輕鬆的心態來對待人生短暫和自然永恆這一對立的，這就和「年年歲歲花相似，歲歲年年人不同」的無奈與感傷有別。

「古人今人若流水，共看明月皆如此。」這兩句進一步將上兩句蘊含的意涵和態度挑明：古人和今人就像先後相續的流水一樣，代代相傳，而無論是古人還是今人，所面對的卻都是同一輪明月。「若流水」，是變化不已；「皆如此」，是永恆如斯。這裡，將古今之人與古今之月打通，再次進行對照，意涵與〈春江花月夜〉的「人生代代無窮已，江月年年望相似」類似，而「若流水」之喻也與「但見長江送流水」之句暗合。李白未必讀過張若虛的〈春江花月夜〉，但對於自然之永恆與人生之有限，他們在詩中所流露的平靜從容態度，卻可謂神合。這正是處於繁榮昌盛時代氛圍中的士人共同的精神狀態。

「唯願當歌對酒時，月光長照金樽裡。」這是由月亮之永恆與人生之有限引出的結論，也是全詩的結穴。擁有那樣一份平靜從容的心態，得出的結論自然是珍視有限的人生，在對酒當歌、對月暢飲中充分享受人生的樂趣。詩人在〈將進酒〉中宣稱：「人生得意須盡歡，莫使金樽空對月。天生我才必有用，千金散盡還復來。」有了「天生我才必有用」的樂觀和自信，「對酒當歌」便不是無奈的頹廢享樂，而是在必求有用於世的前提下，充分地享受人生，「月光長照金樽裡」便是詩意人生的象徵。末句人、月、酒兼綰，結得圓滿之極。

── 陪侍郎叔遊洞庭醉後三首（其三）① ──

剗卻君山好②，平鋪湘水流③。巴陵無限酒④，醉殺洞庭秋。

📖［校注］

①侍郎叔，即族叔刑部侍郎李曄。李白另有〈陪族叔刑部侍郎曄及中書賈舍人至遊洞庭五首〉。《新唐書．宗室世系表》大鄭王房載：「曄，刑部侍郎。」《舊唐書．李峴傳》：「乾元二年……鳳翔七馬坊押官先頗為盜，劫掠平人，州縣不能制。天興縣令知捕賊謝夷甫擒獲決殺之。其妻進狀訴夫冤。（李）輔國先為飛龍使，黨其人，為之上訴。詔監察御史孫鎣推之，鎣初直其事。其妻又訴，詔令御史中丞崔伯陽、刑部侍郎李曄、大理卿權獻三司訊之，三司與鎣同。妻論訴不已，詔令侍御史毛若虛復之，若虛歸罪於夷甫，又言伯陽等有情，不能質定刑獄……伯陽貶端州高要尉，權獻郴州桂陽尉，鳳翔尹嚴向及李曄皆貶嶺下一尉。」王琦《李太白年譜》云：「李曄之貶在乾元二年四月，則公與曄遊飲，應在是年之秋。」按：李曄，京兆萬年（今西安）人。淮安郡公李琇子。天寶中歷仕監察御史、侍御史兼殿中。天寶末任虢州刺史。至德元載（西元 756 年），隨玄宗入蜀，擢宗正卿。至德二載，任鳳翔尹。乾元元年（西元 758 年），

改任刑部侍郎。二年四、五月間，貶嶺南為縣尉，赴貶所途中經岳陽，與李白、賈至相遇。此為與李白同遊洞庭時，李白所作組詩三首中的第三首。②剗（ㄔㄢˇ）卻，剷掉。君山，在湖南洞庭湖口，又名湘山、洞庭山。《水經注．湘水》：「（洞庭）湖中有君山……湘君之所遊處，故曰君山矣。」③湘水，指流入洞庭湖的湘江水。《北夢瑣言》卷七：「湘江北流至岳陽，達蜀江。夏潦後，蜀漲勢高，遏住湘波，讓而退溢為洞庭湖，凡闊數百里。而君山宛在水中。」因君山正當洞庭湖口，係湖水入長江處，故鏟卻君山乃可使江水平鋪而流，不受阻擋。④巴陵，唐岳州巴陵郡，有巴陵縣，今湖南岳陽市。《元和郡縣圖志．江南道三》：「昔羿屠巴蛇於洞庭，其骨若陵，故曰巴陵。」此句之「巴陵」實指洞庭湖，因與下句避復，故稱。

🕮 [鑑賞]

唐肅宗乾元二年（西元 759 年）四月，刑部侍郎李曄被貶嶺南為尉，於秋天途經岳陽；這時原中書舍人賈至也由汝州刺史貶為岳州司馬；與流夜郎中途遇赦放還，憩於岳陽的李白相遇。三人被貶的原因，都與唐肅宗排斥玄宗舊臣，剪除政治異己有關，因此頗有同命相憐之感。三人曾同遊洞庭，李白寫下〈陪族叔刑部侍郎曄及中書賈舍人至遊洞庭五首〉；李白又與李曄同遊洞庭，寫下這組〈陪侍郎叔遊洞庭醉後三首〉，本篇是組詩的第三首。

此詩雖僅二十字的短章，卻奇想迭出，氣勢豪健。然異解亦多。理解此詩的關鍵，首先當充分注意題內的「醉」字，明白詩中所寫內容，皆「醉後」所想所見。同時須注意二人同遭貶逐的政治背景和詩人胸中的塊壘積鬱、牢騷不平，方能明白詩人何以有此奇想。

詩人與李曄當是由岳陽下湖遊洞庭的。而君山正當湖的東北，離岳陽不過四十里。入湖不久，便抵達君山跟前。在醉意朦朧中，詩人感到面前那突兀矗立的君山似乎擋住了湘水（實即洞庭湖水，因湘水是流入湖中最大的河流），使湘水不能平鋪舒展地暢流，因而產生「剗卻君山好」的奇想。這裡所表現的是對暢意無礙、寬闊舒展境界的強烈嚮往。由於人生經歷中遇到過重重障礙，時時感到「人生在世不稱意」，因而在遊山玩水的過程中，也時有「山水何曾稱人意」的感憤。〈江夏贈韋南陵冰〉作於此前不久，詩中一方面表現出對暢意寬闊境界的嚮往：「有似山開萬里雲，四望青天解人悶。」一方面則因山水不稱人意要「搥碎黃鶴樓」、「倒卻鸚鵡洲」。這首詩中「剗卻君山好，平鋪湘水流」的奇想，正是詩人想沖決障礙不平，嚮往暢意無礙境界的反映。或解為從岳陽樓上望洞庭，則君山在浩瀚的洞庭湖中不過「白銀盤裡一青螺」（劉禹錫〈望洞庭〉）而已，當不致產生君山阻過湘水的印象；只有舟行至君山跟前，才會有突兀矗起、阻擋水流之感。且如在樓上遙望，則題當曰「望洞庭」，而不應稱「遊洞庭」。

一、二兩句是由君山迎面矗立而生的奇想，三、四兩句則是繞過君山以後面對浩瀚寬廣的洞庭湖水而生的奇想。時值寒秋，霜林盡染，一片絢爛的秋色；而夕陽西下，殘照斜映，洞庭湖水也染上一抹絢麗色彩。在詩人的醉眼矇矓中，眼前的洞庭湖水都變成「無限」的美酒，把洞庭湖這一帶的整個秋天都「醉殺」了。詩人在〈襄陽歌〉中已有「此江若變作春酒」的奇想，但那只是設想;此詩則直視浩瀚洞庭為「無限酒」，「醉」意更甚，詩境也更超逸。詩人的醉眼醉心，把一切都染醉了，不但人醉、水醉，連「秋」天也醉，顯示出美的光華。三首之中，此首最富浪漫色彩，也最具李白個性。五絕的體性風格，一般比七絕更含蓄蘊藉，此詩則發揚蹈厲，不為含蓄之辭。但在奇想迭現中，卻含有令人深思咀味的意涵。而其氣體高妙，自是太白本色。又，三、四兩句的句法，應為「巴陵無限酒」（主語）「醉殺」（謂語）「洞庭秋」（賓語），是酒醉殺洞庭秋，而非人醉於洞庭秋。不同的理解，對詩境的高下影響甚大。以無知之物為有知，冠以「醉」字，如後世王實甫《西廂記》之「長亭送別」一折「曉來誰染霜林醉，總是離人淚」，已屬奇思妙想，為評論家所稱道；而李白則徑稱無生命的「洞庭秋」為「醉殺」，則更屬超乎常情且新奇犀利的想像。醉眼看世界，將整個世界都看成「醉殺」了。然「醉」字自含無限絢麗的洞庭秋色。此無限絢爛之洞庭秋色，即因「巴陵無限酒」而致。此種想像，此種境界，唯李白有之。

登金陵鳳凰臺[1]

鳳凰臺上鳳凰遊，鳳去臺空江自流。吳宮花草埋幽徑[2]，晉代衣冠成古丘[3]。三山半落青天外[4]，二水中分白鷺洲[5]。總為浮雲能蔽日[6]，長安不見使人愁。

[校注]

①金陵，今南京市。《太平寰宇記．江南東道》昇州江寧縣：「鳳凰山，在縣北一里……宋元嘉十六年，有三鳥翔集此山，狀如孔雀，文彩五色，音聲諧和，眾鳥群集。仍置鳳凰里，起臺於山，號曰鳳凰山。」按《宋書．符瑞志中》載：「文帝元嘉十四年三月丙申，大鳥二集秣陵民王顗園中李樹上，大如孔雀，頭足小高，毛羽鮮明，文采五色，聲音諧從，眾鳥如山雞者隨之……揚州刺史彭城王義康以聞，改鳥所集永昌里為鳳凰里。」當即《太平寰宇記》所本，而文字略異。南宋張戒《歲寒堂詩話》卷一云：「金陵鳳凰臺，在城之東南，四顧江山，下窺井邑，古題詠唯謫仙為絕唱。」郁賢皓《李白選集》謂：「此詩當作於天寶六載（西元747年）遊金陵時。另有〈金陵鳳凰臺置酒〉詩，當為同時之作，可參看。詹鍈《李白詩文繫年》繫二詩於上元二年，疑非是。」按：詩有「浮雲蔽日」、「長安不見」之語，而無曾歷戰亂之跡，當作於詩人天寶三載被賜金放還之後，郁氏繫年可從。

②吳宮，指三國時吳國的宮殿。吳國都城建業，即金陵。③晉代，指東晉。東晉都建康，即金陵。衣冠，指士族高門、顯宦。古丘，古墳。④三山，在今南京市西南長江東岸，有南北相連的三座山峰，突出江中，故稱。《元和郡縣圖志·江南道》潤州上元縣：「三山，在縣西南五十里。」陸游《入蜀記》：「三山，自石頭及鳳凰臺望之，杳杳有無中耳。及過其下，則距金陵才五十餘里。」半落青天外，謂三山有一半被遠處的雲霧遮住。⑤二水，宋蜀刻本作「一水」，注：「一作二水。」《文苑英華》、《唐文粹》均作「二水」。白鷺洲，古代長江中小洲。《方輿勝覽·江東路》建康府：「白鷺洲。《丹陽記》在江中心，南邊新林浦，西邊白鷺洲，上多白鷺，故名。」後世長江江流西移，白鷺洲已與江岸相接。「二水中分」，指江流（或謂秦淮河）經白鷺洲，分為二支。王琦注：「史正志《二水亭記》：秦淮源出句容溧水兩山，自方山合流至建業，貫城中而西，以達於江，有洲橫截其間，李太白所謂『二水中分白鷺洲』是也。」⑥浮雲蔽日，象喻奸邪矇蔽君主。陸賈《新語·察徵》：「邪臣之蔽賢，猶浮雲之障日月也。」

📖 [鑑賞]

自南宋以來，圍繞李白此詩學崔顥〈黃鶴樓〉詩及崔、李二詩優劣這個話題，一直不斷爭論。近年來又成為唐詩接受史（特別是影響史）上一樁著名的研究個案。從這一系列爭論中可以斷定，李白心儀並有意仿效崔顥〈黃鶴樓〉作〈登金陵鳳凰臺〉及〈鸚鵡洲〉。像沈德潛那樣，用「從心所造，偶然相似」來說明其未必有意模仿，顯然不符合事實。但模仿與創造未必絕然對立，既然崔顥效沈佺期〈龍池篇〉而青遠勝藍，得到歷代評論家一致推崇，那麼李白仿崔顥〈黃鶴樓〉，也自然可能有自己的創造與風格。問題是不能執定崔詩氣體高妙、逸氣橫流這一點，要求李白此詩在這一點上必須與崔詩銖兩相稱，工力悉敵。如果李白真的按這種要求去與崔詩爭勝，寫出來的最多是可以亂真的仿製品而非創作。李白之所以不在這一點上與崔詩爭勝，不僅是為了避熟求生，求新求變，而且是由於其登臨所感，擁有與崔顥完全不同的感受。而這種感受，又並不適宜用氣體高妙、逸氣橫流的風格來表現，而只能採取另一種風格來傳達。換句話說，評鑑李詩，主要應該根據詩要表現的內容和感情，看它是否適合內容的需求，而不能用崔詩作為參照甚至標準來衡量它的優劣得失。

這是一首登覽詩。登臨眺望，自然會望見近處遠處的景物，因而有寫景的內容；金陵為六朝古都，有許多前朝歷史遺跡，因而有懷古的內容；但李白此次登金陵鳳凰臺，卻因懷古而引起傷今的感慨，引起對當前政局和國家命運的憂患感，因望遠而引出對政治中樞長安的懷念，因此這首登覽詩便不再是一般的覽景詩或單純的覽古詩，而具有政治抒情的內容和性質。這正是它不能採用崔顥〈黃鶴樓〉那種氣體高妙、逸氣橫流的藝術風格的內在原因，儘管以李白的才情個性，寫一首氣體高妙、逸氣橫流的詩對他而言絕非難事。

鳳凰在中國古代歷史文化傳統中，向來被視為祥瑞。歷代史書的《五行志》中，記載鳳凰出現的祥瑞不絕於書。鳳鳥來集，被視為國家繁榮昌盛的祥兆；而鳳鳥之去，則常被視為世衰運去的徵兆。孔子就曾慨嘆：「鳳鳥不至，河不出圖，吾已矣夫！」（《論語．子罕》）而金陵鳳凰臺的建造，更直接與宋文帝元嘉年間鳳凰翔集的祥瑞有關。因此詩的起句「鳳凰臺上鳳凰遊」便不僅僅是點明題面，而且與鳳凰之翔集來儀，為國之祥瑞這層寓意有關，絕非金聖嘆所評論的那樣是「閒句」。它的目的是為了引出和反襯下句。

次句「鳳去臺空江自流」，緊承上句「鳳凰遊」，以反筆出之。謂我今登上鳳凰臺，往日鳳凰翔集的景象早已不復重現，只剩下一座空廓的高臺和遠處奔騰東流的長江。「鳳去」，象徵著繁榮昌盛國運的消逝，暗引末聯傷今意緒；「臺空」，顯示出古臺的寥落，暗啟頷聯懷古意緒；「江自流」，顯示自然永恆、江山長在，以反襯人事滄桑、朝代更迭，雙綰頷、腹二聯。「去」、「空」、「流」三字連貫而下，造成濃郁的懷古傷今氛圍，具有涵蓋全篇的作用。

頷聯寫登臺俯瞰金陵古蹟。金陵是六朝古都，這裡曾有過從東吳、東晉到南朝帝王將相、高門士族的繁華烜赫、奢華享樂，而如今豪華的吳宮已經掩沒荒廢，往日遺址只剩下長著花草的幽徑；而晉代士族衣冠的風流也早已成為遺跡，只剩下古丘荒墳供人憑弔遐想。舉「吳」、「晉」實概六朝。三百餘年的六代繁華，正如長江流水，一去而不復返。「埋」字、「成」字，寓慨頗深。

腹聯寫登臺遙望山川勝景。西南方向的長江邊上，三山連綿聳峙，但由於遠處雲霧迷漫，只露出一半的峰巒，映現於青天之外；滾滾江水，流經白鷺洲時，自然分成兩支。上句將三山在雲霧中若隱若現的身影描繪得饒有畫意，下句則將白鷺洲為江水環抱的身姿描繪得生動分明。兩句境界遼闊，對仗工麗，是律詩中難得的佳聯。

尾聯寫向西極望，但見在一片蒼茫暮色中，浮雲迷漫，遮蔽西斜的落日，帝都長安，更遠在天外。眼前「浮雲蔽日」的景象，使詩人對當時昏暗的朝局和國家命運產生深切的憂慮，因此發出「總為浮雲能蔽日，長安不見使人愁」的深沉慨嘆。天寶六載（西元747年），正是奸相李林甫專權，陷害忠良正直之臣的時候。

連繫〈答王十二寒夜獨酌有懷〉詩中對李林甫陷害李邕、裴敦復的痛憤指斥，此處的「浮雲蔽日」當非泛泛而言。

整首詩以登覽為中心，將寫景和抒情、慨古與傷今融為一體，抒發對朝局國運的深切憂慮。尾聯所抒發的感情，表面上是由於向西極望、浮雲蔽日、不見長安而引起，實際上早就蘊蓄積鬱於胸，「浮雲蔽日」的景象只不過發揮觸發作用而已。因此，它不但是全詩的結穴，也是全詩的主旨。根據這個主旨，回過頭去品味各聯，當能進一步體會出其中蘊含的言外之意。不但可以看出「鳳去」與「浮雲蔽日」之間的內在關聯，而且可以品出頷聯在弔古中蘊含的今之視昔，亦猶異日視今的意涵。腹聯固然可視為尾聯的伏筆，而江山長在、人事滄桑的意涵在與頷聯的對照中亦隱然可見。

望廬山瀑布水二首（其一）①

西登香爐峰②，南見瀑布水③。掛流三百丈④，噴壑數十里⑤。欻如飛電來⑥，隱若白虹起⑦。初驚河漢落⑧，半灑雲天裡⑨。仰觀勢轉雄，壯哉造化功⑩。海風吹不斷，江月照還空⑪。空中亂潨射⑫，左右洗青壁。飛珠散輕霞⑬，流沫沸穹石⑭。而我樂名山，對之心益閒。無論漱瓊液⑮，還得洗塵顏。且諧宿所好⑯，永願辭人間。

[校注]

①宋本題內無「水」字。詹鍈《李白詩文繫年》記此二詩作於開元十四年（西元726年），謂是年李白遊襄漢，上廬山，作此詩，曰：「任華〈雜言寄李白〉：『登廬山觀瀑布，海風吹不斷，江月照還空。余愛此兩句。』指此詩第一首，華詩下文又云：『中間聞道在長安，及余戾止，君已江東訪元丹。』則〈望廬山瀑布〉蓋入京以前作也。按白雖屢遊廬山，而大都在去朝以後，其在天寶以前者約當是時。」郁賢皓《李白選集》則疑為至德元載（西元756年）隱居廬山時作，謂「詩云『且諧宿所好，永願辭人間』似非初出蜀時作」。廬山，在今江西九江市東南。《元和郡縣圖志．江南道四．江州》：潯陽縣：「廬山，在縣東三十二里。本名鄣山。昔匡俗字子孝，隱淪潛景，廬於此山，漢武帝拜為大明公，俗號廬君，故山取號。周環五百餘里。」《太平寰宇記．江

南西道．江州》：德化縣：「廬山，在州南，高二千三百六十丈，周迴二百五十里。其山九疊，川亦九派。《郡國志》云：廬山疊嶂九層，崇巖萬仞。《山海經》所謂三天子都，亦曰天子障也。周武王時，匡俗字子孝，兄弟七人，皆好道術，結廬於此。仙去，空廬尚在，故日廬山。」②香爐峰，廬山山峰名。晉慧遠《廬山記》：「東南有香爐山，孤嶂秀起，遊氣籠其上，則氤氳若煙水。」（《藝文類聚》卷七〈山部〉引）白居易〈廬山草堂記〉：「匡廬奇秀甲天下山。山北峰日香爐峰。」《太平寰宇記．江南西道．江州》：「香爐峰，在廬山西北，其峰尖圓，雲煙聚散，如博山香爐之狀。」陳舜俞《廬山記》卷二：「次香爐峰。此峰山南山北皆有，其形圓聳，常出雲氣，故名以象形。李白詩云：『日照香爐生紫煙，遙看瀑布掛前川。』即謂在山南者也。」詹鍈《李白全集校注彙釋集評》引上述記載後云：「據此，廬山之香爐峰非一。黃宗羲《匡廬遊錄》日：『北山之香爐峰，在峰於廬山為東，登之亦無瀑布可見，（與白詩）不相涉也。』則白所見之香爐峰，蓋為陳舜俞所言之南峰也。安（旗）注：『《太平寰宇記》謂香爐在廬山西北，誤。』詳見萬萍〈香爐峰考〉（《江西師範學院學報》，1978 年第 4 期）。」③見，一作「望」。詹鍈《李白全集校注彙釋集評》引《輿地紀勝》卷二十五南康軍：「瀑布水，在開先院之西，廬山南。瀑布無慮十數，皆積雨方見，唯此不竭……李白詩云：『飛流直下三千尺，疑是銀河落九天。』即開先之瀑也。」又引陳舜俞《廬山記》卷三：「瀑布在其西。山南山北有瀑布者無慮十餘處……唯此水著於前世……李白詩云：『飛流直下三千尺，疑是銀河落九天。』即此水也。香爐峰與雙劍峰相連續者在瀑布之旁。」④掛流，形容瀑布自上而下懸掛下瀉。⑤噴壑，指瀑布自上而下噴射山谷。「數十里」乃形容其噴射的氣勢力量達數十里之遙。⑥欻（ㄏㄨ），迅疾貌。飛電，閃電。⑦隱，隱然、隱約。⑧河漢，指銀河。⑨此句一作「半瀉金潭裡」。⑩造化，大自然。⑪江，一作「山」。⑫潨（ㄘㄨㄥˊ），眾水會合。⑬此句形容陽光穿透瀑布的飛珠，呈現出七彩霞光。⑭沸，形容瀑布的飛珠流沫噴射有如水沸之狀。穹石，大石。⑮瓊液，仙家所飲的瓊漿玉液。此處形容瀑布水的清澈。⑯諧，符合。宿，昔。敦煌殘卷本末二句作「愛此腸欲新，不能歸人間。」

📖 [鑑賞]

李白的〈望廬山瀑布水二首〉，描繪的對象同為廬山香爐峰與雙劍峰間的瀑布，但觀察的角度不同。七絕為「遙看」，五古則描寫從遠望到近觀的過程。觀察的細緻程度有別，寫法也就有所不同。由於七絕廣為傳誦，五古不免為其所掩，其實二詩在藝術上各有千秋，未可軒輊。

詩分三段。前八句為一段，寫登香爐峰途中遠望所見瀑布的壯觀。「西登香爐峰，南見瀑布水」二句，交代自己在向西登香爐峰的途中，望見在峰南面的瀑布，這是對瀑布所在山峰名稱及方位的交代，具有進一步點明題目的作用（題只說「廬山瀑布」）。「西登」不可誤解為已登峰頂，如果那樣，就不是遠望而是俯視了。

「掛流三百丈，噴壑數十里。」三、四兩句，寫遠望中的香爐峰瀑布自頂部奔瀉而下，及抵達底部後噴射奔迸於山谷間的壯觀景象。「掛」字生動地顯示出瀑布懸空而降的景象，「噴」字傳神地展現出瀑布落入山谷後挾帶著雷霆萬鈞的神奇偉力奔瀉而下的奇觀。正因為有「掛流三百丈」的衝擊力，才會有「噴壑數十里」的反作用力。「三百丈」極言其高，「數十里」極言其遙，二者之間具有因果關係。

「欻如」二句，轉寫瀑布奔瀉而降、噴射而下的迅速態勢。「欻如」句承「掛流」句，形容懸流直下的瀑布，其迅疾猶如飛電之來；「隱若」句承「噴壑」句，形容噴射而下的水流像一道白虹，隱現於山谷之間。

「初驚」二句，進一步描寫「掛流三百丈」的瀑布奔瀉而下時，如同銀河從天而降，它所挾帶的飛珠濺沫有一半都灑向雲霄間。這兩句既襯托渲染出瀑布之高，也顯示出它的氣勢和力量。以上八句，均寫遠望中的香爐峰瀑布，其內容與七絕大體相同，連「掛流三百丈」、「初驚河漢落」的用語都與七絕相近。

「仰觀」以下八句，為第二段，觀察的角度由遠望變為近處「仰觀」。觀賞瀑布，遠望與近觀（特別是仰觀），雖然同樣能感受到它的雄奇，而「仰觀」顯然更能感受到它的壯盛氣勢。但詩人並不馬上接寫仰觀所見的具體景象，而是先虛寫一筆，表達仰視所見的整體感受。「勢轉雄」三字描摹心理感受生動逼真，「轉」字尤精到，說明詩人在仰視過程中透過與先前遠望時所得印象的比較，更加感受到瀑布的氣勢與力量。而「壯哉造化功」五字正是在獲得上述感受時對造化神奇力量發自內心的讚嘆。「雄」、「壯」二字正概括「仰觀」瀑布時的明顯感受。

「海風吹不斷，江月照還空」兩句，進一步具體描寫「仰觀」所見所感。「海風」、「江月」均非眼前實景，因為下面寫到「飛珠散輕霞」，說明觀賞瀑布時有陽光的照射。故這兩句實際上是面對瀑布雄壯氣勢時心中的想像。上句表示，瀑布飛流直瀉，具有永不停息的偉力，即使巨大的海風也吹不斷。下句則言，瀑布懸空而下，清澈瑩潔，在江月的映照下，宛若空清透明。上句強調其永恆的雄奇偉力，下句突出其清瑩澄明，但這種清瑩澄明不是小溪流水式的柔和靜美，而是和諧地結合挾帶著磅礴氣勢和巨大聲響的清與壯。妙在這兩句全用白描，彷彿信手拈來，脫口道出，而所創之境的新穎清奇和壯美飛揚卻無與倫比，是歷來寫瀑布的詩中，從未有過的境界。歷來評此詩，多舉此二句作為標的，相當切合實際。

「空中」四句，由從下而上的仰視轉為左右兩旁的仰觀。瀑布的水珠在半空中迸濺激射，將兩旁的岩壁灑洗得潔淨青翠；陽光映照在飛濺的水珠上，折射出七彩霞光；而沖決而下的瀑布水，遇到山谷中的巨石，激盪出如同沸水般的泡沫。四句中連用「亂」、「洗」、「散」、「沸」四個動態感、具象感強烈的詞語，將瀑布向空中、向兩旁、向下流飛濺時產生的景象，描繪得色彩鮮明、生動細緻。如果說「仰觀」四句是從虛處傳神，那麼「空中」四句則從實處見工。這樣虛實相濟、神形兼備、縱觀微觀結合的描寫，遂使瀑布之壯美得到全面的表現。以下便自然轉入因觀賞瀑布而引發出歸隱林泉的願望。

末段六句，述說自己向來喜愛名山，今日得以親歷廬山，觀賞瀑布奇觀，更感到心境之清閒，因而引發辭人間而歸隱的夙願。瀑布如此壯偉雄奇、氣勢飛揚，詩人卻說「對之心益閒」。這是因為面對雄偉的自然造化之功，益感塵世紛擾之渺小；而那未經塵世汙染的瀑布之水，更使自己心靈得到徹底洗滌。清澈的瀑布水，既如瓊漿玉液可漱我口，更可清洗我的塵顏和塵心。這實際上也是一般人在面對大自然的奇觀時常會引發的感觸，因此對「永願辭人間」之類的話，其實亦不必過於計較其真偽。

望廬山瀑布水二首（其二）

日照香爐生紫煙[①]，遙看瀑布掛前川[②]。飛流直下三千尺，疑是銀河落九天[③]。

[校注]

①紫煙，瀑布的水氣瀰漫，結成煙霧，在陽光照射下呈現紫色。②前川，宋本作「長川」。掛前川，即五古之「掛流」。句意蓋謂遙望峰前的瀑布如河流倒掛。或謂前川指瀑布瀉下形成的河流倒掛。或謂前川指瀑布瀉下形成的河流，亦通。③九天，九重天，天之最高處。

[鑑賞]

這首七絕和前一首五古為同題同時之作，所描繪的景象和所用的詞語也有不少相似之處，如「掛流三百丈」與「飛流直下三千尺」、「掛前川」，「初驚河漢落」與「疑是銀河落九天」，乃至「飛珠散輕霞」與「生紫煙」也不無相似之處。但兩首詩同樣精采，不可互相替代，也無須強分軒輊。這是因為兩首詩雖然描繪同一對象，但觀察景物的角度和位置有同有異，描繪的全面細緻與充分概括更有明顯的不同。就後世流傳廣泛來看，七絕由於其充分概括形成的藝術衝擊力，比起五古更強烈。

首句寫香爐峰。這一帶瀑布很多，水氣繚繞瀰漫，在日光照射下，形成紫色氤氳的煙霧。雲煙籠罩著峰頂，看上去就像正在飄散著香煙的香爐。詩人巧妙地將「香爐峰」略稱為「香爐」，再加上一個「生」字，就將原為靜態的香爐峰寫活了，使人感到峰頂繚繞的紫煙就像是從香爐裡升騰出來一樣，同時又生動地表現出在日光映照下，那紫色的雲煙彷彿明滅變幻。這一句是香爐瀑布的背景。因為瀑布非常雄偉，因而作為背景的香爐峰也必須寫出它的奇幻多姿。

次句正面寫瀑布，用「遙看」二字點明這是遠望中的瀑布全景。「掛前川」三字，給予人瀑布懸空瀉下的感覺，顯示出它的雄偉氣勢。特別是「掛」字，既給予人懸掛飄落的動態感，又幻覺似的顯示出它在一剎那間彷彿靜止的狀態，就像電影中原來活動中的物體突然之間「定格」，這種感覺只有當「遙看」時才會產生。白色的瀑布和香爐峰紫色的煙霧相互襯托，更顯出色彩的絢麗多彩。

第三句寫瀑布從高處直瀉而下的態勢。用「飛流」代指瀑布，不僅是渲染瀑布的流勢迅疾，而且將它從兩峰之間噴薄而出、氣勢飛揚的景象和懸空飛瀉的姿態也描繪得栩栩如生。「直下」二字，寫出瀑布一瀉到底、落勢陡直、速度迅疾的特點，這正是香爐瀑布不同於三疊泉瀑布之處。同時也寫出瀑布奔騰不息的雄奇氣勢和無窮無盡的神奇力量。「三千尺」，即五古之「三百丈」，當然都是誇張說法，但對照周景式《廬山記》「其水出山腹，掛流三四百丈」之語，這種誇張也有其文獻依據，誇張得並不失實。這一句可以看作對瀑布的動態描寫。

末句「疑是銀河落九天」，是凝神欣賞瀑布時產生的驚訝、奇幻之感。在恍惚中，眼前那從高處直瀉而下的瀑布，彷彿幻化成一條從九天之上落下的銀河。這就把前面所描繪的景象昇華到幻想中的境界。這是整首詩中使讀者印象最深刻、美感最強烈的點睛之筆。不但賦予瀑布非凡的雄偉氣勢與力量，而且賦予它超越人間、超越自然的神奇色彩。使人感到這只能是造化的創造，所謂「壯哉造化功」，或者如蘇東坡所說，是「帝遣銀河一派垂」。瀑布因而成為宇宙神奇偉力和永不停息生命力的象徵。而這種浪漫主義的想像當中，又蘊含心胸開闊、性格豪放、被人們稱為「謫仙人」的李白獨特的主觀感受和精神氣質。瀑布那雄奇飛揚的氣勢，雄邁神奇的力量，永不停息的生命力，都彷彿有詩人自己的影子。不妨說，李白在觀賞瀑布的過程中，自然而然地與對象融為一體，因此才能在傳瀑布之「神」的同時，展現自己的神采個性。

值得玩味的是，五古中同樣有出現「初驚河漢落」這樣的比喻，但它卻顯然沒有收到七絕中所產生的巨大藝術效果。這跟詩人將這個創造性的比喻放在什麼位置大有關係。在五古中，這比喻僅僅是對瀑布進行全面細緻描繪中的一個部分，而且將它放在一系列對側面的描繪當中，並未著意加以強調，因此並沒有引起讀者的充分注意，只將它視為有創意的比喻匆匆讀過。而在七絕中，詩人將它放在末句的位置，並作為全篇的警策、全詩的神魂，因此格外引人注目。更重要的是，在它之前，詩人又圍繞這個警策進行充分的鋪陳和渲染。第一句就勾畫出香爐峰上紫煙氤氳瀰漫、變幻不定的背景，只有在這種隱約朦朧、飄渺多彩的背景下，才有可能產生「銀河落九天」的幻覺聯想；第二句的「掛前川」三字，更進一步將飛瀉而下的瀑布與懸掛的河流連繫起來，為「銀河落九天」從形態上預作準備；第三句的「飛流直下」，更直接創造出瀑布彷彿從天而降的態勢，這離「銀河落九天」已經只剩一層之隔。但以上描寫的，基本上還都是現實世界中的景象，而「銀河落九天」則是幻想中的景象，因此前三句雖從各方面充分蓄勢，但第四句所創的境界對前三句來說，仍是飛躍昇華。妙在詩人在「銀河落九天」之前，運用「疑是」這個極靈動、極真切的詞語，準確傳神地表達出詩人當時恍恍惚惚、似真似幻的主觀感受和心理狀態，以及半是神奇半是驚嘆的感情。如果改成「正似」、「恰似」一類詞語，含義確定，而這種似真似幻的感受也就消失無蹤，靈氣也隨之索然。用得傳神，正由於用得恰如其分。喜歡誇張的李白，在這個高度誇張的句子裡，卻運用一個非常老實的詞語，這說明藝術分寸感的掌握與高度的誇張並不衝突，而是可以達成奇妙的融合。

── 秋登宣城謝朓北樓[1] ──

江城如畫裡[2]，山晚望晴空[3]。兩水夾明鏡[4]，雙橋落彩虹[5]。人煙寒橘柚[6]，秋色老梧桐[7]。誰念北樓上，臨風懷謝公[8]！

[校注]

①謝朓北樓，即謝公樓，南朝齊謝朓任宣城太守時在陵陽山上所建，自稱「高齋」者。朓有〈郡內高齋閒坐答呂法曹〉詩。此詩約於天寶十二、三載（西元753、754年）秋李白在宣城時所作。②江城，指宣城，因有宛溪、句溪二水繞城流過，故稱。③晚，諸本均作「晚」，獨《全唐詩》作「曉」，當誤，茲據諸本改。④兩水，指宛溪、句溪，二水於宣城東北合流。夾明鏡，形容清澈如鏡的兩條溪水環抱全城而過。此句句法實為兩水如明鏡之夾城。或謂「明鏡」指宣城附近之明鏡湖，原位於宛溪與句溪之間，故曰「夾」，今湖已廢。⑤雙橋，指宛溪上的兩座橋。《江南通志》卷十六〈山川寧國府〉：「宛溪在府城東，源出新田山，納諸水而來，委蛇數十里，故曰宛溪。上下兩橋。上曰鳳凰，下曰濟川，並跨溪上。」王琦注引《宣州圖經》：「宛溪、句溪兩水繞郡城合流，有鳳凰、濟川二橋，開皇時建。」落彩虹，謂雙橋拱形的姿態如天上落下的彩虹。⑥人煙，人家的炊煙。⑦句意謂在秋色中梧葉變黃，顯得蒼老。⑧謝公，指謝朓。

📖 [**鑑賞**]

一般的登臨懷古詩作多將內容側重於懷古，寫景經常圍繞懷古之情展開，這首詩則有所不同。它的側重點顯然放在寫景上，懷古之意僅於篇末一點即止。全篇留給讀者印象最深、最具詩情畫意的無疑是江南山環水繞的小城中，一片明麗絢爛的秋色。

首句以充滿抒情讚嘆意涵的筆調凌空而起。江南地區，水無論大小均稱「江」，所謂「江城」即指有宛溪、句溪繞城而流的宣城。「如畫裡」三字直貫頷、腹二聯，極概括又極具誘惑力。五個字不僅統攝全篇，而且格外強調詩人登樓瞬間所獲得的整體感受，渲染出濃烈的抒情氛圍。起得既飄逸瀟灑，又具有藝術衝擊力，使讀者也隨著詩人的一聲深情詠嘆而頓生神往之感。

接下來一句，才從容交代這種強烈的第一印象是在什麼情況下獲得的。「山」指陵陽山，亦即建有北樓的詩人登臨的地點。「晚」點明時間已近日暮。「晴空」則強調登臨時的天氣正值晴空萬里，一碧如洗，其中暗藏「秋」字。「望」字既統攝全句，也統攝前六句。前三聯所寫的都是詩人在晴空一碧的傍晚登山（亦即登樓）遠望所見。

頷聯寫望中所見的水和橋，這本是「江城」的特點。但在詩人的彩筆渲染下，卻都鮮麗如畫。「兩水」指宛溪、句溪二水。據《清一統志》記載，「宛溪在宣城縣東門外，源出縣東南嶧山，至縣東北里許與句溪合。句溪在宣城東三里，溪流迴曲，形如句字」。兩水清澈如鏡，繞城而流，故說「兩水夾明鏡」。詩的特殊句法結構使讀者產生的視覺印象，彷彿是兩條溪水當中夾著一面明鏡，這雖是因句法造成的衍生義，卻也同樣鮮麗如畫。「雙橋」句是望中所見宛溪上的兩座拱橋，就像天上落下的彩虹，橫跨溪水兩岸。著一「落」字，不僅賦予靜止的拱橋飛揚之感，而且渲染它的神奇，彷彿天外飛來。而「彩」字則進一步渲染橋的色彩鮮明絢麗。兩句在字裡行間，同樣散發出詩人對如此美好景色的熱情讚嘆。

腹聯寫望中所見江城秋色。「人煙」指人家的炊煙，而「橘柚」則是江南地區人家庭院果園中常見的果木。「人煙」與「橘柚」之間著一「寒」字，正是寫江城秋色的傳神之筆。深秋的傍晚，繚繞在橘柚之間的輕煙似乎帶著一股寒涼之意。在詩人的感覺中，橘柚好像是由於輕煙散發的寒意，使它的果實因而染黃，顯出清楚的秋意。「人煙」之「寒」，詩人是如何感受到的呢？彷彿無理。但秋天傍晚那種沁人肌膚心神的寒意，此刻正在山上樓頭的詩人無疑是處在它的包圍之中而且明顯有所感受。正是感受的自然傳導，使詩人感到連人家的炊煙也帶上寒意，而使橘柚受到浸染。因此，這個「寒」字，乃是處於秋天寒意氛圍中的詩人，將自己主觀感受移之於客觀景物的結果，和說「秋山」是「寒山」，說「秋煙」是「寒煙」為相同道理，只不過詩人將它用作動詞，顯得分外新穎精闢而已。這正是對「秋」意的傳神描寫，因為它無所不在，沁人心神，沉浸景物。下一句「秋色老梧桐」同樣是詩人的主觀感受作用於客觀物象的結果。「秋色」雖似乎是個抽象的集合性意象，卻是由一系列具象的景物所組成，舉凡經霜的紅葉、籬邊的黃菊、田野上金黃的稻穀、樹梢上金黃的果實，乃至寥廓高遠的秋空，都可以包括在「秋色」之中。在詩人的感覺中，那人家屋旁的梧桐樹，彷彿是受到這一片秋色的薰染，因而老去，顯現出枯黃的樹葉。本來，梧桐樹是秋天較早變黃落葉的，故可因梧葉落而知秋，這裡卻說成「秋色老梧桐」，自是詩人主觀感受作用的結果。這同樣是對秋色的傳神描寫，在詩人筆下，「秋色」也成為有生命的東西，它能使綠葉成蔭的梧桐在其浸染下慢慢變老。

這一聯寫江城秋色，雖用「寒」、「老」等字眼，但景物的色調並不顯得淒寒黯淡、蕭瑟冷寂。「秋色」的意象本身就包含著諸多江南秋景的絢麗多彩，就連那受到帶著秋意的寒煙浸染的橘柚，也是葉綠果黃、紛然在目。再加上那「寒」字、「老」字中，還隱隱透出大自然生氣流注的意趣，更使得整個境界不顯得枯寒冷寂。而是顯示出江南秋景絢麗多彩、生機盎然的美感。

尾聯緊扣題內「謝朓北樓」，將目光收歸登臨之地的眼前之境，思緒卻遠溯往昔，說我今登謝朓所建的北樓，對景臨風，懷念謝公。悠悠此情，又有誰能解會呢？若只說「今日北樓上，臨風懷謝公」，便直遂少味，著「誰念」二字，便隱然蘊含著無人會登臨之意，平添雋永的情味。李白欽服謝朓，從現有提及謝朓的詩句來看，主要是推賞其詩才詩風，「懷謝公」之中，未必有更深的含意。但「誰念」二字中，或許包含有謝朓之詩才，今世唯我獨為真正的知音；我今登樓懷謝公，異日登此樓者，又有誰為我之知音呢？在自賞自負之中流露出一絲孤寂感，令人神遠。由於李白對謝朓特別推崇知賞，這個看似泛語的結尾便具有值得涵泳的情味，擁有搖曳不盡的風神。這個結尾，與前三聯鮮麗俊逸的格調也完全融合。

═ 望天門山① ═

天門中斷楚江開②，碧水東流至此迴③。兩岸青山相對出④，孤帆一片日邊來⑤。

📖［校注］

①天門山，《元和郡縣圖志．江南道．宣州》：當塗縣：「博望山，在縣西三十五里，與和州對岸。江西岸曰梁山，在溧陽縣南七十里。兩山相對如門，俗謂之天門山。」博望山，今又稱東梁山，江西岸之梁山又稱西梁山。兩山夾江對峙。郁賢皓《李白選集》謂此詩當是開元十三年（西元 725 年）初次過天門山時所作。②天門中斷，謂本來合攏成一體的天門山從中斷開。楚江，當塗在戰國時屬楚國，故稱這一帶的長江為楚江。開，打開。③至此，《全唐詩》原作「至北」，宋本作「直北」，蕭本、郭本作「至北」。《方輿勝覽》引作「至此」。王注引毛先舒（西河）曰：「因梁山，博望夾峙，江水至此一迴旋也。時刻誤『此』作『北』，既東又北，既北又回，已乖句調，兼失義理。」茲據繆本一作「至此」改。詹鍈《李白全集校注彙釋集評》云：「按『直北回』即是直向北轉而流，並非『既北又回』。」④兩岸青山，指博望山與梁山，即今之東、西梁山。⑤孤帆，指詩人所乘的船。日邊來，指從西邊上遊落日的方向駛來。或據《世說新語．夙

惠》載晉明帝少時其父問長安與日孰遠，明帝答曰「日遠，不聞人從日邊來，居然可知」之語，謂日邊指長安，非。詳鑑賞。

📖 [鑑賞]

天門山是今天安徽當塗縣東梁山（古代稱博望山）與和縣西梁山的合稱。兩山夾長江對峙，像一座天設的門戶，形勢險要，「天門」即由此得名。詩題中的「望」字，說明詩中所描繪的是遠望所見天門山壯美景色，歷來許多注本由於沒有弄清「望」的視角，所以往往誤解詩意。

天門山夾江對峙，所以寫天門山離不開長江。詩的前幅即從「江」與「山」的關係著筆。第一句「天門中斷楚江開」，著重寫出浩蕩東流的楚江（長江流經戰國楚舊地的一段）沖破天門奔騰而去的氣勢。它給予人豐富的聯想：天門兩山本來是一個整體，阻擋著洶湧的江流，由於楚江怒濤的衝擊，才撞開「天門」，使它「中斷」為東西兩山。這和作者在〈西嶽雲臺歌送丹丘子〉中所描繪的情景頗為相似：「巨靈（河神）咆哮擘兩山（指黃河西邊的華山和東邊的首陽山），洪波噴流射東海。」不過前者隱後者顯而已。在作者筆下，楚江彷彿成為有巨大生命力的事物，顯示出沖決一切阻礙的神奇力量，而天門山也似乎默默地為它讓出一條通道。

第二句「碧水東流至此迴」，又反過來著重描寫夾江對峙的天門山對洶湧奔騰之楚江的約束力和反作用。由於兩山對峙，浩蕩的長江流經兩山間的通道時，激起迴旋，形成波濤洶湧的奇觀。如果說上一句是借山勢寫出水的洶湧，那麼這一句則是借水勢襯出山的奇險。有的本子「至此迴」作「直北迴」，解者以為指這一帶的長江由東流向正北方向迴轉。這也許稱得上是對長江流向的精確說明，但不是詩，更不能顯現天門山奇險的氣勢。試比較〈西嶽雲臺歌送丹丘子〉的開頭幾句：「西嶽崢嶸何壯哉！黃河如絲天際來。黃河萬里觸山動，盤渦轂轉秦地雷。」「盤渦轂轉」也就是「碧水東流至此迴」，同樣是描繪成萬里江河受到崢嶸奇險的山峰阻遏時出現的情景。作者〈天門山銘〉文中「梁山博望，關扃楚濱」、「卷沙揚濤」數語亦可參證。絕句尚簡省含蓄，所以不像七古那樣寫得淋漓盡致、驚心動魄。加上這一段江流相對於〈西嶽雲臺歌送丹丘子〉中所寫的黃河比較寬闊平緩，因而雖受阻而激起迴旋，卻不至於發出雷鳴般的巨大聲響。

「兩岸青山相對出，孤帆一片日邊來。」這兩句是不可分割的整體。上句寫望中所見天門山的雄姿，下句則點明「望」的視角和詩人的淋漓興會。詩人並不是站在岸上的某個地方望天門山，他「望」的視角是從「日邊來」的「孤帆一片」。讀這首詩的人大都讚賞「兩岸青山相對出」的「出」

字，因為它使本來靜止不動的山帶上動態美，卻很少去思考詩人何以有「相對出」的感受。如果是站在岸上某個固定視角「望天門山」，那恐怕只能產生「兩岸青山相對立」的靜態感。反之，舟行江上，順流而下，望著天門山由遠而近，撲進眼簾，顯現出愈來愈清晰的身姿時，「兩岸青山相對出」的動態感便非常突出。「出」字不但逼真地表現出舟行順流而下過程中，「望天門山」時夾江對峙的兩山勢如湧出的姿態，而且寓含舟中詩人那份新鮮喜悅之感。夾江對峙的天門山，似乎正迎面向自己走來，表示它對江上來客的歡迎。

青山對遠客既如此有情，則遠客自當更加興會淋漓。「孤帆一片日邊來」，正傳神地描繪出孤帆背映日影，乘風破浪，越來越靠近天門山的情景，以及詩人欣睹名山勝景，目接神馳的情狀。它似乎包含這樣的潛臺詞：雄偉險要的天門山啊！我這乘一片孤帆的遠方來客，今日終於看見你。試比較陳子昂的〈渡荊門望楚〉尾聯「今日狂歌客，誰知入楚來」，其興奮之情自然可見。由於末句在敘事中飽含詩人的熱情，這首詩便在描繪出天門山雄偉景觀的同時，突顯詩人的自我形象。如果要正題，詩題應該叫「舟行望天門山」。

═ 早發白帝城[1] ═

朝辭白帝彩雲間[2]，千里江陵一日還[3]。兩岸猿聲啼不盡[4]，輕舟已過萬重山[5]。

[校注]

①題目咸本、萬首絕句作〈白帝下江陵〉。白帝城，古城名，故址在今重慶市奉節縣東瞿塘峽西口之長江北岸，相傳為公孫述所築。《水經注．江水一》：「江水又東逕魚腹縣故城南，故魚國也。……公孫述名之為白帝，取其王色。」奉節古稱魚腹，西漢末公孫述割據時遷魚腹於此，稱白帝城。公孫述至魚腹，有白龍出井中，自以承漢土運，故稱白帝，改魚腹為白帝城。詩當作於乾元二年（西元 759 年）流放夜郎途經白帝城時遇赦，旋即回舟東還行抵江陵時。宋本題下注：「一作白帝下江陵。」②白帝城在白帝山上，地勢高峻，坐在順流而下的船上往回看，白帝城如在彩雲之間，故云。「彩雲」指奇幻多彩的雲霞，此處或暗用宋玉〈高唐賦序〉巫山神女「旦為朝雲，暮為行雨」的典故。距白帝城不遠有巫山縣，有巫山十二峰之神女峰，峰上常有彩雲繚繞。③《水經注．江水》：「自三峽七百里中，兩岸連山，略無闕處，重巖疊嶂，隱天蔽日。自非亭午夜分，不見曦月。至於夏水襄陵，沿泝阻絕，或王命急宣，有時朝發白帝，暮

到江陵，其間千二百里，雖乘奔御風，不以疾也。」④盡，《唐詩品彙》、《唐人萬首絕句選》、《唐詩別裁》、《唐宋詩醇》作「住」。《水經注．江水》：「每至晴初霜旦，林寒澗肅，常有高猿長嘯，屬引淒異，空谷傳響，哀囀久絕。故漁者歌曰：『巴東三峽巫峽長，猿鳴三聲淚沾裳。』」⑤輕舟已過，咸本、萬首絕句作「須臾過卻」。

📖 [鑑賞]

此詩作年有開元十二年（西元 724 年）初出峽時及乾元二年（西元 759 年）遇赦東歸時二說。從詩的第二句「千里江陵一日還」的「還」字來看，在寫這首詩之前當有乘舟自江陵溯江上三峽的經歷，則自以乾元二年遇赦東歸時作為是。王建〈江陵使至汝州〉七絕云：「回看巴路在雲間，寒食離家麥熟還。日暮數峰青似染，商人說是汝州山。」與李白這首七絕同押刪韻，韻腳全同，且一、二句敘事寫景及寫法類似，可能有意模仿或無意中受到李詩影響，王詩第二句的「麥熟還」明指還家，亦可作為旁證。不過，說詩是抵達江陵後作，則似乎將第二句理解得太實太死，其實詩人只是化用盛弘之《荊州記》或《水經注．江水》的文字，說千里江陵一日可達而已，是舟中懸想之詞，意思原來更加活泛。從末句看，詩或當作於船過三峽的重巒疊嶂，行將進入平野之時，是詩人激動興奮、輕鬆舒暢的心情正濃時，揮筆而成的即興之作。這樣理解，詩的臨場感會更加強烈，詩的新鮮感也會更加濃郁。

第一句「朝辭白帝彩雲間」，表面上是簡單的敘事，交代早晨從白帝城出發，點明詩題。但「朝辭白帝」之後綴以「彩雲間」三字，卻具有點染景物、渲染氣氛的重要作用。白帝城在白帝山上，從舟中回望，宛若處於雲端，固然是實情，但它卻渲染出美好而富於遐想的氣氛。白帝城，本是詩人在長流夜郎途中所經歷的一站，其時心情之憂傷、愁苦可以想見。如今突然遇赦，頓感天地再新、陽春重見，懷著喜悅興奮的心情向它告辭，因而那高聳入雲的白帝城也宛若彩雲繚繞的飄渺仙境，而令詩人感到追戀嚮往。如果滿懷憂傷愁苦之情繼續長流夜郎之行，即使看到同樣的景物，也會視而不見，寫不出「朝辭白帝彩雲間」的詩句。說此詩者或言「彩雲間」顯示江流落差之大，水勢之急，以襯托舟行之疾，可能未注意到「白帝彩雲間」僅是「朝辭」的瞬間所見景象，其時詩人所乘之舟尚在白帝山下或離山不遠處，不大可能將後來的行程及江流的地勢落差也估計在內。三峽一帶，重巖疊嶂，江流彎曲，舟行不久，當已不見「白帝彩雲間」的景象。

次句「千里江陵一日還」，是船出發後對行程的暢想。這種暢想，既有《荊州記》或《水經注．江水》「朝發白帝，暮到江陵」的文獻記載依據，更有舟行輕疾如飛的現實情境為本。解者或據此句謂詩作於舟抵江陵以後，這恐怕是將途中的暢想當成既成事實。此詩紀行，大抵是按時間先後次序來書寫。第一句寫出發辭別白帝城，第二句寫出發後途中暢想，語氣口吻類似杜甫〈聞官軍收河南河北〉的「即從巴峽穿巫峽，便下襄陽向洛陽」。三、四兩句，則借「猿聲」概寫輕舟穿越千山萬嶂的航程。雖「已過萬重山」，但離江陵還有一段行程，不過已經在望。這樣看來，直至篇末，乃至此詩寫成之際，江陵仍在望中，則第二句的「一日還」不可泥解自明。這句詩透過「千里」的遙遠空間與「一日」短暫時間的鮮明對照，顯示出暢想中舟行的迅疾。且透露出詩人在暢想時按捺不住的興奮喜悅之情。句末的「還」字，看似漫不經意，卻極有蘊含，極可玩味。在長流夜郎途中，詩人時時盼望著被赦放還。「我愁遠謫夜郎去，何時金雞放赦回？」（〈流夜郎贈辛判官〉）、「我行望雷雨，安得沾枯散。」（〈流夜郎至西塞驛寄裴隱〉）、「予若洞庭葉，隨波送逐臣。思歸未可得，書此謝情人。」（〈送郗昂謫巴中〉）、「二年吟澤畔，憔悴幾時回？」（〈贈別鄭判官〉）、「獨棄長沙國，三年未許回。」（〈放後遇恩不沾〉）在詩人的內心深處，被赦放還幾乎是個遙遠而渺茫的幻想和夢境。如今，十五個月的宿願竟突然實現，而且一日之間便可回到繁華的江陵，則這個「還」字蘊含的感情分量便可想而知，舉重若輕，恰恰在這

「還」字當中。

三、四兩句是個整體，借兩岸連山疊嶂的猿聲來表現「輕舟已過萬重山」的行程之迅疾。三峽兩岸多猿，《水經注．江水》有生動描寫，且引漁者之歌為證。寫這段行程提及猿聲，本很自然。但在一般情況下，猿聲與舟行之疾、行程之速並無必然連繫。但詩人卻巧妙地以舟行過程中聽覺的連續和視覺的倏變，傳神地描繪輕舟穿峽、其速如飛的情景。兩岸連山，山山有猿，就實際情況來說，每一座山中每一頭猿的鳴聲都是有「盡」時的；但由於舟行之疾，這兩岸山上的猿聲在感覺中就似乎連成一片，沒有休止。而就在這「猿聲啼不盡」的過程中，輕舟已經駛過萬重山巒，江陵已然在望。「啼不盡」是錯覺，卻符合特定情況下聽覺的真實，這個特定情況就是輕舟穿越兩岸連山其速如飛。「已過」卻是眼前的真實。聽覺之幻與視覺之真，「不盡」與「已過」的呼應，既印證「千里江陵一日還」的暢想，又傳達出詩人當時意外的驚喜與興奮。「猿聲」猶似在耳，輕舟已經出峽，眼前所見，已是「山隨平野盡，江入大荒流」。

古代沒有現代化的高速交通工具，陸行或可靠駿馬接力，水行則只能仰賴漲潮季節江流湍急順水行舟方能體會高速的快感與美感。李白這首詩，傳神地表現一種在常態下難以想像的高速感，以及詩人對這種高速特殊而真切的感受。

單就這一點，就極富創造性。但這首詩既非單純的寫景紀行詩，也並不僅僅為了表達高速行舟的快感，而是有更加深刻內在的感情蘊含。這就必須連繫長流夜郎途經三峽時的心情和詩作，才能有切實的理解。其〈上三峽〉詩說：「三朝上黃牛，三暮行太遲。三朝又三暮，不覺鬢成絲。」黃牛山在上三峽的入口處，山勢高峻，加上江流宛轉曲折難行，上行途中幾天幾夜都能看到，好像總是圍著它打轉。舟行的遲緩艱難、流放的愁苦悲傷，使詩人的心情格外沉重，三朝三暮之間連頭髮都愁白了。這和〈早發白帝城〉詩中所表現的輕快喜悅、興奮激動之情，正好形成鮮明對照。從中可以體會詩中洋溢出來的輕快之感，包含劫後重生、擺脫枷鎖、重獲自由的輕鬆感與興奮感。為了充分表達這種感受，詩人還特意為自己所乘的小舟加上一「輕」字，生動地營造出一葉輕舟，飛掠水面，瞬息而過的場景，詩人的心好像也隨之飛起。這種心情，也明顯流露在遇赦出峽的其他詩作中。〈宿巫山〉：「桃花飛綠水，三月下瞿塘。」〈荊門浮舟望蜀江〉：「逶迤巴山盡，搖曳楚雲行。雪照聚沙雁，花飛出谷鶯。芳樹卻已轉，碧樹森森迎。」欣喜輕快之情，同樣溢於字裡行間，而且都不約而同地用了「飛」字。猿聲，在《水經注．江水》中，是「哀囀久絕」，催人淚下沾裳的愁苦之音，但在這首詩中，「兩岸猿聲啼不盡」彷彿成為愉快旅途的輕鬆伴奏，化作清猿一路送我行。總之，景物依舊，心情迥異，只有用長流途中上三峽時的情景作為參照，才能真正深切感受並理解這首詩所表現的實際情感。

清代一些有眼光的詩評家都特別強調這首詩第三句的高妙，如朱之荊、沈德潛、桂馥、施補華等人的評語，從各個不同側面作出深入的發揮，可以參看。其實作為詩的素材，如前所述，《水經注》中早已提及，但一則作為舟行迅疾的巧妙映襯，一則作為旅人愁苦心緒的襯托，作用完全相反。李白利用舊有的素材，作出全新的藝術處理，運用於表現其輕快喜悅的心情。這首詩的成功，關鍵就在第三句的天才創造以及它與第四句之間的巧妙配合。有個小小的試驗可以從反面證明這一點。在《水經注》中，形容舟行之快，運用「雖乘奔御風不以疾也」這個比喻句，如果李白利用現成的文字將詩的第三句改成「乘奔御風不以疾」來和第四句「輕舟已過萬重山」配合，那麼整首詩就靈氣索然、拙笨平直得如庸人之作了。

宿五松山下荀媼家[1]

我宿五松下，寂寥無所歡。田家秋作苦[2]，鄰女夜舂寒[3]。跪進雕胡飯[4]，月光明素盤[5]。令人慚漂母[6]，三謝不能餐。

[校注]

①五松山，在今安徽銅陵市東南。北臨天井湖，南仰銅官山，西隔玉帶河與長江相望。胡震亨《唐音癸籤》卷十六：「五松山，在南陵銅井西。初不知何名。李白以其山有松，一本五榦，蒼翠異恆，題今名。詩云：『徵古絕遺老，因名五松山。』人皆知白改九子為九華，不知更有更五松事。」媼（ㄠˇ），老年婦女。李白另有〈南陵五松山別荀七〉、〈五松山送殷淑〉、〈與南陵常贊府遊五松山〉、〈答杜秀才五松山見贈〉、〈銅官山絕句〉等有關五松山的詩作。瞿蛻園等《李白集校注》疑荀媼為荀七家人。詹鍈《李白詩文繫年》記此詩作於上元二年（西元 761 年），云：「詩云：『我宿五松下，寂寥無所歡……令人慚漂母，三謝不能餐。』是則暮年寥落，與『數十年為客，未嘗一日低顏色』時，不可同日而語矣。詩云：『田家秋作苦，鄰女夜舂寒。』當是秋季作。」安旗主編《李白全集編年注釋》記作於天寶十四載（西元 755 年），郁賢皓《李白選集》入不編年詩。按：李白〈答

杜秀才五松山見贈〉詩云：「聞道金陵龍虎盤，還同謝朓望長安。千峰夾水向秋浦，五松名山當夏寒。銅井炎爐歊九天，赫如鑄鼎荊山前。」詹鍈據此謂：「知太白由金陵經秋浦抵南陵五松山，時方當夏季。按李集中於五松山所賦詩甚多，俱是前後之作。」〈答杜秀才五松山見贈〉明顯是安史之亂前所作，而〈宿五松下荀媼家〉作於秋季，時間相接，當為同時先後之作。故作於天寶末（十三或十四載）比較可信。又，據〈答杜秀才五松山見贈〉「五松名山當夏寒」之句，五松山係李白更名之說殆不足信。②作苦，耕作辛苦。楊惲〈報孫會宗書〉：「田家作苦，歲時伏臘，烹羊炰羔，斗酒自勞。」秋作苦，秋天耕作辛苦。③夜舂，夜間舂米。將帶殼的糧食放在石臼中用杵搗之。④雕胡，即菰米。茭白的子實。《史記．司馬相如列傳》：「其卑溼則生藏莨蒹葭，東薔雕胡。」司馬貞《索隱》：「雕胡，案謂菰米。」《西京雜記》卷一：「菰之有米者，長安人謂之雕胡。」用菰米煮的飯稱雕胡飯。⑤明，映照。素盤，指農家用的無釉飾白色粗瓷盤。⑥《史記．淮陰侯列傳》：「淮陰侯韓信者，淮陰人也。始為布衣時，貧無行，不得推擇為吏，又不能治生商賈，常從人寄食飲，人多厭之者……信釣於城下，諸母漂，有一母見信飢，飯信，竟漂數十日。信喜，謂漂母曰：『吾必有以重報母。』母曰：『大丈夫不能自食，吾哀王孫而進食，豈望報乎！』」韓信後被漢王劉邦用為大將。漢高祖五年，徙封楚王，都下邳。信至國，召所從食漂母，賜千金。此以「漂母」喻指荀媼。漂，漂洗衣服。漂母，漂洗衣服的老婦。

📖 [鑑賞]

這首詩顯示出李白身上非常平民化的一面，詩也寫得極樸素真摯，如道家常，內容與形式達到高度和諧。

起首一句，平直敘起，交代自己夜宿五松山下，樸素得如同一篇日記的開頭。次句從容承接，點出自己的心境。「寂寥無所歡」五字，既是對自己寂寞孤獨、無以為歡心境的敘寫，也透露入夜山村寂靜的氛圍，但語氣平和而從容，詩人好像對這種孤寂的環境與心境已經有些習以為常。連繫此前在宣城寫的〈獨坐敬亭山〉「相看兩不厭，只有敬亭山」之句，可以體會出詩人在這一時期內心的孤獨寂寞。

接下來一聯，敘寫夜宿山村所見所聞所感。詩人沒有將筆觸馬上敘及荀媼家，而是泛寫整個山村的情景。傳統的舊日農村，日出而作，日入而息，但詩人夜宿的山村，卻雖入夜仍有農民在田地裡辛勤勞作，「田家秋作苦」正是對這種情況的概括敘寫，「田家」可以包括荀家，但指向更廣泛。雖未描寫具體的勞作情景，但從句末的「苦」字中可以想見其艱辛勤苦，也透露出詩人的真摯同情。「鄰女」自指荀媼家近鄰的女子，筆觸由遠而近。在山村整體寂靜的氛圍中，那單調而不斷的夜間舂米聲不但顯得格外清晰，吸引詩人的注意力，而且在秋夜的寒涼氣氛中，似乎透出一陣陣寒意。「夜舂寒」的「寒」字，似不經意，卻極傳神。它既傳出秋夜舂搗的神韻，也呈現詩人在側耳傾聽之際內心孤寂淒寒的感觸，以及對鄰女夜舂辛勤勞作的悲憫。這一聯實際上是詩人對山村農家生活辛勞貧苦狀況的素描。它同樣是詩中主題夜宿荀媼家情景的環境和背景。有了前兩聯的感情脈絡、環境背景作為鋪陳，後兩聯正面描寫夜宿荀媼家所遇所感才顯得有深度、有厚度。

「跪進雕胡飯，月光明素盤。」當詩人將筆觸正面寫到荀媼家時，卻只有精練到不能再精練的一個場景：白髮蒼蒼的荀媼恭恭敬敬地跪著呈上雕胡飯，月光映照著素潔的盤子。這是個無言的場景，卻蘊含豐富、情味雋永。山村老媼待客的樸素真誠，詩人親歷其境時的心靈觸動，都不著痕跡地融合在這無言的場景當中。那青碧晶瑩的雕胡飯、明淨如水的月光，和素潔的粗瓷盤，構成一個玲瓏剔透的世界，對映出山村老媼真淳純樸、晶瑩透明的內心世界，也洗淨詩人的靈魂。

「令人慚漂母，三謝不能餐。」尾聯是詩人面對此情此景時發自內心的感慨。上聯寫到荀媼進雕胡飯，因而聯想到漂母飯韓信之事，故用「漂母」喻指荀媼。或引李白另一首詩中「感子漂母意，愧我非韓才」之句以釋「慚」字所包含的意涵，連繫詩人同時作的〈書懷贈南陵常贊府〉中「君看我才能，何似魯仲尼。大聖猶不遇，小儒安足悲」、「自顧無所用，辭家方未歸。霜驚壯士發，淚滿逐臣衣。以此不安席，蹉跎身世違」等句，「慚」字中包含身世蹉跎、難以酬報漂母一飯之恩的意思，情或有之。但連繫此詩的頷聯，詩人之所以感到慚愧，恐怕更主要的是由於山村的農家雖然勞作辛勤，生活貧苦，但心地卻極純樸善良，感情極真摯淳厚，這跟詩人所熟悉的汙濁勢利上層社會形成鮮明對比。以荀媼為代表的山村百姓是另一世界中人。面對他們的深情厚誼，詩人不禁深感慚愧，以致「三謝不能餐」。詹鍈等謂：「『不能餐』，謂不能下嚥。」可見詩人感觸之深。

在這首樸素得像水一樣瑩澈透明的詩裡，李白一貫的豪縱不羈之氣、飄逸風流之致、傲視權貴之概，都讓位給對山村老媼和農村生活的真摯感動和關切。詩人習用的誇張手法在這裡也讓位給自然而本色的敘寫。但在樸素自然之中又蘊含著深永的情韻，營造出令人神遠的意境，這在「鄰女夜舂寒」、「月光明素盤」等句中表現得尤為明顯。

— 蘇臺覽古[①] —

舊苑荒臺楊柳新[②]，菱歌清唱不勝春[③]。只今唯有西江月[④]，曾照吳王宮裡人[⑤]。

[校注]

①蘇臺，指姑蘇臺。《墨子·非攻中》：「（夫差）遂築姑蘇之臺，七年不成。」孫詒讓間詁：「《國語》以姑蘇為夫差事，與此書正合……《越絕》以姑蘇為闔閭所築，疑誤。」漢袁康《越絕書·外記傳吳地傳》：「胥門外有九曲路，闔閭造以遊姑胥之臺，以望太湖。」當是闔閭興建，其子夫差增修。餘參〈烏棲曲〉注②。舊址在江蘇蘇州姑蘇山上。詹鍈《李白詩文繫年》謂此詩「疑是初遊姑蘇時作」。郁賢皓《李白選集》謂「當是開元十五（西元 727 年）春由越州回到蘇州時作」。②舊苑，在姑蘇臺上建造的宮苑。③菱歌清唱，《文苑英華》作「採菱歌唱」。菱歌，採菱時唱的歌。多為女子所唱。不勝春，猶不盡春，無邊的春意。④只今，至今。西江，唐人多稱長江中下遊為西江。宋本「西江」作「江西」。⑤吳王宮裡人，此當特指吳王夫差的寵妃西施。

[鑑賞]

「覽古」，即遊覽古蹟。覽古詩一般都有懷古慨今、人事滄桑的感情內容，實際上就是通常所說的懷古詩。但在不同的時代、不同的詩人筆下，它們的意涵、情調往往有明顯差異。這首〈蘇臺覽古〉是李白開元中期漫遊吳越期間所作，其中雖也有今昔滄桑的感慨，但整體情調卻並不傷感低迴，而是在憑弔故跡的同時，表現出對今昔滄桑、人事變化的從容灑脫態度，以及對眼前美好自然景物和生活的欣賞，展現出盛唐懷古詩特有的風神和詩人青年時代對生活的樂觀態度。

首句「舊苑荒臺」指昔日姑蘇臺上的吳宮如今已是一片荒涼殘破的廢墟。這是詩人「蘇臺覽古」的第一印象，曰「舊」、曰「荒」，在觸目蘇臺舊址的荒廢時自然引發歷史滄桑感。但接下來的「楊柳新」三字，卻在印證今昔變化的同時，寫出詩人面對的現實生活、自然景色欣欣向榮，一派春天的生氣。「新」與「舊」的對照，不是讓人沉溺在對已經逝去之年代和事物的惋惜追戀中，而是給人古今疊代、舊去心來的啟示。

次句承「新」字，進一步渲染蘇臺登覽所聞見的景象。「菱歌清唱」，指採菱女子清脆動人的歌聲；「不勝春」，表現她們的唱歌聲中充溢著不盡的春意。這既顯示採菱少女青春的活力和對生活的熱愛，也散發出詩人目睹耳聞之際，心往神馳、為「菱歌清唱」所深深吸引的情狀。這裡所勾畫的是充滿生機活力的吳中春意圖，第一句中由於新、舊對照而引發的歷史滄桑感，在這裡已經為對眼前美好春色的神往所代替。

三、四兩句由眼前的「西江月」將今古打通，轉出自然景物依舊、歷史人事滄桑的意涵。詩人登覽的時間是傍晚，所以可以看到天上的初月。說「西江月」，固然是由於吳地濱江，也由於「江」和「月」一樣，都具有亙古如斯、不變的自然屬性。「只今唯有」四字，重筆勾勒，著重顯示昔日的姑蘇臺上一切繁華景象，均已蕩然無存，只有長江上的一彎明月，曾經照臨過往日吳王宮裡的美人西施。對舊苑荒臺之上發生過的舊事，如今只能透過這亙古如斯的西江月去想像。這裡自然包含人間繁華短暫、自然景象永恆的感慨。但詩人對此並沒有發出沉重的嘆息和低迴不已的傷感，而是在流轉自如、清暢宛轉的筆調中，表露出從容灑脫的態度。一切人間的繁華都將隨著時間的消逝成為歷史陳跡，但自然永恆，明月長在，楊柳長新，生活中仍然充滿青春的歡樂和春天的生氣。一個繁榮昌盛的時代，一位對前途充滿幻想與展望的詩人，當他面對歷史陳跡時，喚起的正是這種由今昔滄桑引發的對生活之熱愛和珍重。「今人不見古時月，今月曾經照古人。古人今人若流水，共看明月皆如此。唯願當歌對酒時，月光長照金樽裡。」〈把酒問月〉的這幾句詩，或許可以為這首詩的意涵提供參照。

謝公亭蓋謝朓范雲之所遊[1]

謝公離別處[2]，風景每生愁。客散青天月，山空碧水流。池花春映日，窗竹夜鳴秋[3]。今古一相接，長歌懷舊遊[4]。

[校注]

①謝公亭，在安徽宣州市北。《方輿勝覽》卷十五寧國府宣城縣：「謝公亭在宣城縣北二里。舊經云：謝玄暉送范雲零陵內史之地。」《海錄碎事》卷四下：「謝公亭在宣城，太守謝玄暉置。范雲為零陵內史，謝送別於此，故有〈新亭送別〉詩。」按：謝朓有〈新亭渚別范零陵雲〉詩。此「新亭」係東吳時所建之亭，名臨滄觀。晉安帝隆安中丹陽尹司馬恢之重修，名新亭，東晉時為京師名士周顗、王導輩遊宴之所，即著名的新亭對泣故事發生地。新亭故址在今南京市江寧區南。謝朓送任零陵內史的范雲赴任的送別之地即在此。謝朓另有〈和徐都曹出新亭渚詩〉云：「宛洛佳遨遊，春色滿皇州。」亦可證謝朓送范雲赴零陵處在建康。《方輿勝覽》引舊經謂謝公亭為謝朓送范雲赴零陵內史之地，顯誤。此「新亭」與宣城之謝公亭無涉。詩題下「蓋謝朓范雲之所遊」是否李白之原注，亦頗可疑。或後人附會〈新亭渚別范零陵雲〉詩而加此題注，亦有可能。且題注只言「蓋謝朓范

雲之所遊」，並未言此地為謝送范赴任零陵之所，則謝、范二人或曾同遊此亭並作別，亦有可能。後人遂名此亭為謝公亭。詹鍈《李白詩文繫年》記此詩作於天寶十二載（西元 753 年）。②公，宋本作「亭」，咸本、蕭本、王本、郭本並同《全唐詩》作「公」。③此聯出句言「春」，對句言「秋」，當是對謝亭風景的概括描寫，非同時所歷。④舊遊，指謝朓當年與范雲同遊的情景。

[鑑賞]

這首五律，寫得極清新流暢、瀟灑自然，卻又空靈含蓄、渾然一體，是李白五律特有的妙境。

謝公亭的得名，據題注，可能和謝朓與范雲曾遊此並離別而得名。但絕非謝朓送范雲赴零陵內史任之地。謝、范都是齊代著名文人，竟陵八友之一。兩位著名文人的告別之地，使這座亭在後世成為著名的離別地。從這首詩一開頭即徑稱「謝公離別處」及晚唐詩人許渾的〈謝亭送別〉可以看出，古今相接不斷的離別，使這裡的美好風景似乎也染上一層惆悵的色調，令人觸目生愁。「風景每生愁」是人的主觀感受。從下兩聯所寫的景物看，它們原是怡悅耳目、愉心娛情的美景，之所以「生愁」，除了上面提到的古今常作別地的原因外，還有一層更深層的原因，這就是詩的題目及首尾所透露的思慕謝公而不得見的遺憾和悵惘。起聯緊貼題目，點出「離別」及「風景生愁」作為全篇關鍵字。「每」字透露出詩人在宣城期間，到謝公亭遊宴或送別不止一次，伏下「春」、「秋」不同之景。

頷聯緊承「離別」寫令人「生愁」的風景：客人散去之後，唯見青天之上，孤月高懸；空山靜寂，碧水長流。「客散」二字及「空」字，貫串全聯。這境界，既高遠寥廓、明淨清麗，又帶有空曠寂寥的神韻，令人神遠。寫法頗似李商隱的「高閣客竟去，小園花亂飛」（〈落花〉）、「客去波平檻，蟬休露滴枝」（〈涼思〉），而情調自有瀟灑朗爽與感傷悵惘之別。這一聯究竟是即目所見的今日之景，還是想像當中的昔時謝、范離別之景？我的理解是，既是當前登臨謝公亭時仰望遠眺所見之景，也是昔日謝、范別離時之景，或者更準確地說，是由當前所見觸發對昔時別離情景的想像。謝公亭既為別離之處，則詩人來此亭時，或自己送別友人，或見他人送別，均可目接「客散青天月，山空碧水流」之景；而「謝公亭」之名又使詩人自然聯想起昔日謝、范離別的情景，這正是由今而及古，由目寓而神馳，所謂「今古一相接」者。

「池花春映日，窗竹夜鳴秋。」這一聯寫到池花、窗竹，自是亭內近處所有景物，但上句言「春」，下句言「秋」，自非同時所見，這就必須連繫次句的「每」字來理解。也就是說，這一聯乃是詩人在不同季節來謝公亭時所見景物的概括描寫。春天，池邊的花映日而綻放，鮮豔奪目；秋天，窗外的竹迎風搖曳，颯颯作響。猛一看，這一聯似乎單純寫春秋佳節亭內的美景，與懷古無涉。實則，它們都要和「離別」及「客散」連繫起來，方能體會出其中寓含的意涵。無論是當前之別或是昔日謝、范之別，「客散」之後，亭內如此美景也只能空自閒置，無知音共賞。因此這一聯雖未明出「空」字，卻傳出「空」的神韻。如果說上一聯的「山空碧水流」令人聯想到溫庭筠〈望江南〉詞「過盡千帆皆不是，斜暉脈脈水悠悠」或許渾〈謝亭送別〉「紅葉青山水急流」的意境，那麼這一聯的「池花春映日」就讓人聯想起王維〈辛夷塢〉「澗戶寂無人，紛紛開且落」的意涵了。王夫之極讚此聯，正是體會出其中深層的神韻。同樣地，這一聯也是明寫今，實貫通今古。

尾聯總收。「今古一相接」是對頷、腹兩聯由眼前景追溯昔時景的思緒概括，即寓目當前而神馳古代，在想像中與古人神遊的說明。而「長歌懷舊遊」則是對全詩懷慕古人主題的充分揭示。結得既乾脆俐落，又瀟灑從容，從中不難想見詩人的神情風采、高標逸韻。

李白的五律，大都寫得清暢流麗，雖有工麗的對仗，但卻絕無板重凝滯之弊，而是一氣呵成，極富瀟灑飄逸之致，此詩的頷聯即是典型的例證。腹聯以「春映日」對「夜鳴秋」，也明顯是要打破過於拘滯的工對格局，交錯以對，增添流動蕭散之趣。至於李白對謝朓的推服追慕，自是此詩內容意涵的核心，這點不言自明。

夜泊牛渚懷古[①]此地即謝尚聞袁宏詠史處

牛渚西江夜[②]，青天無片雲。登舟望秋月，空憶謝將軍[③]。余亦能高詠，斯人不可聞[④]。明朝掛帆席[⑤]，楓葉落紛紛[⑥]。

[校注]

①牛渚，山名，在今安徽馬鞍山市當塗縣西北。《元和郡縣圖志・江南道》：宣州當塗縣：「牛渚山，在縣北三十五里。山突出江中，謂之牛渚圻，津渡處也……晉左衛將軍謝尚鎮於此。」牛渚山突出於長江中的部分，即採石磯。《世說新語・文學》：「袁虎（袁宏小字）少貧，嘗為人傭載運租。謝鎮西（謝尚曾進號鎮西將軍）經船行。其夜清風朗月，聞江渚間估客船上有詠詩聲，甚有情致。所誦五言，又其所未嘗聞，嘆美不能已。即遣委曲訊問，乃是袁自詠其所作〈詠史詩〉，因此相要，大相賞得。」劉孝標注：「《續晉陽秋》曰：虎少有逸才，文章絕麗，曾為〈詠史詩〉，是其風情所寄。少孤而貧，以運租為業。鎮西謝尚時鎮牛渚，乘秋風佳月，率爾與左右微服泛江。會虎在運租船中諷詠，聲既清會，辭文藻拔，非尚所曾聞，遂住聽之。乃遣問訊，答曰：『是袁臨汝郎（袁宏父勖，臨汝令）誦詩，即其〈詠史〉之作也。』尚佳其率有勝致，即遣要迎，談詩申旦。自此名譽日

茂。」詹鍈《李白詩文繫年》記此詩作於開元二十七年（西元739年），謂：「詩云：『……明朝洞庭去，楓葉落紛紛』，當是去巴陵途中作。」郁賢皓《李白選集》記開元十五年（西元727年），謂「詩云『明朝洞庭去』，疑作於開元十五年秋完成『東涉溟海』，溯江往洞庭雲夢途經牛渚時」。②西江，從南京以西至江西九江的一段長江，古稱西江。牛渚即位於西江岸。亦有徑稱長江為西江者。③謝將軍，指曾號鎮西將軍之謝尚。《晉書．謝尚傳》，尚累官至建武將軍，進號安西將軍。永和中拜前將軍、鎮歷陽。入朝，進號鎮西將軍，鎮壽陽。升平初，徵拜衛將軍，卒於歷陽。袁宏後為謝尚引為幕府參軍。④斯人，指謝尚。聞，見。⑤掛帆席，宋本一作「洞庭去」。掛帆席，指揚帆行船。⑥落，宋本一作「正」。

📖 [鑑賞]

這首詩題為「夜泊牛渚懷古」，但和一般懷古詩多抒今昔滄桑變化之慨、歷史興衰之感不同，它的內容旨意與晉代發生在牛渚的一段佳話密切相關，這就是袁宏遇謝尚得其知賞的故事。詩題下的注「此地即謝尚聞袁宏詠史處」，明確地揭示出詩人所懷之「古」的具體內容。

從南京以西到江西境內的一段長江，古代稱西江。首句開門見山，點明「牛渚夜泊」。次句寫牛渚夜景，大處落墨，展現出一片碧海青天、萬里無雲的境界。寥廓空明的天宇和蒼茫浩渺的西江，在夜色中融為一體，更加顯出境界的空闊渺遠，而詩人置身其間時那種悠然神遠的感受，也自然融入其中。

三、四句由牛渚「望月」過渡到「懷古」。謝尚牛渚乘月泛江遇見袁宏月下朗吟這一富於詩意的故事，和詩人眼前所在之地（牛渚西江）、所接之景（青天朗月）的巧合，固然是詩人由「望月」觸發「懷古」之情的主要契機，但之所以如此，還由於這種空闊渺遠的境界本身就很容易觸發對於古今的悠遠聯想。空間的無限和時間的永恆之間，在人們的意念中往往可以相互引發和轉化。陳子昂登幽州臺，面對北國蒼莽遼闊的天地而湧起「前不見古人，後不見來者」之感，便是顯例。而古今長存的明月，更常常成為由今溯古的橋梁，「月下沉吟久不歸，古來相接眼中稀」（〈金陵城西月下吟〉），正可說明這一點。因此，「望」與「憶」之間，雖有大幅跳躍，讀來卻感到非常自然合理。「望」字當中就含有詩人由今及古的聯想和沒有明言的意念流轉。「空憶」的「空」字，暗引下文。

如果所謂「懷古」，只是對幾百年間發生在此地的「謝尚聞袁宏詠史」情事的泛泛追憶，詩意便不免平庸而落於俗套。詩人別有會心，從這樁歷史陳跡中發現令人嚮往追慕的美好人際關，即貴賤的懸殊差距絲毫沒有妨礙心靈的相通；對文學的愛好和對才能的尊重，可以打破身分地位的壁障。而這，正是詩人在當時現實中求之而不可得的。詩人的思緒，由眼前的牛渚秋夜景色聯想到往古，又由往古回到現實，情不自禁地發出「余亦能高詠，斯人不可聞」的感慨。儘管自己也像當年的袁宏那樣，富有文學才華，而像謝尚那樣激賞文學才能、絲毫沒有貴賤地位觀念的人物，已經不可復遇。「不可聞」回應「空憶」，寓含著世無知音的深沉感喟。

「明朝掛帆席，楓葉落紛紛。」末聯宕開，想像明朝掛帆離去的情景，在颯颯秋風中，片帆高掛，客舟即將離開停泊的牛渚；楓葉紛紛飄落，像是在無言地送別寂寞離去的行舟。秋色秋聲，進一步烘托出因不遇知音而引起的悽清寂寞情懷。

詩意明朗而單純，並沒有深刻複雜的內容，但卻蘊含令人神遠的韻味。清代主神韻的王士禛甚至把這首詩和孟浩然的〈晚泊潯陽望香爐峰〉譽為「不著一字，盡得風流」的典型，認為「詩至此，色相俱空。正如羚羊掛角，無跡可求，畫家所謂逸品是也」。這說法未免有些玄虛。其實，神韻的形成，無法脫離具體的文字言辭和特定的表現手法，並非無跡可求、不可捉摸。像這首詩，寫景疏朗有致，不主刻劃，跡近寫意；寫情含蓄不露，輕點即止，不道破說盡；用語自然清新，虛涵概括，力避雕琢；以及寓情於景、以景結情的手法等等，都有助於造就空靈悠遠的意境和悠然不盡的神韻。

李白的五律，不以錘鍊凝重見長，而以自然明麗為主要特色。本篇「無一句屬對，而調則無一字不律」（王琦注引趙宧光評），行雲流水，純任天然。這本身就形成蕭散自然、風流自賞的意趣，適合表現抒情主角那種飄逸不群的性格。詩的富於情韻，與這一點也不無關係。

月下獨酌四首（其一）①

花間一壺酒[2]，獨酌無相親。舉杯邀明月，對影成三人。月既不解飲[3]，影徒隨我身[4]。暫伴月將影[5]，行樂須及春。我歌月徘徊[6]，我舞影零亂。醒時同交歡，醉後各分散。永結無情遊[7]，相期邈雲漢[8]。

[校注]

①敦煌寫本《唐人選唐詩》題作〈月下對影獨酌〉，將此首與第二首（天若不愛酒）合為一首。《文苑英華》錄此首，題為〈對酒〉。詹鍈《李白詩文繫年》記此四首作於天寶三載（西元 744 年），謂：「〈月下獨酌四首〉，繆本題下注云：『長安。』按此詩第三首云：『三月咸陽城，千花晝如錦。』當與『咸陽二三月』詩為同時之作……〈太平廣記〉卷二〇一引《本事詩》云：白才行不羈，放曠坦率，乞歸故山，玄宗亦以為非廊廟器，優詔許之。嘗有醉詩云：『天若不愛酒，酒星不在天。』即〈月下獨酌〉第二首也。」②間，宋本一作「下」。《文苑英華》作「前」。③解，懂得，會。④徒，只（會）。⑤將，與、共。⑥月徘徊，月徐行貌。⑦無情遊，指月與影均為無情之物。⑧邈，高遠。雲漢，雲霄銀河。句意謂與月及影相約於天漢雲霄之上。

[鑑賞]

題曰〈月下獨酌〉，詩中又明說「獨酌無相親」，只能「舉杯邀明月，對影成三人」，詩人心中無疑懷有很深的孤獨感。但整個詩境，卻不是沉溺於孤獨而不能自拔，而是透過邀月、對影，和月下獨酌的場景，在將這種場景美化、詩化的同時，使孤獨感得以消解，使心靈得到超脫。

起句「花間一壺酒」，點明時值春暖花開的美好佳節，詩人置身花間，手持美酒，正是良辰美景、賞心樂事、共醉花間的大好時節，起得瀟灑從容，顧盼自如。次句卻突然折轉，揭出「獨酌無相親」的孤寂處境，透露出內心的遺憾和惆悵。

「無相親」三字是全篇之骨，下面的一系列轉折都由此而生。

正因為「獨酌無相親」，詩人乃忽發奇想，何不舉杯邀請天上的明月，連同自己和自己月下的身影，不就成三人了嗎？月本無知，影更虛渺，詩人卻把它們都說成是「人」。這裡童趣的天真幻想是在酒已喝得微醺的情況下產生的。在醉眼矇矓中，月變得多情而親切，影似乎也有了靈性和生命。故月如友之可邀，影如友之不離，它們都鮮活起來。這想像極奇極幻，又極真極美，成為最富李白這位詩仙兼酒仙個性色彩的名句。

既「對影成三人」，則似可花間對酌，「一杯一杯復一杯」地痛飲。然月亮既不會喝酒，影子也徒然隨身而不解飲。微醺中的詩人似乎突然清醒過來，意識到邀月同飲、揮杯勸影只不過是一廂情願的幻想。詩情至此又一轉，語氣中有遺憾、有失望，語調卻並不沉重。

月和影雖不解飲，卻可作為自己的伴侶。遺憾失望之中，詩人仍然為自己找到與月及影做伴並及春行樂的最佳途徑。「暫」字略略透露出一點無奈，「須」字隨即表現出及時行樂的強烈意願。詩情至此又轉而上揚。

「我歌月徘徊，我舞影零亂。」接下來的兩句，是對上兩句的生動形容與發揮。我邊走邊唱的時候，月亮也好像在徘徊流動，伴我而行；我起舞的時候月下的身影也隨之晃動零亂，形影密合。月與影不但成為詩人「獨酌」時的伴侶，而且成為其歌舞行樂時的朋友。

「醒時同交歡，醉後各分散。」「醒時」句是對「我歌」二句的總括。說「同交歡」，則月與影雖不解飲，卻極有情，故可一同歡樂。「醉後」則既不見月，亦不見月下之影，三位形影不離的好朋友則自然分散。詩人對「同交歡」固然興會淋漓，對「各分散」亦處之泰然，這可以從語調口吻上體會明白。上句一揚，下句一抑，但目的是引出下兩句的揚，暫時分散是為了永久的相約相聚。

「永結無情遊，相期邈雲漢。」月與影本是無情之物，這裡卻說要與它們永遠結成朋友，這是因為，在「月下獨酌」的過程中，詩人已經深切體會到這兩種「無情」之物的繾綣多情。它們使寂寞的詩人身邊有「人」做伴，心靈得到慰藉，因此要與它們相期相約，在銀漢之上相會。這是詩人月下獨酌對月伴影得出的結論，也是詩人的寂寞感得以化解的表現。

讀這首詩，可能會使人聯想起詩人的〈獨坐敬亭山〉。同樣是表現寂寞感的詩，〈獨坐敬亭山〉在強調「相看兩不厭，只有敬亭山」的同時，透露出對敬亭山之外的那個世界，充滿決絕態度和徹底失望，情調在閒靜中不免有些清冷；而這首〈月下獨酌〉，卻在寂寞中邀月對影，相互交歡，淋漓盡致，在層層轉進中將感情推向高潮，整個情調是瀟灑從容、愉悅舒展的。這說明，寫這首詩時，詩人雖有孤獨感，卻並沒有被孤獨感所壓倒，而是使這種孤獨在對月伴影中得到詩化，得以消解。這正是不同時期中詩人心態變化的反映。

獨坐敬亭山①

眾鳥高飛盡，孤雲獨去閒。相看兩不厭，只有敬亭山。

[校注]

①敬亭山，在安徽宣州市城北。《元和郡縣圖志》卷二十八江南道宣州：「敬亭山，州北十二里，即謝朓賦詩之所。」古名昭亭山，又名查山，山高286公尺。東臨宛、句二水，南俯城闉，煙市風帆，極目如畫。勝蹟今存雙塔及古昭亭石坊。謝朓、孟浩然、王維、李白、白居易等詩人均曾遊此山並賦詩。謝朓〈遊敬亭山〉云：「茲山亙百里，合沓與雲齊。隱淪既已託，靈異俱然棲。上干蔽白日，下屬帶迴溪。」今闢為敬亭山公園。詹鍈《李白詩文繫年》記此詩作於天寶十二載（西元753年）。李白另有〈登敬亭山南望懷古贈竇主簿〉，當為同時先後之作。

[鑑賞]

敬亭山是宣州的名山勝景，《江南通志》言其「東臨宛溪，南俯城闉，煙市風帆，極目如畫」，可見其風景之優美。以「獨坐敬亭山」為題，自然可以寫成一首遠望近觀風景之佳的寫景詩，但李白這首詩卻將敬亭山一切外物全部捨去，只剩下一座本真狀態的敬亭山，並在與敬亭山的默默相對中深有所感，稱得上是「皮毛落盡，精神獨存」。這獨有的「精神」，就是被詩人主觀化的敬亭山精神和詩人自身精神。

詩的前幅，寫獨坐敬亭山所見。樹林蔚然深秀的敬亭山，本是眾鳥棲息之地。但在詩人獨坐的過程中，原本在此上飛翔嬉戲的鳥群，已經逐漸翩然高飛，最後連一隻也不剩。「眾」字與「盡」字相應，顯示出較長的時間過渡。這是由喧鬧到逐漸歸於靜寂的過程。山峰之上，原本有一片孤雲與它相依相伴，最後連這一片孤雲也獨自悠閒地飄蕩遠去，消失得無影無蹤，只剩下兀然矗立的山巒。

「孤」與「獨」相應，「閒」則描寫孤雲獨去的悠悠意態。也透露出雲之去和人之獨坐靜觀，都有經過很長的時間，與上句的「眾」字、「盡」字透露的時間過渡相應。解者或謂「眾鳥」、「孤雲」喻世間名利之徒、高隱之流，不但流於穿鑿，而且根本沒有注意到詩人的目的不是寫鳥、寫雲，而是借鳥之飛盡、雲之遠去來寫山。當眾鳥高飛、孤雲遠去之後，詩人面對的這座敬亭山就顯得特別靜寂、空曠。[01]

這樣的敬亭山豈不是顯得太孤單寂寞？是的，詩人所欣賞的正是這孤獨的敬亭山。在詩人看來，敬亭山的本真狀

[01] 李白〈春日獨酌二首〉（其一）：「孤雲還空山，眾鳥各已歸。彼物皆有託，吾生獨無依。」雖同樣出現孤雲和眾鳥的意象，但寓意不同，不能以彼證此。

態，它的精神、它的特有的美，就是這份孤獨寂寞的意態和神情。「相看兩不厭，只有敬亭山。」在「獨坐」凝望，與孤寂的敬亭山默默相對的過程中，詩人將自己內心深處的孤獨寂寞之感投影到山上，使敬亭山也具有人的靈魂和性格。它寂然獨處，靜默不語，兀然不動，淡泊自守，展示出最樸素本真、純淨自然的美。人化的山和詩人在「相看」之間，似乎正在進行靈魂的交流。所謂「兩不厭」，它的實際含義就是「兩相賞」，詩人欣賞山之孤獨靜寂之美，山也欣賞詩人的孤獨寂寞之性。「兩不厭」是彼此相賞，永無厭倦、厭足、厭止之時的意思。如果說「相」與「兩」強調欣賞的相互性，那麼下句的「只有」便突顯出欣賞的排他性，言外之意即除「相看兩不厭」的敬亭山與詩人外，其他一切都無非是俗物、濁物罷了。

這是身心處於孤獨之境的詩人對這種境界的自賞，其中既有自負乃至孤傲的成分，也多少流露出一絲幽冷的意涵。這是慨嘆「我本不棄世，世人自棄我」的詩人自然流露出的複雜矛盾心緒。

憶東山二首（其一）①

不向東山久②，薔薇幾度花③？白雲還自散④，明月落誰家⑤？

[校注]

①東山，借指舊隱之地。據《晉書．謝安傳》，謝安少有重名，曾寓居會稽之東山，「與王羲之及高陽許詢、桑門支遁遊處，出則漁弋山水，入則言詠屬文，無處世意」。中丞高崧曾戲之曰：「卿累違朝旨，高臥東山，諸人每相與言：安石不肯出，將如蒼生何！」施宿《會稽志》卷九〈山．上虞縣〉：「東山，在縣西南四十五里，晉太傅謝安所居也，一名謝安山。巋然特立於眾峰間……其巔有謝公調馬路，白雲、明月二堂址。千嶂林立，下視滄海，天水相接，蓋絕景也。下山出微徑，為國慶寺，乃太傅之故宅。傍有薔薇洞，俗傳太傅攜妓女遊宴之所。」詹鍈《李白詩文繫年》記此詩作於天寶三載（西元 744 年），謂蓋遭謗以後將還山時作。按：李白有〈秋夜獨坐懷故山〉二首，其二有「寥落暝霞色，微茫舊壑情。秋山綠蘿月，今夕為誰明」之句，亦在長安供奉翰林期間憶故山之作，當作於天寶二年秋。而〈憶東山二首〉有「薔薇幾度花」之句，或作於三載春暮。②向，往。③幾度花，開了幾遍花。④南朝梁陶弘景〈詔問山中何所有

賦詩以答〉：「山中何所有，嶺上多白雲。只可自怡悅，不堪持贈君。」「白雲」用此。陶弘景隱於句曲山（即茅山），梁武帝每有軍國大事，常遣人諮詢，有「山中宰相」之稱。還，宋本作「他」。⑤謝靈運〈東陽溪中贈答二首〉：「可憐誰家婦，緣流灑素足。明月在雲間，迢迢不可得。」、「可憐誰家郎，緣流乘素舸。但問情若為，月就雲中墮。」「明月落誰家」或暗用此二詩語，而有所暗喻。蓋謝安有東山攜妓之事，此「明月」或指當年之東山妓也。

📖［鑑賞］

這首只有二十個字的小詩，寫得明白如話，卻又極輕靈飄逸，含蓄耐味，稱得上是五絕中的仙品。

李白青年時代初出峽後，曾漫遊越中。所謂「自愛名山入剡中」，這「名山」除了天姥、天臺、赤城等以外，謝安當年棲隱的會稽東山自然也在其中。但這首詩中的「東山」卻並非謝安棲隱之東山，而是借指自己的舊隱之地，這從〈秋夜獨坐懷故山〉詩「寥落暝霞色，微茫舊壑情。秋山綠蘿月，今夕為誰明」等句中可以得到明證。或引《會稽志》中會稽東山有薔薇洞及白雲、明月二堂來證明詩中所憶係詩人曾遊之會稽東山，實則宋人施宿所撰《會稽志》中所載古蹟顯係誤解並附會李白此詩而造成之假古董，且與詩中「還自散」之語完全不相合，不能用後起的記載來解李白此詩之東山，即指謝安棲隱之東山。〈憶東山〉之「東山」，即〈秋夜獨坐懷故山〉之「故山」、「舊壑」，而「秋山綠蘿月，今夕為誰明」，亦即「明月落誰家」。李白在天寶初供奉翰林前，曾先後酒隱安陸，偕元丹丘隱嵩山，與孔巢父等會於徂徠山，「東山」具體所指，不易確定。從「薔薇幾度花」之語來看，或指此前不久寓家之東魯。李白被放還後，亦曾回到東魯可證。

詩的開頭以「不向東山久」提起，點出題內「憶」字。這似乎是極普通的敘事，但連繫李陽冰〈草堂集序〉「天寶中，皇祖下詔，徵就金馬……醜正同列，害能成謗，格言不久，帝用疏之。公乃浪跡縱酒，以自昏穢，詠歌之際，屢稱東山」等語，可以看出，作此詩時，詩人已經遭到同列的讒毀而萌生去志，這也可從〈秋夜獨坐懷故山〉詩「莊周空說劍，墨翟恥論兵。拙薄遂疏絕，歸閒事耦耕。顧無蒼生望，空愛紫芝榮」等句得到印證。詩人之所以憶東山，正是由於其「濟蒼生」的宏願無法實現。因此，在「不向東山久」這似乎平穩從容的敘述中，已隱含夙願不遂的感慨，這就自然引出對舊隱之地的深情追憶與懷想。以下三句，便是「憶東山」的具體內容。

次句「薔薇幾度花」，既緊承首句「久」字，又兼綰題內「憶」字，說自己離開「東山」已久，故山的薔薇不知道已幾度開花。故山當有薔薇在暮春盛開，使詩人留下深刻印象，故首先憶及。而「薔薇幾度花」的發問則暗示時間的流逝，其中亦寓含功業無成的感慨。「薔薇」雖思緒中所憶，但也可能與詩人當時面對的景物有關，即由眼前景而憶及故山的當時景。因此，這一句既暗示離開故山時間之久，又抒發對故山春日景物的深情懷想，而歲月蹉跎、志業不成之慨亦寓其中。筆意空靈超妙。

第三句「白雲還自散」，表面上的意思是說，故山上的白雲，由於自己久未回去，無人佇望觀賞，只能悠悠而來，又悠悠而去。但連繫「東山」為舊隱之地，便可發現這裡實際上是運用一個跟歸隱有關的典故，即陶弘景的〈詔問山中何所有賦詩以答〉：「山中何所有，嶺上多白雲。只可自怡悅，不堪持贈君。」白雲的意象，在這裡成了為隱士清高品格和閒逸風神的象徵。李白暗用此典，除了憶念舊隱之地美好景物無人欣賞這層表面的意思之外，也寓含嚮往追慕往日隱逸時不受羈束之生活的內在意涵。白雲既是舊山美好景物的象徵，也是自在閒適隱逸生活的代表。

末句「明月落誰家」，連繫〈秋夜獨坐懷故山〉的末聯「秋山綠蘿月，今夕為誰明」，意思相對清楚，是慨嘆自己久未回故山，不能欣賞故山的明月，今夜的故山明月不知道落在誰家、為誰人所賞。但連繫謝靈運的〈東陽溪中贈答二首〉，就會發現謝詩中的「明月」、「誰家」、「雲中墮」和李詩中的「明月落誰家」竟是無一不相吻合。再連繫謝安東山攜妓的故實，特別是此詩第二首一開頭的「我今攜謝妓，長嘯絕人群」之語，便不能不產生這樣的聯想，這句詩可能含有往日隱於舊山時所攜之妓，今天不知落向誰家之意。無論是謝安本人的東山之隱，或是極力追慕謝安的李白的故山之隱，都既有隱居待時、大濟蒼生的一面，又有追求縱逸、詩酒風流的一面。今人或許覺得攜妓遨遊之事近於庸俗，但在當時卻認為這是一種風流自賞的生活，李白自己在詩中也經常渲染這種生活。

難得的是，這首詩雖然用「東山」、「白雲」、「明月」這些典故，但通篇明白如話，一氣呵成，幾乎看不出用典的痕跡。在輕靈秀逸的筆調中寓含著濃郁的抒情味道和隱約的功業不成、歲月蹉跎之情，稱得上是五絕中的上乘逸品。

═ 聽蜀僧濬彈琴① ═

蜀僧抱綠綺②，西下峨眉峰③。為我一揮手④，如聽萬壑松⑤。客心洗流水⑥，餘響入霜鐘⑦。不覺碧山暮，秋雲暗幾重⑧。

📖 [校注]

①蜀僧濬，出生於蜀地的僧人仲濬。李白有〈贈宣州靈源寺仲濬公〉詩，其中的「仲濬公」當即此詩之蜀僧濬。詹鍈《李白詩文繫年》記此詩作於天寶十二載（西元 753 年）秋，謂：「起句云：『蜀僧抱綠綺，西下峨眉峰。』既言『蜀僧』，則必非作於蜀中。按『蜀僧濬』與『仲濬公』蓋是一人。詩云：『不覺碧山暮，秋雲暗幾重。』此詩與上首（指〈贈宣州靈源寺仲濬公〉）蓋俱為本年秋作也。」郁賢皓《李白選集》入不編年詩。②綠綺，琴名。傅玄〈琴賦序〉：「齊桓公有鳴琴曰號鐘，楚莊王有鳴琴曰繞梁，中世司馬相如有綠綺，蔡邕有焦尾，皆名器也。」③峨眉峰，即峨眉山，在今四川省境內，為佛教名山。句意謂其從西邊的峨眉山下來。④揮手，指彈琴。嵇康〈琴賦〉：「伯牙揮手，子期聽琴。」⑤萬壑松，千山萬谷中的松濤聲，琴曲有〈風入松〉。⑥客，詩人自指。洗流水，謂琴聲如高山流水，洗滌了我的心靈。《呂氏春秋·本味》：「伯牙鼓琴，鍾子期聽之。方鼓

琴而志在太山，鍾子期曰：『善哉乎鼓琴，巍巍乎若太山。』少選之間，而志在流水，鍾子期又曰：『善哉乎鼓琴，湯湯乎若流水。』鍾子期死，伯牙破琴絕弦，終身不復鼓琴，以為世無足復為鼓琴者。」⑦霜鐘，《山海經．中山經》：「豐山……有九鐘焉，是知霜鳴。」郭璞注：「霜降則鐘鳴，故言知也。」此謂琴聲的餘響與鐘聲相互融合。⑧嵇康〈琴賦〉：「飄餘響於秦雲。」按：此形容琴聲停歇以後，才發現天色已暗，霧靄籠罩碧山，秋天的暮雲已經好幾重了。

📖 [鑑賞]

描繪音樂的詩，難處不在描摹樂之聲音，而難在傳達樂之意境；難處不在實處見工，而難在虛處傳神；難處不在渲染演奏者之技藝，而難在傳達聽樂者內心之感受；難處不在借博喻作淋漓盡致的形容，而難在借空靈含蓄之筆法造就悠然不盡的韻致。李白這首只有四聯的五律，可以說是充分克服以上所列舉的各種困難，舉重若輕似地達到藝術層面的最高境界。

詩是在宣城（或蜀地之外的地方）所寫，開頭兩句卻遠從峨眉山著筆，說蜀僧仲濬抱著名貴的綠綺琴，從西邊的峨眉峰上下來。這好像是為了交代題目中的「蜀僧」和「琴」，卻將靜止的敘述交代轉變為生動的描繪，將過去發生的情事化為似乎是當下出現的場景。不僅富有動態感和臨場感，而且給人這樣的感覺：這位蜀僧唯一擅長的就是彈琴，他這次從峨眉山上下來，似乎就是要專門為「我」開一場演奏會。這一聯起勢高遠而氣度從容，頗像一首長篇五古的開篇。習慣精練筆法的評論家可能會認為這樣的開頭有些詞費（所謂「閒敘事」），實際上這正是以古入律的李白五律特點。它起得瀟灑自然、雍容大度，超凡脫俗，與全篇不為瑣細形容刻劃的風格和諧統一。

接下來一聯，立即進入演奏的現場，筆勢飄忽而迅疾。「為我」二字，緊承上聯之「抱琴」、「下峰」，造成蜀僧專為詩人一人不遠千里而來的印象，大有千里覓知音的意涵。如此鄭重而虔誠，等到正面寫彈琴和琴聲，卻只用「一揮手」和「如聽萬壑松」八個字一筆帶過。用千山萬壑的松濤來形容琴聲，與其說是描摹它的聲響，不如說是傳達它的意境。琴曲有〈風入松〉，詩人當是因此產生聯想。但「萬壑松」的形容卻傳出琴聲急驟、激越、宏大的氣勢，以及所展現的廣闊恢宏而極富力度動感的藝術意境。尤其是「一揮手」與「萬壑松」的對照，更表現出音樂高手一出手便不同凡響，立即展現高潮的神奇手段。不經任何迂迴曲折、醞釀準備，立刻進入最高潮，這種寫法，不但筆墨極省淨，而且大有橫掃千軍如捲席之勢。這一聯似對非對，語意一貫，如行雲流水，極自然亦極瀟灑。

正面描繪琴聲之所以如此精練，正是為了要騰出有限篇幅進一步傳達聽者的心靈感受和琴聲的藝術意境。「客心洗流水」的「流水」，雖暗用伯牙彈琴，志在流水，鍾子期會心而讚的故事，但它所展現的卻不僅是「知音」這樣一層意涵，而是極其生動傳神地傳達出詩人的心靈感受。聽此琴聲，詩人的心靈彷彿經歷一番徹底的洗滌，俗慮塵念頓消。這是寫琴聲的意境，更是寫琴聲的感染力。「洗」字用得精妙而又自然。「餘響入霜鐘」是形容琴聲的餘響和山寺秋暮的鐘聲融合，分不清孰為琴聲的餘韻，孰為山寺的鐘聲。鐘聲在寂寥的環境中顯得特別悠長、深永、杳遠，這融入鐘聲的琴聲雖歇，而餘音猶裊裊在耳，此時適逢山寺暮鐘響起，遂生「餘響入霜鐘」的錯覺。以此描寫音樂意境的悠遠，比起傳統的餘音繞梁三日不絕之類的形容，自然更為有神無跡，也更令人神遠。這正是虛處傳神的化工之筆。

尾聯又進一層，寫「餘響」在耳畔消失後如夢初醒的情境。上句寫到山寺鐘聲，暗示時已近暮，但沉浸在音樂餘韻中的詩人卻渾然不覺。直到鐘聲停歇，「餘響」隨之消失時，這才發現，沉沉暮色，已經籠罩眼前的碧山，秋雲重重，天似乎在不知不覺中就變暗了。這是寫樂終聲歇的眼前景，更是進一步寫音樂意境的吸引力和感染力，「不覺」二字點睛，遂使全詩在不盡的餘韻中結束，達到雖盡而不盡的藝術效果。這種寫法，與錢起〈省試湘靈鼓瑟〉結尾的「曲終人不見，江上數峰青」，白居易〈琵琶行〉寫琵琶彈奏結束時「東船西舫悄無言，唯見江心秋月白」的神韻可謂神似。

詩雖為律體，卻寫得一氣舒卷、渾然天成、瀟灑飄逸。前四句一氣直下，略無停頓，五、六兩句改用凝練工整之筆，略顯頓挫，使之不致一瀉無餘，尾聯復以景結情，含蓄中饒搖曳之致。

══ 春夜洛城聞笛[1] ══

誰家玉笛暗飛聲[2]，散入春風滿洛城。此夜曲中聞折柳[3]，何人不起故園情[4]！

[校注]

①洛城，唐東都洛陽，今河南洛陽市。詹鍈《李白詩文繫年》記此詩作於開元二十三年（西元 735 年）李白遊洛陽時，郁賢皓《李白選集》則繫於開元二十年。②玉笛，對笛子的美稱。因笛聲從暗夜傳出，故曰「暗飛聲」。③折柳，即笛曲〈折楊柳〉之簡稱，漢橫吹曲名。傳說張騫從西域傳入〈德摩訶兜勒曲〉，李延年因之作新聲二十八解，以為武樂。魏晉時古辭多言兵事勞苦。南朝與唐人多為傷離惜別之辭。如《樂府詩集》所載最早之〈折楊柳〉辭，為梁元帝作，云：「巫山巫峽長，垂柳復垂楊。同心且同折，故人懷故鄉。山似蓬花豔，流如明月光。寒夜猿聲徹，遊子淚沾裳。」即為遊子思鄉之辭。④故園，故鄉。參上注。

[鑑賞]

這首詩和〈與史郎中欽聽黃鶴樓上吹笛〉（詩云：「一為遷客去長沙，西望長安不見家。黃鶴樓中吹玉笛，江城五月落梅花。」）不但題材相同，內容相近，體裁亦同為七絕，甚至在利用笛曲名連繫引發思緒方面，也有相似之處，但讀來毫不感到重複，而覺得它們各擅其勝，不能相互替代。

兩首詩的題材，雖同為聞笛而有感，但所感的內容卻同中有別。〈梅花落〉與〈折楊柳〉這兩支笛曲，雖同有表現傷離之情的一面，但〈梅花落〉曲中蘊含的凋零之感這一面，卻是〈折楊柳〉中沒有的。故〈春夜洛城聞笛〉詩因聞〈折楊柳〉而引起的思緒，便單純是與故鄉親人離別而產生的「故園情」。而〈與史郎中欽聽黃鶴樓上吹笛〉，因聽〈梅花落〉曲而引起的思緒則更加複雜，從前兩句「一為遷客去長沙，西望長安不見家」所揭示的背景來看，其中固然有思念家鄉親人之情，但更主要的是去國戀闕之情和遷謫淪落之感。這跟這兩首詩一作於壯歲仗劍去國、辭親遠遊時期，一作於晚年遭貶放還時期密切相關。可以說，正是不同時期不同的人生經歷，決定了這兩首詩內容側重方向的差異。而兩首詩的風格，一清暢明快，一含蓄蘊藉，實亦與感情內容的單純集中與複雜多端密切相關。〈春夜洛城聞笛〉由於聞笛引起的只是「故園情」這一端，故可明白道出；而〈與史郎中欽聽黃鶴樓上吹笛〉則由於聽笛所感複雜多端，故只能以「江城五月落梅花」之語渾淪而書，含蓄出之。

兩首詩還有一個重要的差異，就是〈春夜洛城聞笛〉用所有篇幅相當細緻地描寫由聞而感的完整過程；而〈與史郎中欽聽黃鶴樓上吹笛〉則前兩句只敘聽笛的生活經歷背景，對聽笛一字未及，只在後兩句概括地寫聽黃鶴樓上吹笛的情景。這是由於，後詩透過呈現背景和笛曲名稱，讀者自能體會出詩人在聽笛時引起的複雜思緒，沒有必要細緻描寫聽笛及由聽而感的過程。而前詩由聞笛而起情，其間具有由無意到有意、由聆聽欣賞到識曲生感的過程，笛聲的傳遞也具有由隱至顯、由低至高、由點至面的過程，不細緻地描寫出這個過程，「何人不起故園情」的感慨就失去依據。下面結合這一點，對這首詩作一些分析。

首句「誰家玉笛暗飛聲」，點出夜色朦朧中，不知從哪裡（或哪一家）傳出笛子的聲音。「誰家」說明詩人只是在偶然的情況下聽到有笛聲傳來，但並不清楚它從哪裡傳出，這和處於夜間的環境，無法辨別聲音的來源與方向有關。試與〈與史郎中欽聽黃鶴樓上吹笛〉之「黃鶴樓中吹玉笛」對照，便明顯可見後者由於時值白天，故清楚知曉有人在黃鶴樓上吹笛；前者則適值夜間，故只聞聲而不辨「誰家」。「暗飛聲」的「暗」字除了進一步點明這聲音是從暗夜中傳來，還透露出一開始時這笛聲比較低咽，給人時斷時續、聽不真切的感覺，而詩人聞聲尋蹤，側耳傾聽的情態也隱約可見。「飛」字則透露出聲音來自較遠之處，這和「暗」字所透露的聲音較低的情況恰恰吻合。

第二句「散入春風滿洛城」，進一步描寫笛聲隨風遠送，這當中已經織入詩人的想像。「春風」點題內「春」字。隨著陣陣春風的吹送，這笛聲傳向四面八方，遍布整個洛陽城。不說春風傳遞笛聲，而說笛聲「散入春風」，似乎讓人看見那無形的笛聲化成一個個有形可見的音符，隨著春風散布到四面八方，而且每一個音符又都浸透著春的氣息。抽象無形的笛聲原只可訴之聽覺，經詩人詩意的點染，不但似乎有形可見，且帶有春天的氣息，變得似乎可嗅。「滿洛城」是對「散入春風」的進一步想像。這想像明顯帶有誇張成分，卻自然得讓人感覺不到它是誇飾，關鍵就在於「春風」是無所不至的，則笛聲自然也就滿城可聞。這一句雖明寫笛聲隨風傳遞的過程，但也透露出笛聲已由開始時較低較弱的「暗飛聲」變得高亢嘹亮，具有強烈傳播力、穿透力的音樂境界。總之，從一開始的「暗飛聲」到「散入春風」再到「滿洛城」，是一支樂曲由低到高、次第展現的過程，也是詩人由偶爾聽到笛聲到側耳傾聽，到想像其聲滿洛城的過程。其間有時間的推移、空間的擴展，更有詩人對笛聲的神往與欣賞。

第三句「此夜曲中聞折柳」是全詩的關鍵。前兩句只寫笛聲之「飛」、之「散」、之「滿」，到這裡方點明所奏之曲是充滿別情的〈折楊柳〉。說明在這之前，詩人只是側耳傾聽並欣賞，到這時才恍然明白所奏的曲名，遂油然而觸發聽曲的聯想與感慨。〈折楊柳〉的笛曲充滿傷離惜別的情緒，折柳又連繫到送別的傳統習俗，使詩人不自覺間聯想起故鄉的春色，這些因素疊加在一起，遂自然勾起詩人思念故鄉和親人的強烈感情，水到渠成地引出末句：「何人不起故園情！」

本是詩人自己因聞〈折楊柳〉曲引起「故園情」，卻推進一層，說「何人不起故園情」，這「何人」當然不是泛指所有的洛城人，而是指所有跟自己一樣作客他鄉而身處洛城者，這裡自然包含推己及人的情感判斷。詩人這樣說，不僅透露出自己被引發的「故園情」之劇烈，而且更有力地表現出笛聲感染力之強烈。由於前面已有「滿洛城」預作鋪陳，因此這推想便顯得十分自然。全詩也就在情感發展到最高潮時自然收束。充滿詠嘆情調的詩句，使感情的表達雖明白而直截，但詩的韻味卻悠長不盡。

詩人的「故園情」雖強烈而悠長，但全詩的情調卻並不低沉悽苦，而是使人在感受笛聲於傳播過程中顯現的美感，同時，對詩人深切的「故園情」同樣充滿親切感。詩中運用「飛」、「散」、「滿」等一連串動感鮮明的詞語，更使全詩顯現出瀟灑飄逸的韻致和自然流暢的美感。

＝ 題戴老酒店[1] ＝

戴老黃泉下[2]，還應釀大春[3]。夜臺無李白[4]，沽酒與何人[5]？

[校注]

①題原作〈哭宣城善釀紀叟〉，詩云：「紀叟黃泉裡，還應釀老春。夜臺無曉日，沽酒與何人？」宋蜀刻本詩末注：「一作〈題戴老酒店〉云：『戴老黃泉下，還應釀大春。夜臺無李白，沽酒與何人？』」按：一作是，今從之。詹鍈《李白詩文繫年》將此詩與〈宣城哭蔣徵君華〉均繫於上元二年（西元 761 年），云：「以上二詩疑均上元中太白再遊宣城對作，是時戴老與蔣華均已入墓，故太白為詩哭之也。」郁賢皓《李白選集》不編年。按：據詩中口吻，李白此前已與戴老熟悉，且為其酒店常客，故詹氏繫年較為合理。且詹氏亦認為「是則一作所據之本反較近古」，今亦從其說。②黃泉，指人死埋於地下。《左傳．隱西元年》：「不及黃泉，無相見也。」③大春，酒名。唐代名酒，末字多用「春」字。李肇《國史補》卷下：「酒則郢州之富水，烏程之若下，滎陽之土窟春，富平之石凍春，劍南之燒春。」此「大春」酒當是戴老所釀製之當地名酒。④夜臺，墳墓，亦借指陰間。《文選．陸機〈輓歌〉》：「按轡遵長薄，送子長夜臺。」李周

翰注:「謂墳墓一閉,無復見明,故云長夜臺。」⑤沽酒,賣酒。「沽」字作「買」義者乃後起義。

[鑑賞]

中國古代詩歌在流傳過程中,經常產生各種不同版本的異文,唐代優秀的詩歌由於流傳廣泛,這一現象尤為明顯。像這首詩,連詩題也有「哭宣城善釀紀叟」與「題戴老酒店」兩種迥然不同的版本,詩也因之有第一句中「紀叟」與「戴老」的區別。而第三句中「無曉日」與「無李白」的重大差異,更直接影響到詩的通與否、工與拙,不可不加以考辨。

詩題中的「紀叟」或「戴老」,與詩意及詩的工拙高下無關,但無論是哪一種詩面,都看不出有「哭」的含意;因此題作「哭宣城善釀紀叟」,這「哭」字首先值得懷疑。相反地,「題戴老酒店」的題面倒與詩中的「沽酒」十分吻合。可以設想,這位戴老開的酒店,以自釀美酒「大春」聞名,李白天寶十二、三載(西元 753、754 年)遊宣城時,是這座酒店的常客。上元二年(西元 761 年)再度遊宣城,戴老已經作古,而酒店猶存,故題詩於酒店。這比較符合唐人作此類詩的情況(試比較崔護的〈題都城南莊〉可知)。而如題作「哭宣城善釀紀叟」,一則如上所說詩中並無「哭」意,二則在時隔八年之後,聞熟悉的善釀紀叟已去世,李白為他作一首詩哭弔,總覺得有些超乎常情。尤為重要的是〈哭宣城善釀紀叟〉的三、四句「夜臺無曉日，沽酒與何人」，不僅「夜臺」與「無曉日」犯復，而且上下句之間毫無邏輯連繫，何以「無曉日」就不能「沽酒」？這根本說不通。而題作「題戴老酒店」，第三、四句作「夜臺無李白，沽酒與何人」，不但上下句一氣貫通，而且具有令人解頤的妙趣，透露出戴老與詩人之間親密的感情，詩之高妙，全在於此。再以他詩參照，其〈重憶（賀監）一首〉云:「欲向江東去，定將誰舉杯？稽山無賀老，卻棹酒船回。」第三句「稽山無賀老」，與此詩「夜臺無李白」句法正同，只不過一是說陽間已無對方，一是說陰間尚無自己而已，可見這是李白特有的言語表達方式。總之，無論從詩題與詩語的密切程度，從三、四兩句的邏輯連繫，以及李白的言語習慣來看，均以題為〈題戴老酒店〉，詩為「戴老黃泉下，還應釀大春。夜臺無李白，沽酒與何人」者更近於李詩原本面目。

這首詩的妙處，全在詩中貫注的諧趣。這種諧趣，只有彼此關係密切隨意的老朋友之間才能不拘形跡地表現出來。像這首詩，便全然可以看成陽間的李白對陰間的戴老提出問語。

「戴老黃泉下，還應釀大春。」可愛的戴老頭啊，如今你到了黃泉地下，陰曹地府，究竟在做什麼呢？恐怕還是重操舊業，釀製你的大春美酒吧。戴老生前以釀大春著稱。像這樣一位專精此道、熱愛此道的老人，死後又豈能捨棄舊業、捨棄祖傳妙藝，改從他業呢？「還應釀大春」是猜度之辭，也是打趣之辭，更是對戴老專精「釀大春」之道的讚美之辭。

設想對方在黃泉地府依然執著於「釀大春」之舊業，固然已屬奇想，但更具奇趣的是三、四兩句：「夜臺無李白，沽酒與何人？」戴老的酒店，當是前店後坊格局、旋釀旋賣的傳統作坊式酒店，釀是為了賣。但詩人卻執拗地認為，普天之下，真正懂得品味「大春」酒的只有「自稱酒中仙」的李白我本人，「大春」釀造的專利屬您戴老，品味享受「大春」酒的專利則非我莫屬。如今，您老雖已入夜臺，但獨享品味「大春」專利的我卻還在陽世，請問您釀出酒來，又要賣給誰呢？美酒本當大家共享，李白卻毫不客氣地壟斷獨享之權。這極不合邏輯也極不合情理的設問，卻透露出在戴老生前，李白不但是酒店常客，而且是「大春」酒和釀製「大春」的戴老知音，顯示彼此之間不拘形跡的親密關係和真摯情誼。

一位是名滿天下的大詩人，一位是平凡的釀酒賣酒老頭。彼此之間不但毫無身分地位貴賤的俗念，還像老朋友似地可以相互打趣，「夜臺無李白，沽酒與何人」的詩句中，甚至還蘊含高山流水式的知音之感。詩寫得極平易而又極真摯，極樸素而又極富奇趣，而詩中反映出李白的平民化個性與情感，或許更值得珍視。

電子書購買　　爽讀 APP

國家圖書館出版品預行編目資料

劉學鍇講唐詩——李白：青蓮醉月，長風萬里，探索詩仙筆下的天地與自我 / 劉學鍇 著 . -- 第一版 . -- 臺北市：複刻文化事業有限公司 , 2025.05

面；　公分

POD 版

ISBN 978-626-428-135-5(平裝)

1.CST: (唐) 李白 2.CST: 唐詩 3.CST: 詩評

851.4415　　　　114005722

劉學鍇講唐詩——李白：青蓮醉月，長風萬里，探索詩仙筆下的天地與自我

臉書

作　　者：劉學鍇

發 行 人：黃振庭

出 版 者：複刻文化事業有限公司

發 行 者：崧燁文化事業有限公司

E-mail：sonbookservice@gmail.com

粉 絲 頁：https://www.facebook.com/sonbookss/

網　　址：https://sonbook.net/

地　　址：台北市中正區重慶南路一段 61 號 8 樓

8F., No.61, Sec. 1, Chongqing S. Rd., Zhongzheng Dist., Taipei City 100, Taiwan

電　　話：(02) 2370-3310　　傳　　真：(02) 2388-1990

印　　刷：京峯數位服務有限公司

律師顧問：廣華律師事務所 張珮琦律師

定　　價：420 元

發行日期：2025 年 05 月第一版

◎本書以 POD 印製